Das Buch Dietmar

Dietmar Burdinski
Rainald Grebe (Hg.)

Mit Beiträgen von:
Olli Dittrich
Rainald Grebe
Thomas Hermanns
Jess Jochimsen
Michael Mittermeier
Bastian Pastewka
Olaf Schubert
u. v. a.

Meisterwerke eines großen Humoristen

Voland & Quist

Für alle, die ihn kannten
Für alle, die ihn jetzt kennenlernen

DIETMAR BURDINSKI

Zum Geleit

Ich habe Dietmar in Köln kennengelernt. Das muss 1991 gewesen sein, in der Filmdose, dem Kneipentheater von Walter Bockmayer. Sonntags war Talenteshow, ich war mit meinem Schülerkabarett „Harakiri Eleison" am Start. Die Bühne war gefühlte drei Quadratmeter groß, Hella von Sinnen und Ralph Morgenstern sagten die Talente an. Und dann stand da ein dünner, zwei Meter großer Typ auf der Bühne, schlaksig, ungelenk, mit Hemd und Krawatte, und erzählte von einem Mädchen, das bei den Bundesjugendspielen im Schlagballwerfen minus 18 Zentimeter geworfen hat, die hat immer Anlauf genommen und dann den Ball nach hinten geworfen. Das war Dietmar. Ich hab ihn gesehen und gleich gewusst: Mit dem will ich was machen. Der ist anders als die anderen Talente. So eigen, so seltsam, so gut. Er war der Einzige, bei dem ich wirklich lachen musste, und das passiert mir so selten.
Ich hab ihn angesprochen: Ich find dich gut. Wollen wir was zusammen machen? Er wollte. Obwohl ich doch zwölf Jahre jünger war. Und immer bleiben werde, das hab ich ihm damals schon gesagt.

Und dann bin ich bei Dietmar eingezogen, und wir haben ein Duoprogramm entwickelt. Titel: „Halma am Drachenfels". Es lief viermal in der Filmdose und wurde dann einhellig beerdigt. Weil es leider nicht lief mit uns auf der Bühne. Es war zum Verzweifeln. Wir schätzten uns beide sehr als Solokünstler, wir konnten wunderbar rumspinnen, aber auf der Bühne fanden wir nicht zueinander. Da muss doch was dran sein an den Humorgesetzen von Pat & Patachon oder Dick & Doof, Weißclown & Dummer August. Wir waren als Duo einfach nicht komisch. Wir hatten Humorhemmung. Erst 1997 sollte der Knoten platzen. Das war in der Scheinbar, einem kleinen Wohnzimmervarieté in Berlin-Schöneberg. Zwei Vorstellungen einer anderen Show waren ausgefallen, und ich rief Dietmar an, kannst du bittebitte einspringen, wir machen noch mal die alten Sachen.
Er kam, und am ersten Abend haben wir einen Rekord aufgestellt: Es kam niemand.
Null Zuschauer. Das hab ich seitdem nie wieder geschafft. Am zweiten Abend waren es sieben.
Wir spielten die erste Hälfte, und es war wie gehabt: Wir quälten uns. Kaum Reaktionen. 14 tote Augen. In der Pause dann die Idee: Wir atmen

das gesamte Programm ein. Machen Sie das mal. Luft einziehen und dabei sprechen. Klingt wie die Menschen mit Kehlkopf-OP, die sich so ein Gerät – Elektrolarynx – an die Stimmbänder halten. Es war eine Befreiung. Das Dick & Doof-Problem war gelöst, wir waren jetzt beide doof. Wir drehten auf, lachten Tränen, und das Publikum konnte es nicht fassen. Wir hatten uns endlich auf der Bühne gefunden.

Für mich war Dietmar immer exotisch. Seine Lebensgeschichte. Über seinen Vater sagte er: Der hat 40 Jahre bei Rheinbraun gearbeitet, auf dem Leitstand im Tagebau. Überwachung der Förderbänder und Bagger. Und: Der isst kein Reis. Und keine Nudeln. Is ihm zu ausländisch. Nur Kotelett mit Kartoffeln. Einzige Abwechslung: braune oder helle Soße.
Das ist mir hängen geblieben: der Vater auf dem Leitstand, der jeden Morgen zum Tagebau fährt. Mutter bei der AOK. Eltern beide Flüchtlinge. Aus Pommern und Ostpreußen. Mit dem Pferdewagen übers Haff. Überlebt. Nach dem Krieg niedergelassen in Köln-Höningen. Dageblieben. Haus gebaut.
Der Dietmar ist dann nach der Realschule zur Polizei. Auch so ne Schote. Dietmar auf Streife. Dietmar im Einsatz 1977. Die Eltern kriegen die Nachricht: Dietmar liegt im Krankenhaus. Ein Schock. Sie dachten: RAF. Da war es nur eine Zyste.
Ich habe mir Dietmar immer vorgestellt, wie er in Uniform für Ordnung sorgt. Ich konnte es nicht. Er auch nicht. Er sagt, er hat, nachdem er bei der Polizei aufgehört hat, die Uniform in den Rhein geschmissen.
Dann, in den 80ern, BWL-Studium. Auch so was Exotisches. Dietmar mit Oberlippenbart. Und Lederschlips. Seine Diplomarbeit hieß: „Verkaufsstrategien in der Camping- und Caravanbranche". Oder so ähnlich. Er nimmt eine Stelle an als Computerverkäufer. Ende der 80er. Computer. Dietmar und verkaufen. So Kaltakquise. Von Haus zu Haus. Dietmar verkauft nix. Will nix verkaufen. Er weiß, da ist er 30, ich muss mein Leben ändern, oder es endet böse.
Er hat es mir so erzählt: Seine Wohnung hat gestunken. Ungeziefer. Zeitungen auf dem Boden. Hunderte leere Bierflaschen. Er ist dann einen Tag in die Eifel gefahren und hat sich geschworen: Ich ändere mein Leben. Ich werde Kabarettist. Ich schreibe ein Bühnenprogramm. Aber erst mal: Ausmisten, Flaschen zum Pfand, Kammerjäger. Alle Möbel bunt streichen. So war das. Oder so ähnlich.
Danach erste Versuche mit einem Duoprogramm mit Gaby Küster (nicht Köster, Küster!), dann das erste Solo: „Perpetuum Kokolores". Und da hab ich ihn getroffen.

Zur selben Zeit besuchte ein gewisser Thomas Hermanns die Talenteshow. Dietmar und mich hat er angesprochen, ob wir nicht in Hamburg auftreten wollen, er zieht da eine neue Sache auf, den Quatsch Comedy Club. Dietmar war bei der ersten Veranstaltung im Januar '92 in der Kantine des Hamburger Schauspielhauses, ich kam ein paar Monate später dazu, und schwupp waren wir beide dabei, als in Deutschland der Humor neu erfunden wurde. Das politische Kabarett mit Kohl & Kinkel und Ich-bin-links-ihr-doch-auch wurde ersetzt durch Comedy: Erzähl, was du willst, Hauptsache, es ist lustig. Erzähl von deiner Freundin, von deinen Schamhaaren, von Flipper und MacGyver, von Kohl und Kinkel, von Dübeln und Schrauben, egal. Das Private, das Sexuelle, das Alltägliche kam auf die Humorbühne, und es war eine Befreiung. Ich hab das Lachen der Leute noch im Ohr, durchgedrehter als heute, scheint mir, auch das Publikum hatte noch keine Routine.

Ich glaub, das war das einzige Mal, wo ich erfahren hab, was Hype bedeutet, in einem Hype zu sein. Diese Aufbruchstimmung. Goldgräberei. Ein neuer Markt entstand. Das Privatfernsehen labelte kräftig mit, Comedy wurde Pop. Quatsch schuf mit: eine neue Branche.

Formate schossen aus dem Boden, Agenturen, Bühnen, Veranstaltungstechnik, all das, was wir heute haben. Die kommenden Stars der Szene waren alle im Quatsch Comedy Club und probierten sich aus: Michael Mittermeier, Olli Dittrich, Wigald Boning, Rüdiger Hoffmann undundund. Die Anfänge fand ich klasse, weil keiner wusste, wohin das alles führt. Und weil wir jung warn.

Dietmar verliebte sich in Renate Berger, die damals wie heute mit Thomas Hermanns den Club organisierte, zog mit ihr nach Hamburg und war seitdem Teil der Quatschfamilie.

Was für ein schönes Leben. Vor Kurzem noch Computerverkäufer, jetzt Teil der Humorbohème, lachend auf der Reeperbahn.

Dann kamen die Krankheiten. Sie waren schon früh in seinem Körper. Bei der Polizei ging das los. Colitis ulcerosa. Eine Darmkrankheit. Verschwand. Kam wieder. Richtig gesund hab ich Dietmar eigentlich nie erlebt. Immer war irgendwas. Aber er hat es meistens mit Humor ertragen. Diese Permanenz der Krankheit. Der Schwächung. Die Aufenthalte in Krankenhäusern. Nie zu wissen, wie lange eine halbwegs gesunde Phase dauert. Drei Wochen? Ein halbes Jahr? Dann kam der nächste Fieberschub. Oder Schlimmeres. Diese Schlappheit. Willste spazieren gehen? Kann ich grad nicht. Lesen? Was schreiben? Zu schwach. Wird schon wieder. Künstlicher Darmausgang. Beutel tragen. Hört das nie auf? Es hörte nicht auf. Bei aller Krankheit ist es doch erstaunlich, wie viel Lebensenergie Dietmar hatte. Mit seinem Freund Robert wollte er zu Fuß von Sylt zur Zugspitze wandern. Nach seiner Darm-OP. Mit Beutel. Kurz vor Hamburg war dann Schluss.

2002 dann: Lebertransplantation. Die erste Spenderleber wird abgestoßen. Zweite Transplantation. Es glückt. Dietmar sagte: Alles, was jetzt noch kommt, ist Zugabe. Und zum Jahrestag der OP haben Renate und er immer Leber gegessen.

Die Auflehnung gegen das Kranksein. Nach seiner Transplantation war er mit seinem Freund Rattelschneck zocken in Las Vegas, bekam im Casino eine Magenblutung und musste schwer verwundet zurückfliegen.

Ende der 90er beschließt Dietmar, die Bühne sein zu lassen. Die Kraft für einen ganzen Abend hatte er nicht mehr. Die Unsicherheit, eine Veranstaltung in drei Monaten zuzusagen, und nicht zu wissen, wie es ihm in drei Monaten geht.

Er ist dann nur noch sporadisch aufgetreten. Zu speziellen Anlässen. Oder einer Lesung dann und wann. Und hat sich aufs Schreiben konzentriert. Für sich und andere. Das hat ihm schon einen Knacks gegeben. Nicht mehr rocken zu können auf der Bühne. Andere rocken zu sehen.

Wir haben damals die Vereinbarung getroffen, dass ich zu seinen Lebzeiten sein Nachlassverwalter bin. Eine große Ehre. Seitdem lebt die eine oder andere Dietmarnummer in meinen Programmen fort, und sei es nur ein Satz wie: Bei Stromausfall ist die Gelegenheit günstig, mit Ihrem Fön zu baden.

1998 kam sein einziges Buch „Der Letterman" raus. Über Jahre hat Dietmar Briefe an Firmen geschrieben und die Antworten gesammelt. Ein sehr gutes Buch, wie ich finde, weil hier Dietmars verquere Welt nicht in sich selbst kreist, sondern direkt in die Empfangsräume und Großraumbüros dieser Republik rauscht. Es war auch die Rache an den Firmen, für die Dietmar hätte arbeiten können, in einem Parallelleben als Computerverkäufer oder Bürokaufmann. Und: Er entdeckte eine neue Kunstform: die Bubus. Burdinskis Buntstiftzeichnungen. Einige von diesen Meisterwerken sind im vorliegenden Buch zu bewundern.

2002 zieht der Quatsch Club nach Berlin um ins Souterrain des Friedrichstadtpalastes. Dietmar zieht mit Renate in die Hauptstadt. Er schreibt und spinnt für Kollegen wie Olaf Schubert, Rolf Miller, Horst Fyrguth, Jess Jochimsen, Lutz von Rosenberg Lipinsky, Gregor Mönter und mich, seit 2004 ist er fester Spinner für Olli Dittrichs Sendung Dittsche. Eigentlich alles gut, doch hab ich Dietmar in der Berliner Zeit oft niedergeschlagen erlebt. Mit sich hadernd. Dass er nicht so erfolgreich ist. Dass ihn keiner kennt. Dass er nicht zu Potte kommt wegen seiner Krankheit. Er hat dann für 500 Euro ein Motivationswochenende besucht, Selfmanagement mit Familienaufstellung von Freitag bis Sonntag. Ohne Erfolg. Als er mir das erzählte, hab ich gesagt: Dietmar, das können wir auch. Wir fahren zwei Tage in Urlaub und machen Motivation. Ich hab dann zwei Zimmer im Kempinski in der Fasanenstraße gebucht, und wir haben Urlaub gemacht in West-Berlin. Mit Hawaiihemden sind wir den Ku'damm lang, haben die Leute auf Texanisch nach dem Weg gefragt, waren im Café Kranzler, im KaDeWe, bei den Stachelschweinen, und im Kempinski-Spa hab ich Dietmar gesagt: So. Du schreibst ein Buch über Medizin. Wer, wenn nicht du! Und zwar: 21 Texte. Keine Widerrede. 21. Und immer wenn ein Text fertig ist, faxt du ihn mir. An die Arbeit!

Daraus ist sein zweites Buch geworden: „Die Hypochonder Rundschau", eine Sammlung von Texten zu Medizin, Tabletten und Gesundheit. Die Aufmachung: eine räudige Apothekerzeitschrift. Es war druckfertig, doch es erblickte nicht mehr das Licht der Welt.

Ach ja, jetzt kommt der Tod. Vorher vielleicht noch das Leben. An was ich mich erinnere: Wie der Dietmar mich immer so von oben anguckte, an seinen großen Kopf, wie er dann auf Kölsch „Rainald" sagte, wie wir nach Polen gefahren sind, um uns die Haare schneiden zu lassen, wie wir Schwarzwälder-Kirschtorte gebacken haben, wie wir ... wie oft wir mit Tränen in den Augen gelacht haben.

Am 21.7.2010 ist Dietmar gestorben. Seine Asche liegt unter einer Eiche im Friedwald Fürstenwalde bei Berlin. Auf seiner Beerdigung, es war eine gute Beerdigung, sah ich die vielen Freunde, Kollegen und Weggefährten und hatte die Idee zu diesem Buch. Ein dickes, buntes Buch sollte es werden, und viele beteiligen sich daran. Tragen mit dazu bei, dass Dietmars Welt bekannt wird.

Und dieses Buch halten Sie jetzt in Händen. Es hat ein wenig gedauert. Aber jetzt ist es fertig.

Ich saß über seinem Nachlass, Kisten mit Ordnern, Notizbüchern, schwer leserlichen Kladden, Videos, CDs, Kassetten, und habe eine Auswahl getroffen von den besten Sachen, die ich fand.

Viele Nummern kann ich auswendig, weil ich sie selbst in meinen Programmen verwendet und verwurstet habe. Sie begleiten mich seit 20 Jahren. Sind Teil meines Lebens. Sein Sprachduktus, den man auf der CD hören kann, hat auch auf mich abgefärbt, ich spreche oft wie Dietmar, betone Worte wie er. Und wenn ich das alles so lese, was ist das eigentlich, was mir so daran gefällt?

Es ist diese Naivität und Zartheit hinter all den Sprengsätzen und Pointen. Dietmars Texte ähneln oft Schulaufsätzen von Erstklässlern oder Wandbe-

schriftungen von ohnmächtigen Heiminsassen, seine Zeichnungen könnten in der Prinzhorn-Sammlung hängen. Kinder und Verrückte. Die beste Weise immer noch, um künstlerisch auf die Welt zu reagieren. Finde ich.
Und was so ungelenk, so schlicht und einfach daherkommt, ist große Zerstörungskunst. Treffer, versenkt. Das hat mit gewöhnlicher Satire nichts mehr zu tun, wo ein Gegenstand, ein Thema ironisiert wird, um letztlich doch Meinung zu machen. Die Themen und Dinge und Meinungen dieser Welt werden bei Dietmar aufgelöst in Luft und Lachen. Sie sind gar nicht mehr vorhanden. Es geht gar nicht um sie. Sondern um das Nichts dahinter. Aber genug davon. Keine Beipackzettel.
Das Buch enthält die besten Nummern und Texte aus seinen Bühnenprogrammen, die besten Briefe aus dem „Letterman" mit seinen Bubus, die schönsten Texte aus seinen Sudel- und Tagebüchern, Sketche für Olli Dittrichs Sendung „Olli, Tiere, Sensationen", und zuletzt das Beste aus der „Hypochonder Rundschau". Dazwischen gibt es Fotos, Texte und Bilder von Freunden und Weggefährten, die sich erinnern an den Dietmar. Und dann die CD mit Dietmar originale.
Der Erlös des Buches geht an die Buntstiftung e. V. in München, die schöne Sachen macht für Kinder, die es schwer haben.
Also jetzt: Rein in Dietmar Burdinskis Kosmos, blättern, stöbern, entdecken, es lohnt sich. Der Mann hatte Humor. Viel Vergnügen!

Rainald Grebe
im August 2012

BURDINSKI NUMMERN

Liebes Holgerlein,

alles Gute zu Deinem 8. Geburtstag wünschen Dir Papa und ich, also Mutti. Wir sind heute Nacht in Urlaub gefahren. Nun bist Du allein.
Wenn Du Hunger hast, geh in den Garten zum Kaninchenstall. Dort liegen noch Salatblätter.
Du kannst Dir auch ein Kaninchen schlachten. Nimm den grauen Bock. Der ist reif. Und wenn Du ausgeschlachtet hast, dann wasch Dir die Hände. Aber mach keine Blutflecken auf die Seife. Die gehen nicht mehr raus. Rasieren brauchst Du Dich nicht. Dir wächst ja noch kein Bart. Wenn doch, dann lass Dir einen Vollbart stehen. Sobald wir zurück sind, gibt Papa Dir seine Rasierklingen. Aber schneid Dich nicht! Wenn doch, dann hol Dir Pflaster in der Apotheke. Nachts in der Notapotheke.
Welche offen ist, steht in der Zeitung. Die Zeitung liegt im Allibert. Direkt neben dem Pflaster. Wenn Du lesen willst, nimm Dir Illustrierte. Frau im Spiegel liegt im Allibert. Und pass auf meinen Schmuck auf! Sollten Einbrecher kommen, dann wehr Dich! Lass Dir nichts gefallen! Du bist im Recht!
So, Holgerlein. Sei brav, bis wir wiederkommen in zehn Wochen.

Liebe Grüße
Deine Eltern

Ach ja, und vergiss nicht: Morgen hast Du Kommunion.

KÖNIGIN ELISABETH

Ich bin etwas niedergeschlagen. Hab Post bekommen aus England. Les ich mal vor:

„Mister Burdinski,
bitte rufen Sie nicht mehr an. Es ist vorbei.

Gruß
Königin Elisabeth“

Das muss ich erst ma verdauen. Ich hatte 40 Jahre ein Verhältnis mit Königin Elisabeth. Und jetzt? Was bleibt mir? Nur noch dieses Album mit Erinnerungen:
40 Jahre Königin Elisabeth und auch ich.

Kennengelernt hab ich die Königin 1952; in London ... auf der Straße. Da war sie schon Königin, aber noch nicht gekrönt.
Sach ich: „Königin Elisabeth. Sie haben ja gar keine Krone auf Ihren Haaren drauf.“
Sagt sie: „Dieses Jahr werd ich gefönt, und nächstes Jahr werd ich gekrönt. Kommen Sie doch auch.“
Jaaa ... und dann war ich dabei ... am 2. Juni ’53 in der Westminster Abbey. Bei der kirchlichen Krönung. Standesamtlich wollt sie sich nicht krönen lassen. Jaaa ... und nach der Krönung gab es ne Feier ... Kaffee und Kuchen. Kaffee natürlich: Jacobs Krönung.
Dann musste der Prinz Philip auf einmal aufs Klo ... ja ... und da hab ich mich an die Königin rangemacht. Und seitdem hatten wir ein Verhältnis. Ich hab sie oft besucht. In den Schulferien. Im Urlaub. Wir haben viele schöne Sachen gemacht.
Dann hab ich aber auch gesehn, was für einen harten Arbeitstag die Königin hat. Und ich hab mir mal vom englischen Hof ein Protokoll schicken lassen: „Ein Arbeitstag im Leben von Königin Elisabeth“.

04:30 Uhr Königin Elisabeth erwacht.
04:31 Uhr Die Königin schläft wieder ein.
07:10 Uhr Die Königin badet in der Badewanne des Buckingham-Palastes.
08:00 Uhr Königin Elisabeth frühstückt. Meistens Sauerbrot, Sojaprodukte, wie z. B. Tofu, und Cappuccino.
10:15 Uhr Die Königin eröffnet ein Pferdewettrennen auf der Themse.
11:00 Uhr Königin Elisabeth füttert die Schwäne auf der Themse. Meistens mit Sauerbrot, Sojaprodukten, wie z. B. Tofu, und Cappucino.
12:10 Uhr Staatsbesuch. Die Nationalhymne singt: „Gott schütze die Königin.“ Die Königin singt: „Gott schütze mich.“
12:15 Uhr Königin Elisabeth ist im Buckingham-Palast. Sie hat eine Krone auf dem Kopf und sitzt auf ihrem Thron. Ihre Gedanken kreisen um den Buckingham-Palast.
16:10 Uhr Die Königin verleiht Lady Diana einen Adelstitel. Lady Diana darf sich ab sofort Sir Lady Diana nennen.
17:40 Uhr Die Königin hat über 100 Rennpferde.
18:00 Uhr Abendmahl in der Westminster Abbey. Meistens mit Oblaten,

Wein und Sojaprodukten, wie z. B. Torf.
20:00 Uhr Zirkus Krone gastiert in London. Als Gäste wirken auch Königin Elisabeth und Prinz Philip mit. Die Königin jongliert fünf Königstiger, Herr Philip turnt eine Prinzenrolle.
23:45 Uhr Zähneputzen. Staatsakt. Nachtruhe.

Jaaa ... das ist ein harter Tag. Und sie hat es ja auch sonst nicht leicht, die Königin. Die ganzen Streitereien und Eheprobleme in der Königsfamilie ... Und der Prinz Charles is schon über 40 Jahre alt ... und wohnt immer noch zu Hause ... im Palast.
Und wegen dieser genannten Sorgen hat die Königin vor zwei Jahren eine Königinnen-Selbsthilfegruppe gegründet. Da sind außer ihr noch zwei Königinnen drin: Einmal die Beatrix von Holland. Die hat Sorgen wegen ihres Prinzen ... dem Claus ... der is ja hier oben gestört ... hat nen Dachschaden. Und da leidet die Beatrix auch drunter. Und dann noch die Königin Silvia von Schweden. Die hat auch ein Problem: Die war ja 1972 bei den Olympischen Spielen in München ... Hostess. Und jetzt rufen immer noch Leute an und fragen, wie viel es kostet.
Auf jeden Fall hat die Gruppe der Königin Elisabeth gutgetan. Als ich sie vor einem Jahr besuchte – da warn wir noch zusammen –, wirkte sie sehr erholt, saß gerade in der Küche ... mit so nem Küchenkrönchen ... und hat schon mal vorgekocht für einen Staatsbesuch am nächsten Tag: Rehzungenrücken mit Knollenblättern und Pilzen. Und dann hat die Königin mir ein Rezept mitgegeben. Das Rezept heißt: Hirschragout ohne Reis.
Das Rezept geht so: einen Hirsch klein schneiden.
Aber das Geweih nicht.
Das Hirschragout in eine Pfanne tun.
100 Reiskörner klein schneiden und wegschmeißen.

Jaaa, das Rezept hab ich, und Erinnerungen. Is alles, was geblieben is ... von diesen 40 Jahren.

Der Weltraum

Meine Damen und Herren, ich glaube, viele von Sie wollen Mathematik nicht. Immer nur Zahlen. Aber was Sie glauben, ist ganz anders. Ich will

Sie nun Mathematik anhand von Weltraum näher bringen.

Wir berechnen zunächst die Entfernung vom Mond zur Erde.
$x^1 - 0$ = Entfernung.
Die Entfernung Erde/Mond sei x=384405.
Wir setzen ein: $384405^1 - 0$ = Entfernung. Macht exakt 384405.
Die Entfernung zum Mond beträgt 384405, und ein Blick vom Mond zur Erde bestätigt dies.

Dann der Jupiter:

$$\sqrt[3]{x^2 \text{ mal } 19 - \frac{90}{90} - \frac{\text{Jupi}}{x}} = 1 \text{ Jupi}$$

Richtig: Es gibt genau einen Jupiter. Das Sonnensystem stimmt.

Jetzt der Ring:
$$\frac{2}{2} + \frac{2}{19} + \frac{2}{1} + \frac{1}{x} + \frac{1}{yv} + \frac{8}{\text{saturntel}} = \text{Saturn}$$

Stimmt. Da ist ein Ring drum.

Die Probe:
Halbmond mal 2 - Saturn = Halbmond + Halbmond - Saturn.
Minus Saturn ist auf beiden Seiten gleich. Hebt sich auf. Kann weg.

Es bleibt:
Halbmond mal 2 = Vollmond.
Die Berechnung der Probe geht in Ordnung.

Wenn nun die Sonne vor dem Uranus steht, sind $\frac{2}{3}$ der Venus identisch mit $\frac{4}{6}$.

Die Astronomen sagen:
400 Grad Temperatur pro Venus = $(a^2 + b^2 + c^2)^{17}$ + Sonnenfinsternis.

Eine Sonnenfinsternis in der Milchstraße ist etwas Geheimnisvolles. Das Licht geht aus und Menschen erstarren in Ehrfurcht. Eine mystische Stimmung ist da. Viele Tiere beten. Hyänen denken über ihr Leben nach und wollen sich ändern.
Löwen und Gazellen verbünden einander zu Freunden und ziehen als

Wanderprediger durch Mitteleuropa. Bei einer Sonnenfinsternis ist die Sonne finster und Schattenmorellen sind unsichtbar. Räuber machen eine Pause und der Pfarrer sagt: „Wir müssen alle lieb sein. Der Herr spricht zu uns."

Doch das stimmt nicht. Der Herr steht am Kiosk und betrinkt sich wie folgt zu berechnen:

$$\left(\frac{\sqrt{\text{4 Flaschen Korn}}}{\text{2 Mars}}\right)^{\text{Herr}} = 6{,}2\ ‰$$

Daraus folgt:

$$\frac{\sqrt[2]{\Omega^{c}\%} = x\left[\frac{2y+\varpi+3}{n}\right] + \sqrt[2]{2+\sqrt[3]{x+\sqrt[n]{}}}}{z\left(\frac{d}{x} - V\frac{x}{y}\right) = M\left(\frac{₣\leftrightarrow d}{3y} + x + \frac{2}{3}\right) + m\!\!\!/ - \frac{₦}{₦}}$$

Also: **2 + 3 = Vünf.**
Meine Damen und Herren, Sie sehen: Mathematik im Weltraum ist nicht schwer. Man muss sie nur berechnen.

In Seenot

Guten Abend, meine Damen und Herren, ich bin von der Gesellschaft zur Rettung Schiffbrüchiger und darf sagen, wir feiern heute ein ganz großartiges Jubiläum: 850 Jahre Schiffbruch. 850 Jahre Menschen in Seenot. Aus diesem Anlass hat meine Gesellschaft eine Wohltätigkeitsplatte herausgebracht, die all den Menschen gewidmet ist, die sich momentan auf den Meeren dieser Welt in Seenot befinden. Auf dieser Platte singen und tanzen Künstler, die untergegangen sind, untergehen oder untergehen werden.
Meine Damen und Herren – was Seenot bedeutet, können wohl nur die von Ihnen nachempfinden, die schon einmal kalt geduscht haben.
Inkontinenz ist schon schlimm, aber in Seenot, das ist Inkontinenz hoch drei.
Meine Damen und Herrn, ich bitte Sie, kaufen Sie diese Benefizplatte, dann kriegen Sie ein großes Herz und jeder Mensch in Seenot ... zwei Mark.
Seenötige müssen auch heute noch auf vieles verzichten, was uns selbstverständlich erscheint: Lichtschalter. Fernbedienung. Schiff. Verzicht.
Verzicht heißt auch, Künstler auf dieser Benefizplatte zu sein und nichts abzukriegen, wie z. B. Rex Gildo, ein Schlagermann, der übrigens auch

noch einen Nebenjob hat. Nun, der Rex Gildo ist im Nebenjob Komplimentemacher auf die Sonnenbank. Die Sonnenbank heißt: „Karibik-Power 2000“. Da geht der Rex Gildo so rum und sagt: „Gnädige Frau ... Sie sind aber braun. Warn Sie im Urlaub?“ Sagt die Frau: „Nein, Rex! Hier vorne ... auf der Sonnenbank!“ Sagt der Rex Gildo: „Sehn Sie, gnädige Frau. Das sieht man.“

Und das ist ein Kompliment. Und für 50 Komplimente kriegt der Rex Gildo ne Zehnerkarte für die Sonnenbank. Zehn Mal ne halbe Stunde. Sind fünf Stunden. Die liegt der Rex Gildo in einem Stück ab. Und deshalb ist der auch immer so schön braun. Jaaa ... Und der Rex Gildo singt auf dieser Seenot-Platte sein vielleicht schönstes Lied. Es heißt: „Hossa!“

Vielen Dank, Rex.

Und vielen Dank auch an die anderen Untergangskünstler hier auf dieser Scheibe. Ich sage nur: Bernd Clüver, Bata Illic, Otto Graf Lambsdorff und natürlich ... meine Damen und Herren ... Chris Roberts.

Der Chris Roberts hat auch nen Nebenjob. Der ist im Supermarkt für Knäckebrot zuständig. Der steht da vor dem Knäckebrot, in so nem hellblauen Kittel ... Kommen Kunden an und sagen: „Tach, Herr Roberts. Sahnse mal, Herr Roberts, haben Sie Knäckebrot?“ Und da muss der Chris Roberts immer sagen: „Ja!“ – „Und wo, Herr Roberts?“ – „Da!“

Der hat zwei Sachen zu tun, der Chris Roberts. Und früher, da hatte der nur eine Sache zu tun. Da war der für Schrauben im Reformhaus zuständig. Haben die Kunden immer gefragt: „Sahnse mal, Herr Robert, haben Sie Schrauben?“ Und da musste der Chris Roberts immer sagen: „Nein!“

Der hat sich echt verbessert, der Chris. Früher nur eine Aufgabe ... jetzt zwei.

Und der Chris Roberts singt hier auf der Seenot-Platte über einen untergegangenen Artikel aus dem Reformhaus. Und zwar den Vollkornschraubenschlüssel. Der hat sich ja nicht durchgesetzt. Der bricht ja immer ab. Und das kann doch nicht der Sinn eines Werkzeuges sein, dass es gesund ist, ne. Na ja ... auf jeden Fall: Vielen Dank, Chris Roberts. Vielen Dank auch an Sie, meine Damen und Herren, wenn Sie diese Platte kaufen. Und ein ganz besonderes Dankeschön an mich für das folgende Gedicht, es heißt:

Bitte haben Sie Mitleid

In Seenot, in Seenot. Allein auf dem Meer.
Wir haben es leicht, und ihr im Boot seid zu schwer.
Die Heimat so fern, und so nah scheint das Ende.
Doch wir helfen euch gern, mit unserer Spende.

In der Küche

Mutti: Na, mein Junge. Wie war es in der Schule?
Kind: Ich habe eine 5 plus bekommen.
Mutti: Soso. Ich muss den ganzen Tag Spinat und Mangold kochen, und der Herr Sohn treibt sich in der Schule rum!
Kind: Und in Erdkunde weiß ich jetzt, was ein Kaukasus ist.
Mutti: Glaubt wohl, was Besseres zu sein, der Herr. Aber mich fragt ja keiner. Und lass dich nicht mit diesem Kaukasus ein. Das ist kein Umgang für dich.
Kind: Mutti, ich freue mich so auf die Hausaufgaben. Aber erst möchte ich etwas essen. Was hast du denn Schönes gebraten, gekocht oder gedünstet, Mutti?
Mutti: Und was hast du in mündlichem Betragen und in Heimatkunde bekommen?
Kind: Du tust mir leid, Mutti.
Mutti: Wie heißt du mit Vornamen, mein Sohn?
Kind: Hans.
Mutti: Ein komischer Name. Bin ich froh, dass ich nicht so heiße. Themenwechsel: Habt ihr auch Rechnen in der Schule, mein Junge?
Kind: Könnte ich doch nur sagen, jetzt gerade – jetzt in diesem Augenblick – esse ich Schwarzwurzeln. Aber nichts da. Mutti, du bist eine Küchenversagerin. Und in Napoleon-Kunde hab ich eine 6 plus bekommen.
Mutti: Ich leide so, mein Junge. Die Hypothek, das Wetter, und der Büchsenöffner wird sicher auch bald kaputtgehen. Aber meine Schulnoten waren immer im oberen Normbereich. Alle Achtung! Ich hab mich nie blamiert. So, mein Junge: Wasch dir die Hände, halt den Mund und sprich ein Gebet.
Kind: Amen.

Vater Mutter Kind

Wenn eine Mutter eine Flasche Korn ausgesoffen hat und ein wenig torkelt und ihr Kind lacht darüber, soll sie ihr Kind gegen den Kopf schlagen und die Treppe runterschmeißen und dann sagen, das Kind solle aufhören zu heulen und dann das Sparschwein vom Kind nehmen und kaputt schlagen und das Geld aus dem Sparschwein dem Kind geben und das Kind zum Kiosk schicken, um noch eine Flasche Korn zu holen, und wenn das Kind dann auf dem Weg zum Kiosk an einer Kneipe vorbeikommt, wo der Vater von dem Kind besoffen drinsitzt, und weil er das Kind auf der Straße sieht „Eh, komm her!“ brüllt, dann soll das Kind in die Kneipe gehen und dem besoffenen Vater einen ausgeben, und wenn der Vater gerade pokert und vier Asse auf der Hand hat, aber kein Geld mehr, dann soll der Vater dem Kind sagen, dass es ihm Geld zum Zocken geben soll, und wenn das Kind sagt, dass es ihm doch schon einen ausgegeben hat und dass der Rest von dem Geld für den Schnaps von der Mutter ist, dann soll der Vater das Kind anbrüllen und gegen den Kopf hauen und dem Kind das Geld zum Zocken abnehmen und dem Kind sagen, dass es den Schnaps für die Mutter im Supermarkt klauen soll, und dann dem Kind sagen, dass es abhauen soll, und der Vater soll seinem Kind dann noch sagen, dass es auf dem Heimweg nicht an der Disco vorbeigehen soll, weil da kriegt es schlechten Umgang, weil da sind immer Jugendliche mit Motorrädern und die haben bestimmt Haschisch.

Frau Beyerle

Sie kennen sicherlich alle Svetlana Beyerle, die beliebte Diskuswerferin aus Kasachstan. Für die Freunde der Statistik: Frau Beyerle belegte 1982 den dritten Platz.
Danach beendete Svetlana Beyerle ihre Würfe.
Heute führt sie einen eigenen Schlachthof im Elssaß. Mit Kühen, Schweinefleisch und einem angegliederten Werfer-Fachgeschäft. Das Sortiment umfasst Speere, Handtücher, Münzen, Fehdehandschuhe, Diskusse und junge Welpen, die gerade geworfen wurden. Dazu Frau Beyerle in einem Hörfunk-Interview: „Na ja, bis auf die Handtücher läuft das Geschäft. Besonders die Diskusse gehen gut.“
Der Beweis: Am 17. Januar exportierte Svetlana Beyerle einen Diskus nach Saudi-Arabien.
Der geschäftliche Erfolg hat Frau Beyerle reich gemacht: Sie fährt einen eigenen Dienstwagen und besitzt neben einigen Münzen ungefähr 4.000 Handtücher.

Lukacziewicz Müller im Glück

Ich möchte nun von Lukacziewicz Müller erzählen: Müller mit ü, Lukacziewicz wie man's spricht.

Lukacziewiecz Müller, die Boblegende aus Kufstein, 1956 in Cortina d'Amporo geboren, Olympianeunter im Viererbob und Sportler des Jahres 1984.

Lukacziewicz Müller, der große alte Mann des Eiskanals, auch heute noch 118 Kilogramm zulässiges Gesamtgewicht. Dabei deutete in seiner schweren Kindheit nichts auf eine Platzierung hin.

„Lukacziewicz", schalt Müllers Mutter einmal ihren Sohn, „wir sind arme Leute. Dein Vater ist ein Holzfäller ohne Bäume, ich bin faul, und du bist viel zu schwerwiegend, um einmal ein guter Schwebebalken zu werden."

Schon am nächsten Morgen lagen zwei Boxhandschuhe auf Lukacziewiczs Gabentisch. Ein kleines Kärtchen baumelte daran, darauf stand: Für Lukacziewicz.

Nun, Lukacziewicz nahm seine Boxhandschuhe, ging in die Stadt, tauschte die Handschuhe gegen ein Pferd, das Pferd gegen eine Kuh, die Kuh gegen einen Hans, den Hans gegen eine Gans, die Gans gegen einen Klumpen Gold, das Gold gegen Boxhandschuhe und die Boxhandschuhe gegen einen Viererbob. Das war 1925.

Die folgenden Jahre waren nicht leicht für Lukacziewicz: Disziplin, Bobfahren, und üben, üben, üben. Tag für Tag. Bob um Bob.

Dann kamen die Erfolge, übrigens auch im Zwölferbob und als Bronzemedaille.

Heute kann jedes Kind den Namen Lukacziewicz Müller buchstabieren. Müller wie man's spricht. Lukacziewicz mit Z wie Zeppelin am Ende.

Herr Ober

Gast: Herr Ober, die Karte bitte.
Ober: Nein, mein Herr.
Gast: Dann bitte das Tagesgericht.
Ober: Nein, mein Herr.
Gast: Herr Ober, warum nicht?

Ober: Ich bin nicht motiviert. Bitte haben Sie Verständnis.
Gast: Herr Ober, ich habe Verständnis für Sie.
Ober: Danke.
Gast: Bitte.

(Kurze Pause)

Gast: Herr Ober!?
Ober: Ja?
Gast: Schicken Sie doch bitte einen Ihrer Ober-Kollegen.
Ober: Nein, mein Herr.
Gast: Warum nicht?
Ober: Mein Kollege liegt auf dem Küchenboden – mit einer Fischvergiftung.
Gast: Warum hat Ihr Kollege eine Fischvergiftung?
Ober: Mein Kollege hat Fisch gegessen.
Gast: Bitte?
Ober: Mein Kollege hat Fisch gegessen.
Gast: Das tut mir leid, Herr Ober. Wünschen Sie Ihrem Kollegen gute Besserung von mir, einem einfachen Gast.

(Ober ab, kommt 15 Sekunden später zurück)

Ober: Mein Kollege bedankt sich recht herzlich für Ihre Genesungswünsche.
Gast: Gern geschehen.
Ober: Keine Ursache.
Gast: Herr Ober!?
Ober: Ja, mein Herr!
Gast: Dann schicken Sie doch bitte einen anderen Ihrer Kollegen.
Ober: Nein.
Gast: Bitte!
Ober: Nein.
Gast: Und warum nicht?
Ober: Mein Kollege holt mit seinem Wagen einen Piloten vom Flughafen ab.
Gast: Und warum?
Ober: Der Pilot möchte bei uns essen.
Gast: Und was?
Ober: Das Tagesgericht.
Gast: Ich auch.
Ober: Nein.

(Kurze Pause)

Gast: Herr Ober, dann schicken Sie doch bitte ...

Ober: Mein Kollege kann jetzt nicht.
Gast: Bitte?
Ober: Mein Kollege kann jetzt nicht.
Gast: Herr Ober, warum nicht?
Ober: Mein Kollege liest in der Küche in einem Kochbuch.
Gast: Herr Ober!
Ober: Ja, mein Herr?
Gast: Ach ... nichts.
Ober: Aha.
Gast: Herr Ober!?
Ober: Ja, mein Herr?
Gast: Dann möchte ich zahlen, Herr Ober.
Ober: Nein, mein Herr.
Gast: Dann bitte die Rechnung, Herr Ober.
Ober: Nein, mein Herr.
Gast: Herr Ober, Ihr Vollbart steht Ihnen ausgezeichnet.
Ober: Finden Sie, mein Herr?
Gast: Ja, das finde ich, Herr Ober.
Ober: Vielen Dank, mein Herr.
Gast: Gern geschehen, Herr Ober. Die Karte bitte.
Ober: Nein, mein Herr.

Robert Redford/Hollywood

(Der Mann spricht einen übertrieben amerikanischen Akzent)

Verehrtes Frollein?

Ja, mein Herr?

Ist hier noch frei?

Ja, mein Herr.

Verehrtes Frollein, ich liebe Sie!

Mein Herr, ich liebe nur einen: Robert Redford aus Hollywood.

Mein Frollein, ich bin Robert Redford aus Hollywood.

Das habe ich nicht erwartet, Herr Redford.

Freuen Sie sich, verehrtes Frollein?

Ja, ich freue mich, Herr Redford.

Ein Traum ist für Sie wahr geworden, gnädiges Frollein?

Ja, ein Traum ist für mich wahr geworden, oh ja, Herr Redford.

Haben Sie das erwartet, gnädiges Frollein?

Nein, das habe ich nicht erwartet, Herr Redford.

Haben Sie oft von mir geträumt, mein Frollein?

Ja, ich habe oft von Ihnen geträumt. Sehr oft, Herr Redford.

Und? ... Wie war es?

Es war traumhaft, Herr Redford.

Verehrtes Frollein, könnten Sie einen einfachen Handwerker lieben?

Nein, Herr Redford, das könnte ich nicht. Nein, nein!

Wen könnten Sie lieben, mein Frollein?

Nur Sie, Herr Redford, nur Sie könnte ich lieben.

Und? Lieben Sie mich?

Ja, Herr Redford, ich liebe Sie!

Mein liebes Frollein, als wir uns noch nicht begegnet sind ...

Nein, nein, nein!!!!

... wie war Ihr Leben da?

Mein Leben war einsam und öde ohne Sie. Sehr öde, Herr Redford.

Und nun, gnädiges Frollein?

Nun ist alles wunderbar, Herr Redford.

Haben Sie das erwartet, gnädiges Frollein?

Nein, das ...

Verehrtes Frollein, ich ... ich ...

Jaaa ... Herr Redford?

Ich muss zurück nach Hollywood. Sofort. Zu einem wundervollen Kultfilm mit acht Oscars. Die Dreharbeiten werden 15 Jahre dauern.

Ich werde warten, Herr Redford.

The Blues

- Sindo Cachooga, happy congratulations to you. Willkommen. Please blivv sit. Liebe Hörer, im Studio heute: Sindo Cachooga, die weiße Blues-Legende. Sindo Cachooga hat den Blues. Hello, Mindo Cachoogue.

- Hello to all.

- Mondo Lachoogue, what do you mean? Background vocals, Shakka-

Takka-Makka-Sakka-Remake-Remix or synthesizer? Unplugged back on stage? Oder anders ausgedrückt: Hicko McMallendire-Schikko von Molto-Blues-Halla-Schalla-Kalla-Lalla-Music-Production hat einmal gesagt, Sie seien die Hitparade raufgehüpft wie sonst nur Elvis das Pelvis. Rock'n'Roll und Blues: Is that okay for you?

- Oh yes, because I am blues and white. Why not? Because that depends on that, where the roots are. All is how may it be or not to be. It was in New Orleans, I played in some bars and pubs and mubs and clubs and rubbs and lubbs. Yes, I have the blues.

- Please Mundo Ralooga, please play she a blues song. Bitte spielen Sie ein blaues Lied. Aus den Staaten bitte. Südstaaten.

- Okay.

Ooh, mmmh, I´ve the Blues.
The Blues is in me.
They said to me in St. Louis:
Hey boy, you are a Louis.
But, I think, I'm a Blouis.

- Munta Raschoogoo: Es groovt. Tschubadabbatschuttschu ding dong. Aber, Mitra Scharoogospow, Sie können noch mehr play spielen: Boogie-Woogie, Rock, Pop-Tip-Top-Lob-Lab-Top-Flop-Mob-Cop-Stop-Samba-Rumba-Ramba-Zamba-Bamba-Bambi-Bombi-Zombie-Zimbo-Limbo-Limo-Lumumba-Guitarking-Soul. Ja, und über die Seele des Blues singen Sie in Ihrem Song: „Cottonfields are Baumwollfields“:

Du sagst, meine Baumwolle störe dich.
Doch ich bin nicht wie du.
Ich wachse meine Haare lang
Und wasche mich mit Glaswolle.
Ich bin nicht wie du.

Dein Glück ist meine Trauer.
Deine blauen Bluesbeeren auch.
Du gospelst in der Kirche umher.
Ich spiele mit meiner Trompete Klavier.
Ich bin nicht wie du.

Du sagst, der Mississippi habe vier S.
Ich sage: vier I.
Du versprichst dich nie,
Ich sage: Mippississi.
Ich bin nicht wie du.
Verzeihung, Säugling, Verzeihung.

- Please, Kunta Saroogospow, play this song for us. Liebe Hörer, Kurta Roogos: „Cottonfields are Baumwollfields".

- *I have a blue jeans*
And what that free means
I said in states.
My family was sad and was poor
All what we hatten
Was blues, jeans and schatten.
Oh, my way is so blues
And i feel this old shoes
In L.A., in Kindheit, in youth
That's it: so black is the blues.
Sorry, baby, sorry.

- Ja, eine sehr traurige Musik. Sindo Cachooga, you can go. Good bye. Liebe Hörer, vielen Dank. Ich hoffe, Sie sind das nächste Mal wieder dabei, wenn es heißt: „Kulturen fremder Länder können musikalisch auf der Schallplatte abgehört werden oder CD, wenn man diese Tonträger vorher erworben hat durch Kauf oder Diebstahl." Tschüss!

Die Baumschule

Wissen Sie, ich war mal Außendienstmitarbeiter einer Baumschule und zog da so mit jungen Bäumchen von Tür zu Tür.
Beispiel: Dingdong. Tür auf. Stand da Frau Puvogel.
Ich: „Tach, Frau Puvogel. Burdinski, Baumschule Henscher. Saren Se ma, Frau Puvogel, brauchen Se ne neue Eiche?"
„Nein! Die alte ist noch in Ordnung."
„Jaaa ... Frau Puvogel. Dann nehmen Se doch ne Esche. Hier: astreines

Laubholz. Nadelt nicht. 200 Jahre Garantie. Mmh? Wär dat nix für Sie, Frau Puvogel?"
„Nein, nein! Eschen hab ich noch genug."
„Und wie wär's hiermit, Frau Puvogel? Hätt ich ne ganz tolle Zypresse für Sie, mmh?"
„Nein, nein! Zypressen mag ich nicht!"
Sach ich: „Frau Puvogel, so komm' wir nich weiter! Seien Se doch nich so störrisch, verdammt! Kaufen Se mir wenigstens n bisschen Zubehör ab! Hier: Hab ich alles in meinem Köfferchen. Schaun Se ma: Tannenzapfen. Zäpfchen, Kastanien, eine Erlenkette, Raumspray Fichtennadelduft, Blätterteig, Das Goldene Blatt, mmh! Oder hier, schaun Se ma: n Vogelhäuschen ohne Loch. Könn Se sich um n Hals hängen. Das ständ Ihnen sicher ganz toll, Frau Puvogel. N Buntspecht geb ich Ihnen noch gratis dazu. Mmh, wär dat nix?"
„Nein! Sie bedrängen mich! Hilfe! Hilfe! Ich schreie!"
„Ja, schrei doch. Dädädä. Blöde Esche!"

Ja klar, bin ich wieder gegangen, ne. Kam zurück in die Baumschule, stand da schon der Baumschuldirektor. Kriegte ich ganz schön Schimpfe von dem. Der: „San Se ma, Burdinski, was ham Se denn da wieder angestellt? ... Was?! ... Ach, hören Se doch auf! Die Frau Puvogel hat hier angerufen ... sich beschwert über Sie! San Se ma, Burdinski, sind Sie bescheuert? Sie machen ja meine ganze Baumschule kaputt. Meine Bedeutung. Meine Reputation. Mein Renommee. Nee, Burdinski, jetzt reicht's. Sie werden strafversetzt! In den Schuldienst!"

Ja, und so wurde ich Baumschullehrer. Der Unterricht war draußen in einem Klassen... auf einem Klassenfeld ... und die Baumschüler wuchsen und standen da so in Reihen ... und ich davor.
Ich begann den Unterricht in Biologie.
Tanne in der letzten Reihe. Hör auf zu knacken. Pass auf!
Tanne: Das ist eine Birke. Birke: Darf ich vorstellen: Tanne.
Fichte: Da steht Buche. Buche: Fichte. Erle: Eibe, Eiche, Esche. Esche, Eiche, Eibe: Erle.
Linde: Das ist Linde. Linde: Linde. Na, ihr kennt euch ja.
Jetzt Sport: Eichen sollst du eichen, Buchen sollst du suchen.
Eichen: Entfernt euch voneinander. Wachst zu den Buchen hin. Nicht so langsam! Schneller! Steht da nicht so angewurzelt rum! Die anderen auch: Zu den Buchen! Buchen: Bleibt, wo ihr seid!
So, jetzt Rechnen. Birke: Wie viel ist Birke geteilt durch Axt?

Was? Falsch! Birke geteilt durch Axt = Kleinholz. Birke: Zur Strafe zwei Minuten Wurzelziehen.

So, jetzt Musik. Ein Lied. Ich singe:
Erste Strophe: O Tannenbaum, o Tannenbaum, wie grün sind deine Blätter.
Zweite Strophe: O Gummibaum, o Gummibaum, wie grün sind deine Nadeln.

So, Baumschüler. Schluss. Das war eure Schulzeit. Mehr braucht ihr nicht zu wissen. Ihr kriegt alle den Baumschulabschluss. Herzlichen Glückwunsch. Bleibt noch eine Frage: Was soll aus euch werden? Nun, ich denke Bauklötze. Vielleicht auch Brennholz. Ne Tür. Vielleicht sogar eine Morgenlatte. Und wer von euch musisch begabt ist, kann im Orchester mitspielen. Als Bratsche. Oder als Arschgeige. Und denkt dran: Ihr könnt auch noch über den zweiten Holzweg aufs Brettergymnasium. Europaletten werden immer gebraucht.

Was auch immer, Baumschüler. Ich wünsch euch viel Glück. Toi, toi, toi.

Der König

Letztens fiel mir ein altes Märchenbuch in die Hände. Besonders das Märchen vom König gefiel mir.
Es war einmal eine Woche, die hatte sieben Tage. Und an ebendiesem Tag, da sprach der König. Nun trug es sich aber zu, dass des Königs Tochter ward von solch minniglicher Güte, dass alle vor Blässe erneideten. Doch plötzend und alldort kam ein purpurschwarzes Ross auf einem güldnen Schwan herangeritten.
„Spieglein, Spieglein in der Hand, wer knuspert an meinem Häuschen?“, geißelte der erboste Wolf.
„Hänsel und Brezel“, scherzte der König einen Keks, und lauschend pfiff ein Vögelein, so zauberhell und wundermild wie einst der volle Mond in der Walpurgisnacht. Da ahmte der König die verwunschene, verschwundene Singdrossel nach: „Äähh, äähh“, so ergreifend und königlich, und der König war der weiseste von allen – und keiner wusste warum.
Nichtsdestovontrotzen rapunzelte die holdselige Sterntalerin das ver-

zopfte Dornenputtel um den Hals, und ein Röcheln ward übers Land gemeuchelt. Und wer die raubenden Riesen im Walde erschlüge, der solle des Königs Tochtermann werden und ein halbes Königreich noch dazu.
Nun begab sich's dergestalt, dass Schneewittchen Frau Holle besiegte, mit heimischer Tücke und himmelhoch Schnee. Und die höllische Frau, das verschneite Wittchen und die versiebten Zwerge lebten glücklich und zufrieden bis ans Ende des Tages. Da ahmte der König den verunglückten Raben unterm Haselnussbaum nach: „Äähh, äähh."
Doch hie und da empfand der König ein Empfinden für die tugendselige Rotkappe, und die Kunde ging durchs höfliche Gesinde, dass der König Rotkappe beschenken wolle, wenn sie ihm zu Willen sei, mit goldnem Zahn und Silberblick und prächtigem Geschmeide. Da ward Rotkappe geschmeidig.
Und es war Märzen, und als das Jahr vorbei, dezemberte Rotkappe ein gebürtiges Mägdelein, welches Rotkäppchen.
Und im umbuschten Werder, dort wo Goldmarie den Hans beglückt, lag darob der schmucke Jägersmann, noch ermattet von der kühnen Jagd nach des grausiglichen Einhorns einem Horn. Zwei Feen sahen dies, von denen eine blond gelockt und beide dumm. Und als der Feen leibliche Mutter verblühte, da kam ein beleibtes Stiefmütterchen.
Rotkäppchen aber wuchs heran zu einer stolzen Sengerin und sengte und brandschatzte das Feuer und mordete das Blut in den Schnee und war höflich von Sitten und fromm.
Und wer da komme zuerst, des Königs Nusszweiglein zu schauen, der solle reich und einen Korb sein Eigen nennen, voll köstlicher und gar östlicher Östlichkeiten.
„Strastwui korol. Kak tui poschewaesch? Do Keln ot Parische pjatsow kilometrow. Ja snaju mir, druschba, omlett. Von Köln bis Paris sind es 500 Kilometer. Ich kenne Friede, Freude, Eierkuchen", schallte es durch die himmlische Luft, und ein Rebhuhn flitterte herbei. Das nahm sich der König zum Weibe.

Goethe

Wissen Sie, ein altes Sprichwort hat einmal gesagt: Wissen ist Macht. Zum Beispiel Mozart. Oder nehmen wir Beethoven. Beethoven hat ja

komponiert, finden Sie nicht? Brahms und Haydn übrigens auch. Fontane nicht, aber das nur nebenbei.
Also für mich hat Beethoven seine eigene Musik maßgeblich beeinflusst. Ganz sicher!
Oder nehmen wir Mozart. Mozarts Verhältnis zur Note war zweifellos musikalisch. Gerade in der Zauberflöte. Und Mozart wusste das. Davon bin ich überzeugt.
Oder nehmen wir Goethe. Von Goethe. Johann von Goethe. Johann Wolfgang Goethe. Ich weiß nicht, ob Ihnen der Name von Goethe geläufig ist. Und Obacht! Ich zitiere von Goethe. Seite 1.000 unten: Klammer auf. Mephistopheles ab. Klammer zu.
Oder um es mit von Schiller zu sagen:
Ich sei, gewährt mir die Bitte, in Eurem Bunde der.
Oder nehmen wir Dürer. Dürer war ja Maler. Finden Sie nicht auch? Dürers Bildnisse sind ja in geradezu klassischer Weise typisch dürerisch. Die Pinselführung macht betroffen.
Was halten Sie eigentlich van Gogh? Von Gogh. Van von Gogh. Von van Gogh.
Ich weiß nicht, ob sie van Gogh kennen.
Die ekstatische Ausdruckskraft seiner Landschaften zerfließt in fast musikalische Sphären. Musik. Beethoven. Mozart. Wolfgang Mozart. Wolfgang Amadeus Mozart. Ich weiß nicht, ob Sie Mozart kennen. Die ekstatische Ausdruckskraft seiner Kantaten. Die Farbigkeit seiner Klanggemälde zerfließt in fast malerische Sphären. Malerei!
Van Gogh. Düren.
Ich weiß nicht, ob Sie Düren kennen. Die aquarelle Leichtigkeit von Düren. Rot und Blau als Gegensatz. Phänomenal! Die Kupferstiche seiner Holzschnitte. Phänomenal!
Oder nehmen wir Mozart. Oder von Schiller. Oder von Goethe. Oder Düüürer.
Das sind doch Namen, die sprechen für sich.
Die Kulturgeschichte des Abendlandes wäre doch ganz anders verlaufen ohne diese ... Leute!

Bonn

Bundeskanzler Kohl isst am liebsten Saumagen

Dazu teilte Regierungssprecher Vogel mit, er – Vogel – sei von Bundeskanzler Kohl bei einem gemeinsamen Restaurantbesuch gebeten worden, den Rest seines – Kohls – Saumagens zu verzehren, was er – Vogel – jedoch mit der Begründung abgelehnt habe, dass er – Vogel – nicht des Kanzlers Resteverwerter sei, wobei er – Vogel – aber dem Bundeskanzler vorgeschlagen habe, dass er – Kohl – doch den Rest des Saumagens einpacken solle, um ihn – den Saumagen – beim nächsten Staatsbesuch Präsident Mitterands ihm – Mitterand – zu servieren, obwohl er – Vogel – nicht wisse, ob er – Mitterand – sein – Kohls – Leibgericht vertrage, sodass die Möglichkeit bestünde, dass er – Mitterand – einen Magendurchbruch erleide, danach möglicherweise wegen seines – Kohls – Saumagens stürbe und anschließend tot wäre.

Der Staatsbesuch

Hallo, liebe Hörer, herzlich willkommen hier auf der proppenvollen Zuschauertribüne des Bundespräsidentenpalastes. Die Spannung ist bis zum Zerreißen gespannt und das Wetter überragend. Kein Wunder, denn heute ist Staatsbesuch. Heute kommt der Diktator von Radschistan.
Und da ist er auch schon. Elegant schält sich der Diktator aus dem Fahrersitz seines roten Ferrari, er winkt und wirkt erstaunlich frisch, kaum gezeichnet von der langen Autoreise quer durch die Steppen und Sümpfe Mittelasiens. Und durch Rumänien.
Der Diktator trägt landestypische Tracht: Kampfanzug, Schnauzbart, Pistole.
Hoffentlich wird der Diktator nicht provoziert.
Aber weiter: Auf der Schulter des Staatsmannes sitzt ein in Klarsichtfolie eingepacktes Halbäffchen, und neben ihm geht, ich möchte fast sagen schwebt, seine Gemahlin, die Prinzessin von Abchasien, zauberhaft schön in Partnertracht, aber ohne Schnäuzer und Schusswaffe. Dafür mit Blindenstock, dunkler Brille sowie gelber Schärpe mit drei schwarzen Punkten:

die perfekte Tarnung. Niemand darf wissen, dass die Prinzessin taub ist. Nun schreitet das Diktatorenpaar Arm in Arm die schwanenweiße Marmortreppe empor. Oben steht Bundespräsident Otto Kühlmann nebst Gattin. Sie im gut gemeinten grünen Kostüm samt Krokotasche, anders der Bundespräsident: weißer Seidenanzug von Boss, weiße Pradaschuhe, und die Haare von Udo Walz nach hinten gekämmt. Ja, alles vom Feinsten. Niemand soll sehen, dass den Bundespräsidenten Hämorrhoiden quälen. Heiteren Schrittes geht der Bundespräsident dem Gästepaar treppabwärts entgegen, reicht dem Diktator seine Begrüßungshand, flüstert der Prinzessin etwas ins Ohr, vielleicht ein paar Anzüglichkeiten, wir kennen ja Kühlmann, vielleicht wieder Staatsgeheimnisse, Kühlmann kann ja nichts für sich behalten ... aber was soll's, die Prinzessin hört ja eh nichts. Doch sie schaut, schaut durch ihre Blindenbrille auf die hellblaue Krawatte des Bundespräsidenten, die mit kleinen Bananen bestickt ist.

Prompt hüpft das Äffchen des Diktators aufgeregt krächzend auf dessen Schulter umher, will mit der Krawatte spielen.
Das Verhalten des Tieres macht Frau Bundespräsident nervös, die bisher eher apathisch im Abseits stand, nun aber zuckend und geifernd böse Wörter ruft: „Scheiße Scheiße Arschloch Scheiße" ... ich muss das alles so wiedergeben, liebe Hörer, so will es das Protokoll. Aber was ist das? Frau Kühlmann drischt mit ihrer Tasche auf das Äffchen ein, das fällt zu Boden, Frau Kühlmann prügelt weiter – ja eindeutig, sie hat wieder einen Wutausbruch.
Jetzt lässt sie ab vom Äffchen und – mein Gott! – schreit den Diktator an! Der nestelt nervös an seiner Pistole rum, zieht, schießt! – aber vorbei! Vorbei!
Ui, das war knapp. Die First Lady beruhigt sich.
Der Diktator steckt seine Waffe zurück ins Holster und auch das Tierchen in seiner zerfledderten Zellophanumhüllung hockt ganz brav auf der Treppe.
Alles ist wieder gut. Stille kehrt ein. Die deutsche Hymne.
Otto Kühlmann ist ergriffen. Er weint. Dann weinen auch die Staatsgäste. Radschistan hat keine Hymne. Beide Länder umarmen einander. Eine bewegende Szene.
Doch nun, endlich! Die Staatsgeschenke werden ausgepackt. Und, keine Überraschung: das Halbäffchen für Deutschland, und recht pfiffig, ein Bund Radieschen für Radschistan. Ja, Radschistan hat keine Bodenschätze.
Nun schlendern alle auf der Marmortreppe umher, plaudern über ihre Beziehungen, und schon macht der Bundespräsident das offizielle Pressefoto. Ein wunderbares Bild!

Doch was macht Otto Kühlmann nun? Er zwinkert der Prinzessin zu, öffnet seine Hose, schließt sie wieder: die Andeutung eines brillanten Scherzes – ja, es herrscht eine heitere Atmosphäre, kein Wunder bei der allseits beliebten Freundschaft Deutschlands und Radschistans.
Liebe Hörer, kurz etwas zur Geschichte Radschistans. Die Republik Radschistan stammt aus dem Nachlass von General Schlünz.
Doch genug der Historie, zurück zum Staatsbesuch. Ein kleines blondes Mädchen überreicht dem Diktator einen Strauß Maiglöckchen. Der Staatsbesuch streicht dem Kind übers Haar. Jubel brandet auf. Der Herrscher geht zur Zuschauertribüne und nimmt seine Huldigung entgegen. Dann tröstet er die Eltern des unbekannten Soldaten. Mit Maiglöckchen. Und Radieschen. Bravo! Das ist nun wirklich einmal ein Despot zum Anfassen, ein Diktator der Herzen!
In perfektem Stechschritt geht der Mann aus Radschistan nun zur Treppenmitte zurück. Dort zündet er einen Kanonenschlag. Bumm!
Damit ist der offizielle Teil des Staatsbesuchs beendet. Jetzt beginnt das Vergnügen.
Der Diktator schießt auf die Torwand, bis das Magazin seiner Pistole leer ist.
Danach: Abschreiten des kalten Buffets. Am Ende der Tafel: Stille. Der Diktator konzentriert sich. Er hat nun eine Sekunde Zeit, möglichst viele der angebotenen Speisen aufzuzählen. Die bekommt er als Proviant für die Rückreise mit. Und jetzt fängt er an: Sushi! Und aus. Die Zeit ist um. Ein Sushi.
Ja, da hat sich der Staatsbesuch für Radschistan doch gelohnt. Dies ist das Fazit dieses Tages, und das müssen wir jetzt ziehen, liebe Hörer, denn während der Bundespräsident sich gelangweilt am Po kratzt, hat die First Lady schon wieder den irren Blick, hat wohl den Verlust des rohen Fisches noch nicht ganz verkraftet. Höchste Eisenbahn, den Besuch zu beenden.
Die First Lady bleibt mit hochrotem Kopf zurück, Otto Kühlmann bringt seine Gäste zum Ferrari, reicht das Sushiröllchen auf einem Pappteller in den Wagen und wünscht taschentuchwedelnd eine unfallfreie Heimreise. Der Herrscher fährt winkend los, die Prinzessen durchschaut lächelnd ihre Blindenbrille ... und jetzt verschwindet der Wagen im Berufsverkehr. Der Staatsbesuch war ein voller Erfolg!

TTT — Tipps Trends Tatsachen

80 % aller Alkoholiker haben mindestens einen Verkehrsunfall ohne Alkoholeinfluss verursacht. Das ist sehr erfreulich.

Zu wie zu-e. An wie An-ne. Zu-e Frauen können An-ne heißen.

Falsch geschriebene Wörter nachts in den Duden legen.
Stumpfe Buntstifte werden durch Anspitzen wieder schön bunt.
Ungebetene Gäste verschwinden durch Anspucken.

Bei Panik hilft Gelassenheit.

Gegen Vergessen hilft Behalten.

Butter immer in den Eisschrank. Dann bleibt sie schön streichunfähig.

Wer viele Möhren isst, kann Möhren besser angucken.

Wer mit 104 in den Ruhestand geht, bekommt eine stattliche Rente und kann noch schöne Reisen machen.

Wer gedankenlos vor eine Straßenbahn läuft, wird überfahren. Und bleibt für immer gedankenlos.

Überhöhte Telefongebühren werden vermieden, indem man sich anrufen lässt.

Erste Hilfe kann nur wirksam sein, wenn sie schnell erfolgt. Fußgänger lassen sich am besten von einem Rettungswagen überfahren.

Petersilie? Warum nicht.

Bankräuber sollen nicht rumjammern, wenn keine Bank in der Nähe ist.
Wer arbeiten will, der kriegt auch Arbeit.

Bei Stromausfall ist die Gelegenheit günstig, mit Ihrem Fön zu baden.

Eier

Ein Frühstück mit zwei Eiern ist viel.

Gekochte Eier nicht roh essen.

Rohe Eier in kaltem Wasser bleiben schön roh.

Rohe Eier gehen eher kaputt.

Gekochte Eier bleiben länger kaputt.

Wer Eier dreht, kann sehen, wie sie sind: Gekochte Eier drehen sich doppelt so schnell wie rohe. Man braucht also zwei rohe Eier, um ein gekochtes zu überholen.

Rührei ist ganz langsam. Rührei ist auch ganz kaputt.

Spiegeleier sind auch kaputt, aber noch heil. Spiegeleier waren mal in rohen Eiern.

Rohe Eier sind oft im Kühlschrank.

Man kann Spiegeleier auch im Kühlschrank essen, aber da schmecken sie so kalt.

Wer mit Eiern einen Kuchen backt, kriegt sie nicht mehr heil heraus.

Wer die Eier vergessen hat, kann sie nicht mehr reinbacken.

Wer nur die Eier in der Schüssel hat, aber den Restkuchen noch nicht, der kann noch was machen.

Ein Kuchen nur mit Eiern und ohne Restkuchen wird Eier genannt.

Eier ohne Eier schmecken nach nichts.

Nicht zu viele Eier essen, sonst liegt der Magen zu schwer auf den Eiern.

Nordsee

Roswitha von Berghoff geht am Wasser spazieren. Es ist der Nordsee. Völlig entspannt beschaut Frau von Berghoff, eine stille und nachdenkliche Frau, die gerne Gedichte abschreibt, den Sand am Strand, den immer das Wasser nass macht.
Grübelnd sackt Roswitha von Berghoff in den Sand, der myriadenkörnig überall rumliegt. Sie denkt nach und betrachtet den weiten großen Nordsee, ein See voller Geheimnisse.
Dann steht Frau von Berghoff wieder auf, stemmt ihre Hände in die Hüften, spitzt ihre Ohren und horcht auf den Nordsee, der in sich ruht.
Frau Roswitha von Berghoff, eine stille und nachdenkliche Frau, die gerne Gedichte abschreibt, setzt sich wieder in den Sand, die Füße nach vorn und den Hinterkopf nach hinten.
Millionen- und aberfach ist sie umgeben von Sand, der am Strand liegt. Dem Nordsee weht ein leichter Wind über die Wasseroberfläche und kräuselt grünlich-weiße Schaumkronen in Frau von Berghoffs Haar. Frau von Berghoff denkt nach, erhebt sich, blickt ergriffen von einer Stimmung bis kurz vor den Horizont, setzt sich wieder in den Sand, erhebt sich, geht ins Wasser und setzt sich. Sie ist ganz nass.
Der Sand und der Nordsee sind vollkommen glattgespiegelt von der Sonne, die scheint. Sie ist ganz heiß. Roswitha von Berghoff erhebt sich, dunkle Wolken erscheinen im Zenit, verschwinden wieder, kommen zurück. Dann regnet es.
Frau von Berghoff steht auf und bedankt sich bei den Naturgewalten für den schönen Nachmittag.

Take off

Sanft spiegelte sich die maisgelbe Abendsonne auf der matt glänzenden Stirn Marianne von Roggendorffs, Bäuerin auf eigener Scholle.
Völlig entspannt, die verschränkten Arme hinterm Kopftuch verknotet, hockte Marianne von Roggendorff am Rande ihres Ackers und blinzelte in die horizontnahe Helioskugel, auf die Dunkelheit wartend und Zitronen im Haar.

Frau von Roggendorff, eine aparte Frau bestimmten Alters, hatte sich nach dem Tode ihres Mannes vor 21 Monaten ein Stück Land gekauft. Seitdem war sie viel an der forschen Luft gewesen, und das tägliche Sonnenlicht hatte Marianne von Roggendorff in einer natürlichen Form wettergegerbt. Ledern-ocker wirkten ihre Gesichtszüge im Widerhall des duftenden Abends über dem Acker.
„Die Frucht steht reif im Feld“, hauchte die schöne Bäuerin allein zu sich selbst, „Rhabarber, nun bist du erwachsen.“
Ein leises Lächeln glitt über ihre Füße.
Doch plötzlich schossen flüssige Tränen in Frau von Roggendorffs feldsalatgrüne Augen, so schwarz wie die Nacht, nun, da inzwischen Dunkelheit herrschte, während im fernen Osten bereits der Morgen erwachte und Japan begann.
Noch hatte Marianne von Roggendorff den Schock des Vorjahres nicht gänzlich verwunden, als ein brüllend heißer Wüstenwind die Weintraubenernte angeschrien und hernach zu Rosinen vertrocknet hatte.
„Doch Rosinentrauer verfliegt, und Rhabarberblätter wiegen stolz sich im Wind“, sang Marianne von Roggendorff trotzig, mit der rechten Hand ins Ackerland greifend, die würzige Erde erriechend – doch nicht sehend, weil sternklarer Himmel hinter Wolken die Nacht nicht erhellt. Und so ward die handvolle Scholle wieder zu Boden geworfen, um fruchtbar zu sein und edel und gut.
Geräuschlos und schnell bestieg Marianne von Roggendorff kurz darauf ihren Esel und ritt heim auf den Hof.

Als Frau von Roggendorff durch die Küchentüre die Küche betrat, da saßen zwei circa acht- bis neunjährige Kinder zu Tisch, mit guten Frikadellen und Schularbeiten.
„Was macht ihr da?“, rief die Bäuerin.
„Ernährung und Bildung“, antworteten die Kinder.
„Wer seid ihr?“, hakte Frau von Roggendorff energisch nach.
„Das ist Kai“, sagte Dorthe, „und ich bin Dorthe“, sagte Dorthe. „Und wir sind deine Kinder, Mutti“, sagten Dorthe und Kai.
„Ja, Kai-Dorthe, jetzt erkenne ich euch wieder. Aber sprecht, Kinder, wo sind eure Eltern?“, neugierte Mutti von Roggendorff.
„Hör, Mutti, unsere Mutter bist du, und du bist in der Küche. Vati hingegen liegt auf dem Friedhof. Er ist abgestürzt“, erklärten Dorthe und Kai ihrer Mutter ein paar Zusammenhänge.
Erinnerungsbedürftig sank Marianne von Roggendorff zu Boden und dachte noch einmal, wie alles geschehen war ...

Knapp achtzehnjährig, da dauerte es nicht mehr lange und Mariannes achtzehnter Geburtstag kam. Als es so weit war, wurde eine Party bei ihren Eltern hobbygekellert. Mit Heranwachsenden, Fasslimonade, Kakaokeksen, Kakao und körpereigenen Opiaten.
Plötzlich schellte es wie markerschütternd an der Türklingel. Marianne Ackermann war noch mädchennamig und unberührt. Da! Wieder die Klingel! Fräulein Ackermann erschrak bebend, huschte angstverschüchtert und wie von Sinnen atemlos der wendelnden Treppe hölzerne Stufen em-

por, hin zur Türe des Hauses, wo eine dunkle Silhouette durchs Milchglas den häuslichen Frieden bedrohte ... die Tür aufgerissen, da stand er: Nein, nein, kein Verbrecher – ein Prinz.
„Guten Abend, Sie heißen bestimmt Fräulein Ackermann, entschuldigen Sie bitte die Störung. Mein Name ist Herr Dieter von Roggendorff, mit zwei Eff. Ich bin Pilot einer renommierten Fluggesellschaft, deren Name mir entfallen ist.
Draußen in der Sackgasse steht meine Boeing. Sie ist vollgetankt mit dem besten Kerosin dieser Erde. In meiner Maschine sind 361 Leute drin. Ein Stehplatz ist noch frei. Bitte, Sie sind herzlich eingeladen, Last Minute nach Saarbrücken mitzufliegen. Meine Crew, alle Passagiere, gute Frikadellen, sowie Frikadellen-Fachliteratur erwarten Sie!"
„Oh, Herr Pilot", stammelte Marianne, „warten Sie einen Moment, ich werfe mir nur schnell einen erwärmten Anorak über, frisches Schuhwerk auch, dann komme ich, um mitzufliegen. Welch eine Zukunft."
„Gnädiges Fräulein, Schuhe und Anorak können Sie in meiner Boeing kaufen. Bitte spurten Sie, sonst kommt der Flugplan bis Saarbrücken zu spät", pressierte der Pilot.
Eilig hing Marianne am Arm des Piloten und betrat erwartungsbeglückt den gigantischen Flieger.
Wenig später wendete die Boeing kunstvoll in der engen Sackgasse, beschleunigte in den Pfirsichhain und flog in die Luft.
Von den Eltern Marianne ward nie wieder gesehn.

Im Flugzeug kaufte sich Fräulein Ackermann zunächst einen braunen Parka mit Kapuze und wärmende Sandalen.
Dann nahm sie ihren Flugplatz am Fenster ein.
Dann guckte sie raus auf eine Wolke.
Dann las sie ein Frikadellen-Fachbuch.
Dann aß sie eine Frikadelle.
Dann ging sie aufs Klo.
Dann fühlte sie sich wieder besser.

Dann ging sie ins Cockpit.
Dort saß der Pilot und noch zwei andere mit Pilotenhemden.
„Fräulein Ackermann“, bemerkte Pilot von Roggendorff, „ich habe Sie schon oft aus der Luft beobachtet und finde Sie nett. Was haben Sie in Englisch?“
„A One“, sagte sie.
„Wie bitte?“
„Eine Eins“, übersetzte Marianne.
„Sehr gut“, strahlte der Pilot, „mein englischer Flugwortschatz ist sehr wenig. Viele Fluglotsen hassen mich. Werden Sie meine Englischlehrerin?“
„Ja.“
„Prima, wertes Fräulein“, freute sich Dieter von Roggendorff, „und wir müssen mit dem Unterricht ja auch nicht bei null anfangen. Ich weiß nämlich schon was: Flughafen heißt Airport. Und noch etwas: In drei Tagen heiraten wir uns.“

Marianne und Dieter vermählten sich nächsten Donnerstag auf dem Rollfeld des saarbrücknerischen Flugplatzes. Herr und Frau von Roggendorff, wie sich beide nun nannten, bauten sich ein kleines Häuschen mit Küche, WC und Sprachlabor auf die Startbahn des Airports. Das Haus wurde durch Handwerker gebaut und mit Steinen und Wänden und Dach drauf. Fertig.
Innerhalb von zwei Jahren kamen dann die Kinder Kai und Dorthe, die das einzige Mädchen ihrer Eltern bleiben sollte. Marianne von Roggendorff wurde Flughafenhausfrau und stillte und grillte und strickte und stickte und häkelte nicht und räkelte sich und buk und bog und log und wog und putzte die achtfach verglasten Schallschutzfenster achtmal pro Tag.
Währenddessen flog der Vater, Ehepilot Dieter von Roggendorff, mit seiner Maschine in der Luft rum, manchmal sogar in andere Länder und Sitten.
Wenn die Boeing wieder zurückkehrte, entfernte Frau von Roggendorff das Flugzeug vom Dreck, damit es nicht mehr schmutzig war an den Düsen, Reifen und an den Scheibenwischern.
Sonntags flog Familie von Roggendorff mit der Boeing nach Nigeria oder auf den Drachenfels.
Manchmal blieben auch alle zu Hause und Pilot von Roggendorff ging mit seiner Frau und Englischlehrerin ins Sprachlabor.
Familie von Roggendorff in Saarbrücken/Flugplatz: Es war eine schöne Zeit.

WEIHNACHTEN 1962
KURT UND HILDE BURDINSKI MIT DEN KINDERN
DIETMAR UND DAGMAR

DIETMAR UND SEINE
SCHWESTER DAGMAR
AM RHEIN

DIETMAR MIT SEINEN
SCHWESTERN DAGMAR + DORIS.
FLÜCHTLINGSKINDER

DIETMAR ALS POLIZIST,
UNSCHARF

Das wird auch durch folgende Sätze deutlich:
„Kai, Dorthe, esst eure Schnitten mit Brot“, scherzte die Mutter eines späten Abends zu allen Kindern, die sie so hatte.
„Ja, Mutti, wo ist Vati?“, nuschelten die Kinder.
„Kinder, esst eure Schnitten mit Brot.“
„Ja, Mutti, wo ist Vati?“
„Kinder, esst eure Schnitten mit Brot.“
„Mutti, wir hassen dich.“
„Vati fliegt in der Luft nach Saarland“, brummte Mutti von Roggendorff.
„Mutti, möchtest du unsere Schnitten mit Brot?“
„Kinder, geht jetzt zu Bett. Tut schön schlafen. Hopp, hopp. Dalli, dalli. Solltet ihr meinen Befehl verweigern, werde ich unmittelbaren Zwang anwenden.“

Das Familienleben füllte Marianne von Roggendorff vollständig in Beschlag. Nur selten noch blieb ihr Zeit, die Zither zu spielen oder Kaninchen zu schlachten.
Kaum hatte die gute Frau ihre Kinder zu Bette geprügelt, klingelte die Türe, doch es war nicht Dieter.
„Guten Abend, Frau von Roggendorff. Sind Sie Frau von Roggendorff?“, fragten zwei Schnäuzer mit Mützen.
„Ja, und Sie?“
„Wir zwei sind von der Polizei mit unserem grün-weißen Wagen zu Ihnen gekommen, um Ihnen was zu sagen. Frau von Roggendorff, es ist so, also, Ihr Mann, ääh, kann es sein, also, glauben Sie uns, dass Ihr Mann tot ist?“
„Meine Herrn, wenn Sie es sagen, wird es wohl stimmen. Woran ist er denn gestorben, der Gute?“
„An Flugzeugabsturz.“
„Aha. Meine Herren, ich danke Ihnen. Kommen Sie gut nach Hause. Ach, warten Sie. Ich gebe Ihnen noch ein paar Plätzchen mit. Auch Anzüge und Hemden meines Mannes. Die braucht er ja nun nicht mehr.“
Artig bedankte sich die Staatsgewalt für die großzügigen Gaben und fuhr mit dem Peterwagen wieder weg.
Marianne von Roggendorff schaute ihnen noch lange nach, in jeder Hand ein schwarzes Papiertaschentuch schwenkend.
Wieder im Hausflur, raschelte sie ins Sprachlabor, wo die Kinder schliefen, formte ihre Hände vor dem Mund zu einem Schalltrichter und rief: „Children, upwake. Father is dead.“

STRATEGIEPAPIER 2000

Meine sehr verehrten Damen und Herren, liebe Freunde, liebe Parteifreunde, liebe Nachbarn, mein liebes Volk, Opposition ... Herr Hoffmann.

Ich nehme die Wahl an und möchte Ihnen nun mein Strategiepapier 2000 vorstellen. Was ist von einer modernen Partei zu erwarten?
Worum geht es?

1. Diskussionen in verschiedensten Gremien und Ausschüssen. Wir in der Partei werden dort disharmonische Strömungen auf das Schärfste unterbinden – und zwar jeweils.
2. Diplomatische Beziehungen zu Schleswig-Holstein. Mein Strategiepapier schlägt diesbezüglich eine noch engere Konsensfähigkeit vor – unter Berücksichtigung des hessischen Botschafters in Kiel, den Balearen und dem Kaspischen Meer.
3. Noch mehr Ertrinkende retten. Und wer mich kennt, der weiß das.
4. Brauchtumspflege auch im Winter.
5. Europa wählen heißt auch, Zucchini buchstabieren zu können.

Meine Damen und Herren, Herr ... Hoffmann, alleine diese 17 Thesen geben Ihnen schon einen Einblick, der nur unter Aufbietung aller Kräfte verständlich zu sein.

Ja, meine Mitgliederinnen und Mitglieder der Opposition. Gehen Sie doch in die Gremien und Bergwerke, in die Regenwälder und Hochöfen. Reden Sie doch mit den Menschen und was sie brauchen. Sie haben doch versagt!

Meine Damen und Herren, unsere ganze Aufmerksamkeit gilt nun unserem Parteifreund ... Herrn ... Herrn Karl Hoffmann, der 40 Jahre in unserer Partei zugebracht hat, und ein Parteibuch, und Du ... Herr ... Hoffmann weißt wohl am besten die Gremien und Ausschüsse. Du warst der Ausschuss ... schlechthin.

Worum geht es?

9. Bund ist Ländersache.

Doch, meine Damen und Herren, dies ist in erster Linie die Stunde eines

Mannes, der durch sein Wirken 40 Jahre ... Herr Hoffmann ... gerade die Älteren unter uns werden dein Parteibuch noch erkennen, ein Buch, noch immer nicht begriffen ... vergriffen.

Mein liebes Volk. Ich scheue mich nicht zu sagen – und wer mich kennt, der weiß das.

Worum geht es?

10. DIN-A16-Radiowecker aller Frequenzen legalisieren.
12. Spielplätze u n d Handelshemmnisse.
13. Mehr Verbrecher besprechen. Versprecher verbrechen. Verbrecher versprechen-verbrechen-versprechen-besprechen.
14. Sozialer Wohnungsbau als Taschenbuch der Enquete-Kommission.
15. Schaffung neuer Hansestädte.
16. Besseres Leistungswasser ... äääh ... Leitungswasser. Das heißt: Die Liebe zur Natur darf die Begrünung – die Begründung – des Grünwassers – Grundwassers nicht verwässern – verbessern.
17. Ein Mitspracherecht der Kirche in der Abfallbeseitigung.

Ja, Herr Hoffmann, in der Parteienlandschaft warst du das Tal. Wer erinnert sich nicht an den 21. März 1978 – und an deine kleine Anfrage. Herr Hoffmann, wie ungewöhnlich gut unterrichtete Kreise verlauten, bist du der Garant ... deine Lobby und dein Parteibuch sind vor allem den Älteren unter uns ... unter uns ... unter der Grasnarbe ... auch du, Herr Hoffmann wirst bald ... das Zeitliche drängt.

Worum geht es?

18. Vermeidung frostbedingter Ernteausfälle.
19. Die Telekom hat unserer Partei ein Telefon geschenkt. Danke.

Mein liebes Volk. Die Lage ist zu bedenken. Doch eine moderne Partei kann auf die Jugendlichkeit nicht verzichten. Sie m u s s in ständigem Einklang mit Bestehendem alle Polkappen in Sonnenenergie – volksnah und mit großem Selbstsicherheitsbewusstsein. Davor warne ich auf das Schärfste – und wer mich kennt, der weiß das.
Herr Hoffmann, deine Freunde nennen dich Karl – also, Herr Hoffmann – was wir dir schulden, das ist in Mark und Pfennig gar nicht auszudrücken. Es sind genau drei Groschen. Danke, Herr Hoffnung.

Ja, meine Frauen und Männer von der Opposition: Wenn Sie sprachlos sind, dann müssen Sie das sagen. Und wer mich kennt, der weiß das.

Worum geht es, worum?

20. Um den Fischreichtum.
21. Tiefkühlkost ist und bleibt gerechtfertigt – gerecht fertig – fertig gerecht –Fertiggericht.

Meine sehr verehrten Damen und Herren, Herr Hoffmann, mein liebes Volk: Ich danke dir.

Der Internationale Zollroman

Sommer 1985

Walter Wernicke sitzt nun schon seit sieben Stunden in seinem Laster. Er fährt Schrauben nach Spanien, passiert gerade das Autobahnkreuz Unna. Auf der grauen Plane seines 29-Tonners steht in schwarzen verwitterten Druckbuchstaben: SPEDITION WALTER WERNICKE. TRANSPORT IST MEINE STÄRKE.

Die Zeit tropft träge. Langsam dämmert es. „Der Tag geht, Walter Wernicke kommt“, denkt Walter einen kleinen Witz und kann sich ein Lächeln nicht verkneifen. Warum auch, lässt ihn doch diese mimische Tagespremiere gleich vier Jahre jünger erscheinen, gibt ihm zudem das Gefühl, ein Twen zu sein.
Geschwind schaut Walter in den Innenspiegel, sieht seinen aschblonden Haarkranz, seinen Schnäuzer unter der fleischigen Nase und wird wieder ernst.
Er wirkt nun viel älter als 33, schaut zurück auf die Straße, zündet sich eine HB an und bläst den Rauch gedankenverloren Richtung Spanien.
Stunden später taucht die deutsch-französische Grenze aus der Dunkelheit auf.
Das deutsche Zollhäuschen ist wegen eines Trauerfalls geschlossen, das französische nicht.

„Zollkontrolle. Bitte Ihre Zollpapiere."
Der Zollbeamte steht neben dem Laster. Es herrscht kein Zweifel: Zollkontrolle.
Walter steigt aus.
Der will bestimmt meine Ladung sehen, denkt er.
„Hier, Messiö Zöllner. Hier sind die Papiere: Der grüne Zollschein, das Formulartransitprotokoll, das Exportgelöbnis römisch Zwo, und die Schraubenberechtigungskarte achtfach. Alles da. Hier."
Prüfend durchblättert der Beamte die Unterlagen.
Wie alt er wohl ist?, denkt Walter Wernicke.
„Hören Sie, die Papiere sind soweit in Ordnung. Wo wollen Sie hin?"
„Nach Saragossa."
„Was wollen Sie da?"
„Was hinbringen."
„Und was?"
„Schrauben."
„Öffnen Sie bitte den Laderaum."
„Der ist verplombt."
„Na und!? Dienst ist Dienst und Schnaps ist Schnaps."
Nach zehn umständlichen Entplombungsminuten hat sich der Zollbeamte den Weg freigebissen und klettert auf die Ladefläche.
Er kontrolliert die Schrauben, vergleicht alles mit den Papieren, guckt Walter durchdringend an, holt aus der linken Brustinnentasche seiner Uniformjacke ein winziges Rauschgifthündchen namens Catherine, setzt es zwischen die Schrauben, lässt das Hündchen daran schnüffeln, steckt Catherine wieder in seine Jacke, kniet sich hin, legt die Handinnenflächen auf die Oberschenkel, beugt den Oberkörper weit nach vorne, noch weiter, und zählt dann die Schrauben einzeln durch. Es sind genau drei. Der Zöllner hüpft vom Laster auf den Asphalt zurück, kommt auf Walter zu, mustert ihn streng und sagt: „Alles in Ordnung. Adieu."

Walter Wernicke zieht die Tür ins Schloss. Tief atmet er ein und wieder aus. Alles in Ordnung.
Er fährt weiter. Mitternacht. Durch das offene Fenster dringt der würzige Geruch von Kornfeldern, Gräsern und Gülle ins Cockpit.
Walter Wernicke hatte es nicht immer leicht in der Kindheit. Immer schuften. Die Geschwister versorgen. Die Eltern waren früh verstorben, die Mutter ertrunken, der Vater verbrannt.
Dann zum Bund und jetzt Lkw fahren. Doch Walter beschwert sich nicht. Hat sich nie beschwert. Für ihn zählt nur die Ladung und wie er sie sicher

über die Grenze befördern kann. Walter ist gut.
Zwei Tage später kommt er in Saragossa an.
An der französisch-spanischen Grenze gab es auch keine Probleme.
Wiegenachweis, Wegezollzertifikat, Valutaregister: alles da.
Alles in Ordnung.
Und nun Saragossa. Es ist 7 Uhr morgens. Alles schon hell.
Walter trinkt schnell einen Espresso im Straßencafé „Chez Hermann“.
Hermann, ein alter Bekannter vom Bund. Mit dem ist immer ein kleiner Plausch drin.

„Hermann, altes Haus.“
„Hey Walter, biste auch wieder da?“
„Klar ey.“
Dann bringt Walter die Ladung weg. Vom Kunden kommen keine Klagen.
Warum auch? Die Schrauben sind ja alle in Ordnung, vollzählig und in einwandfreiem Zustand. Nun kann Frau Garcia endlich ihren Orchideenkasten am Balkon befestigen.

Am Großmarkt gibt's anschließend eine neue Fuhre: Miesmuscheln für Hannover. Walter Wernicke kennt Hannover. Da hat er schon mal was hingebracht.
Nun beginnt die Rückreise. Es gilt, die gefürchteten Pyrenäen zu durchqueren. Doch die sind kein Problem für Walter. Er kennt die Pyrenäen.
Hat sie x-mal bezwungen. Es ging immer alles gut. Keine Krankheiten, keine Schlammlawinen, keine Räuber. Auch der Laster machte nie Zicken.
Einen vollen Reservekanister hat Walter aber immer dabei. Man weiß ja nie.

Wieder wird es Nacht. Die Strecke zieht sich. Walter raucht, bläst den Qualm gegen die Frontscheibe. „Ich muss verrückt sein, immer nur mit dem Truck zu fahren. Das macht mich fertig.“

Eine Familie kann sich Walter natürlich abschminken. Wer will schon jemanden, der nie zu Hause ist. Doch Walter macht das Beste aus der Situation.
Er hat in jedem Rasthof eine Braut. Na ja, in fast jedem, genauer gesagt: im Rasthof Münsterland. Und wenn da nicht, dann woanders und wenn auch woanders nicht, dann eben nirgends. Macht ja nichts. In Aix-en-Provence, bei der roten Schelle unten links, da kann Walter immer klingeln.
Plötzlich weiten sich seine Pupillen.

„Da ist ja die spanisch-französische Grenze“, denkt er.
Vorschriftsmäßig befolgt Walter die Haltezeichen des spanischen Zollbeamten. Der schaut nur müde. Sagt kein Wort. Doch Walter weiß auch so, was zu tun ist, weiß die stummen Wünsche des Mannes zu deuten. Er durchsucht seine braune kunstlederne Zolldokumententasche, findet die notwendigen Papiere inklusive Muschelgewichtsausweis und reicht sie dem Beamten.
„Gracias. Alles in Ordnung“, sagt der und gibt Walter die Unterlagen zurück, ohne auch nur einen Blick darauf zu werfen. Walter Wernicke lächelt.
Die wievielte Grenze seines Lebens ist das hier eigentlich? Und wieder alles in Ordnung.
Auch die Ladung wollte der Beamte nicht kontrollieren. Es hätte ja sowieso alles gestimmt. Ja, es spricht sich unter Zollbeamten eben rum, wenn ein Fernfahrer nichts zu verbergen hat.

Walter Wernicke setzt seine Reise fort. Der schwere Truck ächzt beim Anfahren. Walter auch. Dann rollen beide weiter durch die Nacht.
Walter ist müde, grübelt, bläst den Rauch seiner Zigarette durch die Nase bauchwärts und trinkt heißen Kaffee direkt aus der Thermoskanne. Den dazu gehörenden Becher hat er verloren.
„30 Jahre noch, dann ist Schluss.“
Die einsetzende Morgendämmerung befreit Walter von seinen trüben Gedanken.
Und da ist auch schon die französisch-deutsche Grenze.
Der französische Zollbeamte winkt Walters Laster durch. Er weiß, dass da nichts zu holen ist. Walter hat immer eine weiße Weste.
Dafür winkt ihn der deutsche Zöllner auf den Seitenstreifen.
Diesmal ist alles anders. Wie im Krimi.
Der Beamte schaut misstrauisch, fast feindselig. Das macht Walter nervös. Tausend Fragen schießen ihm durch den Kopf.
– Warum guckt er so?
– Weiß der nichts von meiner weißen Weste?
– Will der mir was anhängen?
– Soll ich flüchten?
Nun nähert sich der Zollbeamte Walters Laster.
„Kommen Sie runter von Ihrem Bock!“
Die befehlsgewohnte Stimme des Beamten lässt nichts Gutes ahnen.
„Was haben Sie da hinten drin?“
„Miesmuscheln für Deutschland.“

„Ist die Ware noch frisch?"
„Jaa ... ääh ... ich glaube ja."
„Glauben Sie oder wissen Sie das?"
„Jaa ... ich, ich glaube ... äh ... nein, ich weiß das. Bestimmt, Herr Zöllner. Ich würde doch niemals verdorbenes Haschisch ... oje, jetzt hab ich mich verplappert, nein, nein, doch nicht verplappert, ich hab ja gar kein Haschisch hinten drin, nur für den Eigenverbrauch ... ääh, nein, auch falsch, ich rauch ja nur HB, bestimmt!
Pistolen sind hinten auch keine drin ... äääh, gar keine Waffen, nur illegale Einwanderer ... äh, legale. Legale Muscheln. Das müssen Sie mir glauben, Herr Zöllner, bitte!! Da hinten sind nur Miesmuscheln drin. Und beide sind total frisch!"
„Sie Schwein! Ich glaube Ihnen kein Wort!"
„Aber ich sage die Wahrheit."
„Na, dann ist ja alles in Ordnung. Auf Wiedersehen."
Walter Wernicke seufzt. Ihm fällt ein ganzer Steinbruch aus der Magengrube. „Alles in Ordnung. Puuh, das war knapp."
Nun ist es nicht mehr weit bis Hannover. Die letzten Stunden vergehen wie im Flug.
Eine Zollgrenze kommt nicht mehr.

NACH DEM
BWL-STUDIUM
ENDE DER 80ER

DIETMAR UND SEIN FREUND ROBERT
BEIM FALLSCHIRMSPRINGEN

BURDINSKI

LETTERMAN

Diemhardt Budinski

20257 Hamburg, den 15.12.97

Allianz-Versicherung AG
Abt. für Kundenberatung/
Presseabteilung/Kundenfragen/
Knifflige Fälle/oder ähnliches
Königinstr. 28
80802 München

Betr.: Mein Wunsch nach einer bestimmten Versicherung

Sehr geehrte Damen und Herren:

Zu Anfang beglückwünsche ich auf das überglücklichste all jene Menschen Ihres Hauses, die am 23.12.1997 ihr Wiegenfest begießen. An diesem schönen Termin feiere nämlich auch ich. Allerdings nicht Geburtstag, sondern den zehnten Jahrestag meiner Beschneidung. So ist es Brauch.
Dessenungeachtet interessiere ich mich äußerst stark für eine sehr gute Meteoritenschutzversicherung.
Denn schaun Sie, verehrte Damen und Herren, es ist doch so: Immer wieder prasseln böse Weltraumbrocken aus fernen Welten an unserer schönen Atmosphäre vorbei. Diese Steine wollen uns zerstören. Ich verdächtigte mit dieser Feststellung in gar keinster Weise jene allseits beliebten und quasi mit uns befreundeten Sternschnuppen, welche staubkorngroß die Luft unserer schönen Muttererde touchieren, wie ein doller Blitz aufleuchten und die Menschen zu Wünschen animieren, als da beispielsweise sind:
Neues Auto, italienische Markenschuhe und immer eine Handbreit Wasser unterm Kiel. Das heißt mit anders gewählten Wörtern: Es soll stets alles nach unserem Gutdünken funktionieren.
Nein, die klitzekleinen Schnüpplein lassen bei mir niemals das Verlangen nach einer Meteoritenschutzversicherung entstehen. Aber die superdicken Dinger. Ich sage nur: Dinosaurier. Dahingerafft durch einen aberwitzig gewaltigen Weltraumstein vor Millionen von Jahren. Eine fürwahr schreckliche Geschichte.
Solch ein grausiger Einschlag kann sich stets wiederholen.
Ein Paradebeispiel: Wir werden von einem Riesentrum volle Kanne getroffen. Das heißt: Trümmer, Staub, Flutwellen. Alles geht sehr kaputt.
Man wird mittellos und äußerst krank. Oder ein - sagen wir mal - walnußgroßes Geschoß reißt mir den rechten Arm ab. Was dann?
Bitte klären Sie mich auf, ob Sie eine spezielle Meteoritenschutzversicherung im Sortiment führen oder ob solcherlei geplant ist. Wenn ja, wie wird dieses Projekt wohl aussehen und wieviel kosten? Bitte versuchen Sie nicht, mir irgendeine andere Versicherung anzudrehen. Denn das könnte meine arme Persönlichkeitsstruktur kaum verkraften. Überdies besitze ich auch schon alle

möglichen Policen. Nur eine Lebensversicherung wird mir beharrlich vorenthalten. Wahrscheinlich deshalb, weil ich schon fünfmal in der Klapsmühle war, wie man so sagt.
Ansonsten: Schon jetzt erkenne ich die Mühen an, welche Ihnen dieser Brief allerwahrscheinlichst bereiten dürfte. Zerbrechen Sie sich nun aber bitte nicht Ihren klugen Kopf, sondern finden Sie einfach eine prachtvolle Lösung für meinen besonderen Wunsch.
Denn ich fühle mich aus dem Weltraum sehr stark bedroht.

Mit lieben Grüßen,

Diemhardt Budinski

Diemhardt Budinski

P.S.: Weihnachten feiere ich dieses Jahr bei meiner Mutter.

Auch P.S.:

Allianz Aktiengesellschaft

Allianz

Allianz Postfach, 80790 München

Königinstraße 28
80802 München
☎ (089) 3800-0
Telex 523011-0 am d
Teletex 898437 = azmgd
Telefax (089) 349941

Hypo-Bank München
(BLZ 70020001)
Konto-Nr. 5801200003

Diemhardt Budinski

56

20257 Hamburg

Ihr Zeichen, Ihre Nachricht

Durchwahl 3800-
☎ 7466
Fax 2114

Unser Zeichen, Datum
Martin Bendrich
2.1.1998

Abteilung
Betrifft Presse und Information

Bitte bei Zuschriften angeben

Sehr geehrter Herr Budinski,

vielen Dank für Ihre Anfrage vom 18.12.97.

Leider muß ich Ihnen mitteilen, daß die Allianz keine Meteoritenschutzversicherung anbietet. Auch sind in absehbarer Zeit keine Aktivitäten in dieser Richtung geplant.

Für 1998 wünsche ich Ihnen alles Gute.

Mit freundlichen Grüßen

M. Bendrich

Martin Bendrich

ALLG-1197Z2 (0/13) N.7.97

Vorsitzender des Aufsichtsrats: Dr. Klaus Liesen.
Vorstand: Dr. Henning Schulte-Noelle, Vorsitzender; Dr. Diethart Breipohl, Detlev Bremkamp, Dr. Reiner Hagemann, Herbert Hansmeyer, Dr. Gerhard Rupprecht, Dr. Helmut Perlet.

Firma: Allianz Aktiengesellschaft
Sitz der Gesellschaft: Berlin und München
Registergericht: Berlin-Charlottenburg
HRB 24900 und München HRB 7158

Dietmar Burdinski

20257 Hamburg — Hamburg, den 8.8.97

Lafarge Zement GmbH
Abt. Öffentlichkeitsarbeit
Ehrenbreitsteiner Str. 28
80993 München

Betr.: Lyrik

Sehr geehrte Damen und Herren,

auf meinen Wanderungen über die Start- und Landebahnen deutscher Flughäfen sehe ich immer wieder Beton. Mir fällt dergleichen sofort auf, denn ich habe den wachen, empfindsamen Blick des Dichters – genauer gesagt: den Blick des Baustoff- und Ressourcendichters. Innerhalb dieses weiten poetischen Feldes liegt mir die Betonlyrik ganz besonders am Herzen. Sie ist schön – so schön wie die folgende Ballade, die ich auf der Terrasse meines Hauses unter einem Kirschenbaum im Grase liegend heut' früh vor Tau und Tag mir für Sie ausgedacht.
Die Ballade heißt:

Festgemauert

Festgemauert in der Erden
Steht die Form, aus Lehm gebrannt.
Heute muß die Glocke....

Nein, so nicht. Ich möchte anders beginnen. Die Ballade heißt nun:

Der dicke Sack

Zu Dionys, dem Tyrannen, schlich
Damon, den zementenen Sack im Gewande;
Ihn schlugen die Häscher in Bande.
"Was wolltest Du mit dem Zementsack, sprich!"
Entgegnet ihm finster der Wüterich.
"Den Sack wollt' ich Euch schenken."
Da spricht der König nach kurzem Bedenken:
"Ratzong! Ratzong!
Jetzt machen wir Beton!"

Nun, meine Damen und Herren, wie ich finde, bin ich mit meiner Ballade sehr zufrieden. Sie ist schön, wenn auch der eine oder andere lyrische Feinschmecker sie als ein wenig altbacken schelten mag. Aber sei`s drum. Das ist nun mal mein Stil.
Nun habe ich aber noch ein Anliegen: Seit einem guten Dutzend von Tagen stehe ich im weltweiten Kulturaustausch mit Baustoff- und Ressourcenunternehmen. Das heißt: Wir tauschen selbstverfasste Gedichte aus der Welt der Baustoffe und Ressourcen. Diesbezüglich meine Bitte an Sie:
Könnten Sie etwas von Ihrer wertvollen Zeit opfern und mir einen betonhaltigen Vers, eine Betonballade oder gar ein Zementwerk schicken?
Das wäre wunderbar!

Auf jeden Fall schon jetzt vielen Dank für Ihre Bemühungen.

Mit freundlichen Grüßen

Dietmar Burdinski
(Baustoff- und Ressourcendichter)

LAFARGE
BETON

LAFARGE BETON GMBH Ehrenbreitsteiner Straße 28 80993 München

Herrn Dietmar Burdinski

20257 Hamburg

19. August 1997

Sehr geehrter Herr Burdinski ,

vielen Dank für Ihre Betonlyrik, mit der Sie einen unterhaltsamen Farbtupfer in den oft grauen Alltag der Öffentlichkeitsarbeit gebracht haben. Was wir bislang nur vermuteten, ist jetzt bestätigt: auch Zement und Beton besitzen lyrisches Potential. Und nach Brecht´scher Manier verfremdet eröffnen sich für diese Baustoffe neue Perspektiven.

Ihrem Wunsch nach einer Betonballade oder einem Zementwerk können wir leider nicht nachkommen. Wir bleiben bei unseren Leisten und konzentrieren uns auf die Betonherstellung; eine Diversifizierung in Betonballaden planen wir derzeit nicht. Und für das Zementwerk schrecken uns die vermutlich hohen Transportkosten.

Aber wir schicken Ihnen einen kleinen Zettelspender, damit Sie Ihre lyrischen Ideen sofort zu Papier bringen können. Träger von Baustoff- und Ressourcenlyrik zu werden, könnte Zettels Traum sein.

Mit epischen Grüßen

i. A. C. Erhard

Dr. Christian Erhard
Direktor Öffentlichkeitsarbeit

LAFARGE BETON GMBH
Tel. (0 89) 1 43 78-0
Fax (0 89) 1 43 78-188

Bankverbindung:
Commerzbank München,
BLZ 700 400 41, Kto-Nr. 2244879

Geschäftsführung:
Dr. Hans-Ulrich Tröbs, Christian Emmermann
Sitz München, AG München HRB 99849

Dietmar Burdinski

20257 Hamburg

Hamburg, den 19.10.96

Deutsche Johann-Strauss-Gesellschaft e.V.
Vorstand
Postfach 1745
96407 Coburg

Betr.: Anton Bruckner

Sehr geehrte Frau Präsidentin,
Sehr geehrter Herr Präsident,

gerade habe ich mir von der Post neue Sonderbriefmarken geholt. Und zwar: Anton Bruckner 1824-1896. War das eine Freude! Gerade ich als Bibliotheksangestellter und Kirchenorganist stehe Anton Bruckner sehr nahe, ja mehr noch; ich verehre ihn. Mit umso größerer Bestürzung habe ich beim Durchblättern eines Adressbuches festgestellt, daß es in Deutschland ja gar keine Anton Bruckner-Gesellschaft gibt! Mozart, Bach, Schostakowitsch: alles da. Aber Bruckner? Fehlanzeige! Das hat dieser verdienstvolle Komponist nicht verdient! Allerdings befürchte ich, daß die Gründung einer Bruckner-Gesellschaft mit übergroßen Mühen und Kosten verbunden wäre. Deshalb beantrage ich hiermit offiziell:

1. die Aufnahme Anton Bruckners in die Deutsche Johann-Strauss-Gesellschaft e.V.
2. die Änderung des Namens Ihrer Gesellschaft in: Deutsche Johann-Strauss- und Anton-Bruckner-Gesellschaft e.V. ,
3. regelmäßige Bruckner-Schulungen Ihrer Vereinsmitglieder,
4. eine schriftliche Bestätigung der Antragspunkte 1 bis 3 für meine Lohnsteuererklärung 1996.

Zu Ihrer Information und der Ihrer Vereinsmitglieder ein paar Angaben zu Leben und Werk Anton Bruckners:

Bruckner, Anton, Komponist, * Ansfelden (Oberösterreich) 4.9.1824,

†Wien 11.10.1896. Aus bäuerl.-engen Verhältnissen kommend, fand der Zwölfjährige nach dem Tode des Vaters Aufnahme im Stift St. Florian, wo er vom "Singknaben" zum "Systemisierten Schulgehilfen" aufrückte. 1848 ging er mit der Bestallung zum Stiftsorganisten zur Musik über. .....

.... et cetera ....

....................et cetera..1891 ließ sich der immer mehr Kränkelnde von den meisten Ämtern pensionieren. ....

....Unter den monumentalen, durchschnittl. über einstündigen Sinfonien haben sich bes. die 4. ("Romantische"), 7. und 8. Sinfonie einen festen Platz erobert. ....

....

................., da B. in harter Selbstkritik oft viele Jahre an den Werken feilte.

(Quelle: DER GROSSE BROCKHAUS, Band 2 Ber-Cz, Wiesbaden 1953).

Ich hoffe, diese Angaben machen ein wenig vertraut mit dem Werdegang und Schaffenswerk Bruckners.
Bitte informieren Sie mich schriftlich, ob und wann die Aufnahme Anton Bruckners in Ihre Gesellschaft und die damit verbundenen Feierlichkeiten stattfinden.

Herzliche Grüße, Ihr

(Dietmar Burdinski)

Deutsche Johann Strauss Gesellschaft e.V.

Ehrenmitglieder: Dr. Eduard Strauss, Prof. Franz Mailer, Dr. Udo Unger

COBURG
WERTE UND WANDEL

Deutsche Johann Strauss Gesellschaft e.V.
Gesch.-Stelle Coburg • Postfach 1745 • 96407 Coburg

In Zusammenarbeit mit:
Johann Strauss Gesellschaft Wien
Svenka Strauss Sällskapet
Johann Strauss Society Great Britain
Johann Strauss Society of Japan
Johann Strauss Ühing Estland
Johann Strauss Musik Society Johannesburg
Associazione Culturale e Ricreativa, Cesena, Italia

Herrn
Dietmar Burdinski

20257 Hamburg

Coburg, den 11.11.96

<u>Betr.:</u> Ihr Schreiben vom 19.10.96

Sehr geehrter Herr Burdinski,
auch wir schätzen Anton Bruckner sehr und wissen, daß er mit Johann Strauss gut befreundet war. Bei unserer letzten Vorstandssitzung wurde aber einstimmig beschlossen, daß eine Änderung der Johann Strauß-Gesellschaft nicht in Betracht kommt.

Mit freundlichen Grüßen

Deutsche Johann Strauß-Gesellschaft e.V. Coburg

I.A.

Geschäftsstelle Coburg:
Untere Anlage 2
Postfach 1745
96407 Coburg
Tel.: 09561/9 50 10
Fax: 09561/9 04 67

Vorstand:
Arthur Kulling, Werner Abel
Inge Röhre, Hubert Köhler
Albrecht Tauer, Georg Günther
Öffentlichkeitsarbeit: Hans Hofer

Bankverbindung:
Coburger Bank e.G. Coburg
Kto.-Nr. 43 001
(BLZ 783 900 00)

Vereinsregister
Amtsgericht Coburg VR 667

GURU Da-Love-Radschamandri
Zur Zeit wohnhaft bei:
Dietmar Burdinski

20257 Hamburg

Hamburg, den 31.7.97

Bezirksregierung Lüneburg
-Abt. Polizei-
-Öffentlichkeitsarbeit-
Postfach 2550
21332 Lüneburg

Betr.: Meine Bestrafung

Sehr geehrte Damen und Herren.

Seit einer Umschulung vor drei Jahren heiße ich GURU Da-Love-Radschamandri. Ich bin Leiter des Lichtes im Ashram Hamburg-Eimsbüttel, in dessen Zentrum ich meinen Jüngern den Sinn der Indirekten Beleuchtung erläutere. Jede meiner Shitas (Unterrichtsstunden) beginnt mit einem getanzten Sing-Sang um die Glühenden Birnen. Diese Brahmakrishnas (Kultobjekte) müssen täglich erneuert werden, um das schwingende Karma meiner kosmischen Aura als ewig leuchtendes Vorbild zu bestrahlen.
Also rollte ich am letzten Sonnabend - zur Zeit des Mittagslichtes - mit meinem safrangelben Drahtesel gen Süden, um bei den Upanischaden in Lüneburg neue Kultobjekte einzukaufen. Die Upanischaden - der römisch-katholische Teil der Yogischen Flieger - bekämpfen zwar in erster Linie den Euro, haben sich aber auch durch ihre Glühende Birnenzucht einen Namen gemacht. Die Birnen aus Lüneburg sind einfach Kult. Ich kaufe sie immer dort.
Bekleidet war ich bei meiner Reise übrigens mit einem magentafarbenen Turban, türkis-goldener Brokathose, einem ärmellosen Feinrip-Unterhemd mit dem Aufdruck "GURU", sowie weißen Socken und kaffeebraunen Mokkassins.
Mein Haar wehte offen im Sonnenwind. Friedlich fuhr ich dahin. LOVE!
Kaum in Lüneburg angekommen, hielt mich ein Motorradpolizist an und sagte: "Guten Tag. Ihr Outfit ist verboten! GURUS dürfen keine Mokkassin-Schuhe tragen."
Weiter meinte der Beamte, ich müsse nun zur Strafe an Ort und Stelle 200 Liegestütze machen. Sollte ich jedoch die "Drei Erlösungsfragen" richtig beantworten, würde er mir die Liegestütze erlassen.
Notgedrungen ging ich auf seinen Vorschlag ein.
Und hier die "Drei Erlösungsfragen" Ihres Kollegen an mich:

64

DIE SONNE
BLAUER HINTERGRUND
EINE FRAU GEHT M
AUF DEM GEHWE
STOP SCHILD
OBST
P.
POLIZ.
POLIZ.
P
SCHIFF
100 KM
GEWITTER
SCHWEIB

ASHRAM EIMSBÜTTEL
LOVE
ROTES OBST (SÜß-KIRSCHEN?)
TÜR
REM KINDERWAGEN
AZIEREN
LOVE
LOV
BOTANISCHER GARTEN
GURU
200 LIEGESTÜTZE

1. Wann hat Oberinspektor Derrick Geburtstag?
2. Wieviel verdient ein alleinerziehender Polizeipräsident, 26 Jahre, 1 Kind?
3. Welche Lichter benutzt die Polizei?

Leider konnte ich nur die dritte Frage beantworten - die Polizei benutzt Fernlicht, Abblendlicht, Blaulicht und Taschenlampen - und mußte mich daraufhin zweihundertmal hochwuchten.
Dann war ich endlich erlöst.

Meine Damen und Herren: Wie bewerten Sie den geschilderten Sachverhalt?
Durfte der Polizist mich so hart bestrafen?
Handelt es sich bei dieser Vorgehensweise um das "LüneburgerModell"?
Bitte schreiben Sie mir.
Danke.

In lieber Güte,

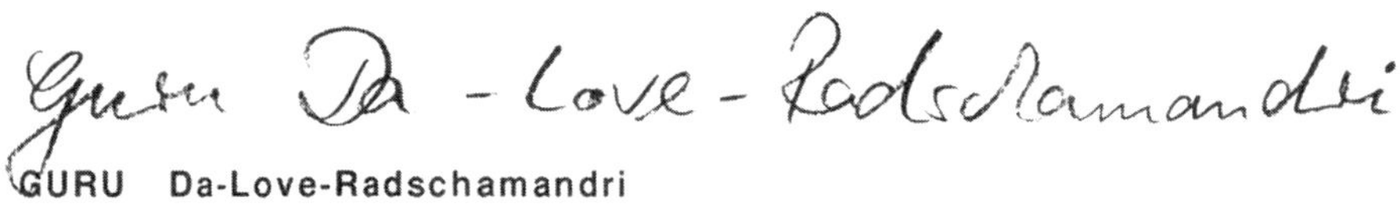

GURU Da-Love-Radschamandri

Noch ein Hinweis zum Thema Indirekte Beleuchtung:
Am 11.8.99 ist Totale Sonnenfinsternis.

Bezirksregierung
Lüneburg

Bezirksregierung Lüneburg • 21332 Lüneburg

Herrn
Dietmar Burdinski

20257 Hamburg

Bearbeitet von

Ihr Zeichen, Ihre Nachricht vom	Mein Zeichen (Bitte bei Antwort angeben)	Durchwahl (04131) 29-	Lüneburg
Nachricht v. 31.07.97	304.22 - 02011	21 44	13.08.97

Polizeiliche Kontrolle in Lüneburg

Werter Guru,
erhabener Träger der goldenen Mala und Beglücker des Love-Parade-Kultes !

Entsetzen herrschte vor, als die Umstände und Auswirkungen des Zusammentreffens Eurer Durchdrungenheit mit einem Polizisten des hiesigen Sprengels in ihrer Gänze zu Bewußtsein gelangten.

Es ist wirklich bedauerlich, daß an der Frage der Mokassins eine fruchtbare zukünftige Zusammenarbeit und Sich-Gegenseitiges-Beglücken schon in einem Stadium nahezu unmöglich gemacht wurden, als dieses noch ein zartes Pflänzchen war.
Was wäre alles möglich gewesen, bei gemeinsamer Fahrt auf dienstlichem Motorrad? Ein in Feinripp-Shirt und Brokathose gewandeter, obendrein durch Turban geschützter Guru bei uns in Lüneburg. Gleitend durch die Innenstadt Lüneburgs (zwar verkehrsberuhigt, aber was zählt das in solchen Momenten!!) , auf der Suche nach dem Ich, dem Du und und einem Hunderter-Pack „Lüneburger Birnen".

Aber: Was hilft´s ? Die einmalige Chance ist vertan. Keine Aura und auch kein schwindelerregendes Karma werden uns umschwirren. Der Meister wird Lüneburg nicht mehr mit seinen zuletzt 1952 in Benares gewaschenen Füßen betreten! Und dies alles wegen eines dummen Frage und Antwort Spielchens, das noch nicht einmal Harry-Wijnvoort-Niveau besaß. (Auf die Lösung der Frage 1 ist trotz Studiums der einschlägigen „Harry? Ja, Stefan?"-Sequenzen aus „RTL-Samstag-Nacht" auch hier bisher keiner gekommen)

Deshalb die große Bitte, Euer Indirekt Beleuchtetheit : Bietet einen Aus-und Fortbildungskurs in Eurem Ashram auch für unsere Beamtinnen und Beamten an, damit sie „die Wahrheit" demnächst erkennen können und „die Zeichen" richtig deuten.

Zu welch´ einem Durcheinander die Mißdeutung von Zeichen führen kann, wird Eure Ehrwürdig Erhabenheit sicherlich noch aus der Zeit **vor** der Umschulung aus dem Monthy Python Klassiker „Das Leben des Brian" kennen.

Als Zeichen unserer Hochachtung, in Verneigung vor Karma, Aura und ungewaschenen Füßen möchten wir jedoch ein bescheidenes Präsent reichen.

Vergessen sei die körperliche Pein und insbesondere die Verschmutzung des Feinripps im Bauchbereich, wenn Euer Durchleuchtetheit unser unwürdiges Geschenk entgegennimmt.

Lüneburger Kultbirnen!

Wir müssen allerdings darauf hinweisen, daß diese Lämpchen auf keinen Fall Überspannung vertragen!
Also an Tagen, an denen die Aura so richtig rauscht und das Karma schwingt : Ein bißchen **mehr Abstand** von den auch in Indien bei etlichen Dewalis und Pujas genutzten und dort auch sehr beliebten Kult-Glaskolben!

Mit teilweise erleuchteten Grüßen

Im Auftrage

Ernst-Dietrich Feddern

Polizeihauptkommissar
und Beauftragter für Love and Peace im Hier und Jetzt

Dietmar Burdinski

20257 Hamburg

Hamburg, den 15.11.96

Deutsche Spezialglas AG
Öffentlichkeitsarbeit
Postfach 2032
31074 Grünenplan

Betr.: Glasherstellung

Sehr geehrte Damen und Herren,

als erfolgreicher Kiesgrubenbesitzer und langjähriger Großvater läßt mich ein Phänomen unserer Zeit nicht ruhn:
Daß man nämlich durch Fensterglas durchgucken kann, welches ja bekanntlich zu großen Teilen aus geschmolzenem Quarzsand gefertigt wird. Wenn aber mein Enkelkind Hinnerk (19) sein mit Sand gefülltes Plastikeimerchen im Backofen erhitzt, dann schmilzt stets das Eimerchen, doch durch den Sand können weder Hinnerk noch ich gucken.
Auch wenn ich Hinnerk unter Aufbietung meiner gesamten Allgemeinbildung veranlasse, den Quarzsand mit Glaubersalz, Pottasche und Vanillinzucker zu versetzen, und auch, wenn er darüberhinaus -- zur Temperaturerhöhung -- brennende Kerzen in den Backofen stellt, wird der Sand nicht durchsichtig.
Langsam glaube ich, daß Hinnerk irgend etwas falsch macht.
Ich weiß aber auch nicht mehr weiter.
Deshalb, meine Damen und Herren, bitte ich Sie als Experten um Hilfe. Sie können mir die folgenden Fragen sicher beantworten:

1. Was müssen Hinnerk und ich tun, um im Backofen Glas herzustellen?
2. Gibt es Kinder-Glashütten?
   (Wenn ja, könnte ich nämlich Hinnerk eine zu Weihnachten schenken)

Bitte schreiben Sie mir.
Für Ihre Bemühungen bedanke ich mich -- auch im Namen von Hinnerk -- schon im voraus.

Mit freundlichen Grüßen

DESAG

Deutsche Spezialglas AG   Postfach 2032   31074 Grünenplan

Deutsche Spezialglas AG
Hüttenstraße 1

31073 Grünenplan
Germany

Telefon 05187/771-0
Telefax 05187/771-300
Telex 92950 desag d

Herrn
Dietmar Burdinski

20257 Hamburg

Ihre Zeichen, Ihre Nachricht vom	Unsere Zeichen	Durchwahl 771-		Datum
Brief vom 15.11.1996	SM/Dnk	Tel. - 304	Fax - 300	22.11.1996

Ihr Schreiben vom 15.11.1996 - Kinderglashütten

Sehr geehrter Herr Burdinski,

wir danken Ihnen für Ihre Anfrage und der uns entgegengebrachten Ehre als Experte in Sachen Glas. Die Transparenz des Werkstoffes Glas ist auch uns ein immer wieder neues Phänomen, weshalb wir bereits viele unserer Gläser zur Vereinfachung eingefärbt haben. Ihr Enkelsohn Hinnerk scheint einen besonders ausgeprägten Forschergeist zu besitzen, den wir mit unseren Tips zum besseren Gelingen unbedingt fördern wollen:

1. Kaufen Sie sich einen neuen Backofen. Unsere Öfen erreichen eine Temperatur von 1500 C°, Ihrer scheint zu schwach zu sein.
2. Wir haben sehr gute Erfahrungen mit Schamotte-Tiegeln zum Schmelzen gemacht, vielleicht sollten Sie das Eimerchen aus Plastik austauschen.
3. Ändern Sie die Mischung: Statt Vanillinzucker sollten Sie Chilli verwenden, das erhöht auch die Temperatur!
4. Leider gibt es keine Kinder-Glashütten. Aber wer weiß, vielleicht wird die gute alte Dampfmaschine ja bald von einem Glasmacherkasten mit Scherben, Chemikalien, einem 1500 C°-Ofen und mitgelieferter Starkstromleitung abgelöst?
5. Damit Hinnerk zu Weihnachten nicht ganz leer ausgeht, habe ich für ihn ein Glaslexikon und eine Broschüre über Glas beigelegt. Sie können Ihm ja als guter Großvater daraus vorlesen. Vielleicht helfen Hinnerk diese Hinweise bei seinen zukünftigen Versuchen (über deren Ergebnisse wir gern hören würden).

Mit freundlichen Grüßen

D. Denecke

DEUTSCHE SPEZIALGLAS AG
Marketing
Dipl. Kffr. Dietlind Denecke

Dietmar Burdinski

20257 Hamburg Hamburg, den 3.12.97

PMZ
Europäischer Farben- Tapeten- und
Bodenbelags Großhandlungen eG
Öffentlichkeitsarbeit
58027 Hagen

Fototapete

Sehr geehrte Damen und Herren,

als Werbe-Freak brauch ich immer was Neues. Auch zu Haus. O.K., Marilyn-Monroe-Spiegel und Coca-Cola-Mülleimer laß ich. Die sind trendy for ever. Aber bei der Tapete muß was geschehn. Ein Foto-Motiv? Klar! Aber`s muß irgendwie hip sein. Südsee mit Palme ist mega-out. Ich dachte an Hermann Göring. O.K., ist nicht pc. Aber ich muß im Gespräch bleiben. Meine Wohnung ist meeting-point. "Werbe-Fritzen" wie ich. Die Scene. Friends. Die wolln immer was Neues. Da käm ne Göring-Tapete echt gut. Und wär ja auch nicht bös gemeint. Easy going halt. Klar, auch`n bißchen Provokation. But that`s my style!
Nun zu meinem Anliegen: Ne Göring-Tapete hat niemand. Spezial-Anfertigung will auch keiner machen. Kennen Sie vielleicht ne Firma wo das möglich wär? Und was würd das kosten? Oder Sie als Händler: Können Sie mir nicht ne Göring-Tapete besorgen?
Fänd ich klasse.

Thanks, So long

D. B.

Dietmar Burdinski

PMZ PARTNER-MARKT-ZENTRALE
EUROPÄISCHER FARBEN- TAPETEN- UND BODENBELAGS GROSSHANDLUNGEN eG

PMZ Partner-Markt-Zentrale eG · ~~Postfach 27 65~~ · D-58027 Hagen

Herrn
Dietmar Burdinski

08.12.1997
kr-ma

 20257 Hamburg

Sehr geehrter Herr Burdinski,

als höfliche Menschen beantworten wir natürlich jeden Brief, damit auch Ihren Schwachsinn.

Wir glauben nicht, daß es eine Göring-Tapete gibt, wenn es sie jedoch gäbe, würden wir sie sicherlich nicht führen. Wir können uns auch nicht vorstellen, daß andere seriöse Unternehmen in Deutschland bzw. in Europa sich damit beschäftigen.

Im übrigen fänden wir es nett, wenn Sie uns künftig nicht mehr behelligen würden.

Hochachtungsvoll

PMZ Partner-Markt-Zentrale eG

Detlef K. Kreysing

Dr. Karl Kipping
Dr. Winfried Wagener
Horst Müller
AR: Otto Rau

PMZ
Partner-Markt-Zentrale eG
Rohrstraße 10
D-58093 Hagen

Telefon (0 23 31) 95 13-0
Telefax (0 23 31) 95 13 30

Volksbank Hohenlimburg eG
(BLZ 450 615 24) 4 001 163 600
SWIFT-Code: DGWG DE 3W
WGZ, Munster, GENO DE 3W

Spar- und Darlehnskasse
Mark-Oberberg eG, Meinerzhagen
(BLZ 458 616 17) 1 000 510 400
SWIFT-Code: DGWG DE 3W

Vorstand:
~~Otto Jedele, Dipl.-Kfm. Klaus-Dieter Lenz, Albert Link~~
Aufsichtsratsvorsitzender: ~~Rudolf Spitzley~~
Amtsgericht Hagen GnR 221

Dietmar Burdinski

20257 Hamburg

Hamburg, den 16.12.98

KAUFHALLE
Abt. Öffentlichkeitsarbeit
50601 Köln

Betr.: Geflügelsport

Sehr geehrte Damen und Herren.

Neulich streifte ich in der Lebensmittelabteilung einer Ihrer Filialen auf der Suche nach einem Geburtstagsgeschenk für meinen Metzger leicht unschlüssig zwischen Tiefkühltruhen und Fleischtheke umher. `Grobe Bratwurst? Bauchspeck? Eine Schwarte? Nein! Das geht nicht. Das hat mein Metzger doch schon alles`. Plötzlich hatte ich **die** Geschenkidee: Ein kaltes Hähnchen sollte es sein.
Behutsam nahm ich ein steifgefrorenes Tier aus der Truhe, wollte es gerade in den Einkaufswagen legen, da rutschte es mir aus der Hand und glitt einige Meter über den harten Boden. Aber wie! Mühelos, elegant und ohne erkennbaren Kraftaufwand.
Da stellte ich mir folgende Frage:
Wie wäre es wohl, wenn ich ein Tiefkühlhähnchen nicht aus Versehen, sondern bewußt und mit Schwung über den glatten Fliesenboden eines Supermarktes gleiten ließe?
Ich glaube, das wäre wunderbar!
Der eisige Vogel würde gleiten, bis die Wand kommt. Oder irgendein anderes Hindernis. Als mir das alles bewußt wurde, da hatte ich das Hähnchenkegeln erfunden. Gerne würde ich es einmal ausprobieren.
Kegelbahnen verwehren mir allerdings den Zutritt, da man dort trotz meiner Versicherung, eine Kühltasche zu benutzen, befürchtet, mein Kegelhähnchen würde auftauen, die Kegelbahn unter Wasser setzen und überdies mit Salmonellen verseuchen. Welch ein Unsinn!
Auch meine Wohnung eignet sich nicht zum Hähnchenkegeln:
Sie ist nur 12 Kubikmeter groß und leider mit einem Flokati-Teppich ausgestattet. Außerdem hat meine Untermieterin gerade mehrköpfigen Besuch aus Kirgisien. Deshalb meine Frage:
Darf ich es einmal in einer Ihrer Filialen probieren? Am liebsten in der Leergutannahme. Dort würde ich dann versuchen, mit einem gefrorenen Hähnchen neun leere Bierflaschen umzukegeln.

Übrigens: Mitspieler aus den Reihen Ihrer Kunden und Mitarbeiter wären selbstverständlich herzlich willkommen - und würden sicherlich auch scharenweise mitmachen, wenn sie wüßten, daß der "Hähnchenkegler der Woche" eine von Ihnen gestiftete Kegelsauftour in den Iran gewinnt.
Nun, meine Damen und Herren: Schreiben Sie mir bitte, in welcher Ihrer Filialen ich mal kegeln darf.
Ansonsten: Schon jetzt vielen Dank für Ihre Bemühungen.

Mit neun leergütigen Geflügelgrüßen,
frohe Weihnachten wünscht

(Dietmar Burdinski)

Anlage: Farbkopie meines Buntstiftgemäldes "Hähnchenkegeln in der Leergutannahme".

DIE SONNE GEHT AUF
NA... BRINGEN SIE AUCH LEERGUT ZURÜCK?
HERR HANSEN ALLE NEUNE... HERR HANSEN BITTE.
HERR UND FRAU ABFLUßROHR.
1 ZENTNER KAVIAR NUR 40000.-
EIN FLASCHEN-UNGLÜCK
HILFE!
SUPER – CHANCE!!! HIER GIBT ES GELD FÜR LEERE FLASCHEN.
FLASCHEN-SAMMLER
BALANCIER-BEATE
ICH
MARKTLEITER HANSEN
APPLAUS FÜR HERRN HANSEN BITTE.
D.B. 12/98

KAUFHALLE

Zentrale

50601 Köln

Hansaring 97
50670 Köln

Telefon: (02 21) 2 23-0

Bank: Dresdner Bank AG, Köln
Kto. 980 224 100 · BLZ 370 800 40

KAUFHALLE GmbH & Co. KG 50601 Köln

Herrn
Dietmar Burdinski

20257 Hamburg

Bereich/Abteilung	Telefon-Direktwahl/Bearbeiter	Telefax/eMail Adresse	Datum/Zeichen
Generalbevollmächtigter Verkauf	(02 21) 2 23-36 40	(0221) 223-1919	25.12.98

Da haben Sie mir aber etwas Schönes eingebrockt mit Ihrem Brief vom 16.12.1998! auch wenn ich Ihren Vorschlag irre kreativ finde!,

sehr geehrter Herr Burdinski:

das Dilemma fängt schon bei unseren identischen Initialen **D.B.** an, denn bestimmt wird irgendwer versuchen, die Idee mir unterzuschieben. Und behaupten, das Pseudonym hätte ich der Befürchtung wegen gewählt, daß der Vorschlag bei den Food-Fundamentalisten im Unternehmen auf Widerstand stoßen und abgelehnt werden könnte.

Das ist nicht so!, kann ich da nur versichern, auch wenn ich hier zugeben muß, neulich gerade erst mit einem anderen Geflügelprojekt gescheitert zu sein, in dessen Gefolge mir intern ein Übermaß an Kreativität zum Vorwurf gemacht wurde. Sie werden davon gelesen haben: nach dem umwerfenden Erfolg mit der Kunden- und Mitarbeiter-Aktion **"Fischstäbchen lernen wieder schwimmen"** hatte ich auf eine ähnlich positive Resonanz mit der Aktion **"Chicken-Wings-learn-fly-again"** gehofft. Dabei habe ich leider übersehen, daß eine mächtige Lobby auf dem besten Wege war, auf Platz 1 der diesjährigen Wahl zum **Vogel des Jahres ausgerechnet Broiler, Flattermann und Gummiadler** zu setzen (insofern wird auch zu prüfen sein, ob nicht etwa das damit verknüpfte Artenschutzabkommen die Spezies der **TK-Hinkel*** mit einbezieht!).

Ach, wären Sie doch nur Ihrer ersten Eingebung gefolgt und hätten für Ihren Metzger als Geschenk eine **Bratwurst** ausgewählt - **er wäre entzückt gewesen angesichts von Form, Farbe, Konsistenz und Wohlgeschmack!** Tatsächlich führen wir, metzgerseitig allgemein anerkannt, **best Bratwurst in town!**

*) TK = Tiefkühl

-2-

Aber, wie halt der Lateiner sagt: Tiefkühl-Hähnchen jacta est!, Ihnen aus der Hand, und so will ich mich mit Ihrem Kreativ-Zündsatz weiter befassen. Natürlich habe ich die Möglichkeiten geprüft, rein technisch, und muß Ihnen mit Bedauern sagen, daß die Bodenbeschaffenheit unserer Leergutannahmen (einschließlich Warenannahme) für den vorgesehenen Zweck absolut ungeeignet ist. Eine Serie von Testwürfen an ausgewählten Standorten (unter Ausschluß der Öffentlichkeit), sicherheitshalber, hat einen speziellen Bremswiderstand von 9.98 CS ergeben. Sie wissen, CS steht für Chicken-Stop - durch diesen Wert wird die Anfangs-/Wurfgeschwindigkeit dividiert und ergibt die durchschnittliche Gleitentfernung, die im Mittelwert tatsächlich nur 5,01mtr. betrug. Daraus wird deutlich, daß das Projekt in der Kaufhalle-Leergutannahme respektive Warenannahme **nicht realisierbar** sein wird, so sehr ich das bedauere.

Natürlich haben wir auch den Aspekt hinterfragt (in einer kleinen **Geflügelsport-Projektgruppe**, der auch ein hier nicht genannt werden wollendes Mitglied der Geschäftsführung angehörte), ob denn eine Durchführung im **Laden** Sinn machen könnte. Hier sind wir zu einem definitiven **NEIN** gelangt, einfach weil die beschränkte Ladenfläche unserer Lebensmittel-Abteilungen dagegensteht; durch exakte Erfassung und nachfolgende Vermessung aller **Hinkel-Hindernisse** in einer Gruppe von Filialen haben wir festgestellt, daß die durchschnittliche hindernisfreie Strecke innerhalb des 12 Kubikmeter-Rahmens liegt, den Sie für Ihre Wohnung angegeben und auch aus diesem Grunde für ungeeignet erachtet haben. Daneben sei angemerkt, daß im Zuge einer verstärkten Kundenorientierung (Stichwort: mehr Kundenkomfort durch warme Füße!) Überlegungen im Gange sind, gerade im gekühlten Lebensmittelbereich kuscheligere Bodenbeläge bei uns einzusetzen.

Aber lassen Sie nun den Kopf nicht hängen, sehr geehrter Herr Burdinski, noch ist der "Hähnchenkegler der Woche" nicht etwa gestorben! Vielmehr bieten sich eine Reihe von Alternativen, von denen ich auf Platz 1

KARSTADT setzen möchte. Aufgrund bestehender guter Kontakte weiß ich, daß in diesem Hause das **Sport-Sponsering** groß und größer geschrieben und mit einiger Sicherheit ein hohes Interesse geben wird, den bestehenden Sport-Abteilungen und Sport-Häusern einen zusätzlichen Push durch die Novität einer solchen Geflügelsport-Aktivität zu verschaffen.

Auf Platz 2 wäre da dann unbedingt

WAL MART zu sehen, entweder ebenfalls in der **Hähnchenkegel-Version** oder aber (bedenken Sie die überschäumende amerikanische Begeisterung für Football, die als Woge auch nach Europa herüberschwappt!) eine **CHICKEN-BOWL-FOOTBALL**-Variante (könnte auf kleineren Flächen mit **Wachteln** (TK) gespielt werden).

Nur am Rande sei noch erwähnt, daß wir uns natürlich auch mit Ihren von den Betreibern abgelehnten Kegelbahn-Ideen befaßt haben. Die Prüfung der Ablehnungsgründe führte zu einer Empfehlung, die auf sowohl simple als auch preiswerte Art die Anti-Argumentation der Kegelbahnbetreiber in sich zusammenfallen läßt: die Lösung heißt **PRÄSERVATIV**, in diesem Fall **Hinkel-Präser**, womit bei regelmäßiger Wartung und frühzeitigem Austausch dieses Schutzes die Kegelbahnen vor Feuchtigkeit, Salmonellen und bekanntlich auch Schlimmerem perfekten Schutz genießen.

Um deutlich zu machen, wie sehr uns Ihre Anregung gefreut und inspiriert hat, möchten wir auf uns angemessene bescheidene Art unseren festen Willen zum **Sport-Sponsering** dadurch belegen, daß wir Ihnen anbieten, unsere Filiale in Hamburg-Barmbek, Fuhlsbüttler Str. 182, zu besuchen und dort eine Erstausrüstung in Empfang zu nehmen, bestehend aus einem TK-Hinkel und einer Packung der oben beschriebenen Schutzhüllen dazu.

Frau Schulte-Lambeck, die Kopie dieses Briefes erhält, wird Ihnen nach kurzer vorheriger telefonischer Absprache gerne diese Anerkennung aushändigen.

Mit freundlichen Grüßen, bestem Dank und in der Hoffnung, daß Sie mit Ihren Plänen in 1999 großen Erfolg haben werden,

D. Bliesener

PS: Ihr Bild ist wundervoll; wenn man bedenkt, wie berühmt Dürer mit seinem Hasen wurde, so steht Ihrem TK-Hähnchen möglicherweise eine große Zukunft bevor.

Dietmar Burdinski

20257 Hamburg

Prof. Dr. Otto
Direktor der Klinik für
Transplantationschirurgie der Universität
Langenbeckstr. 1
55131 Mainz

Operation Hammondorgel

Sehr geehrter Herr Professor Otto,

kurz etwas zu meiner Person: Ich zähle 34 Lenze, bin ein erfolgreicher, dunkelblonder Unterhaltungsmusiker und ziehe seit 17 Jahren mit meiner wunderbaren Hammondorgel quer durch Mitteleuropa. Eine schöne Zeit. Doch inzwischen habe ich oft genug auf Hochzeiten, Scheidungen, Beerdigungen und ähnlichen Festen gespielt. Es nervt langsam.
Deshalb suche ich eine neue Herausforderung - und habe dabei auch an Sie und Ihr berufliches Umfeld gedacht. Aus der medizinischen Fachliteratur weiß ich nämlich, daß Sie operieren. Sicherlich mögen Sie auch Musik. Was liegt also näher, als beides zu verbinden?
Meine Idee: Ich möchte eine Tournee durch die Operationssäle deutscher Kliniken machen und dort mit meiner Hammondorgel aufspielen - während der Operation. Selbstverständlich würde ich meine Orgel keimfrei abtöten. Das heißt: den ganzen Klangkörper mit sterilem Abdecktuch bekleben. Außer den Tasten natürlich. Die würde ich mit Jodtinktur bestreichen.
Daheim übe ich bereits jetzt recht eifrig das keimfreie Orgelspiel mit den beschriebenen OP-Requisiten sowie grünem Kittel, Haube und Mundschutz. Ebenso den Umgang mit OP-Handschuhen. Es geht auch schon ganz gut, obwohl ich doch ein wenig den Hautkontakt zu meinen Tasten vermisse. Zudem hinterläßt das orangenfarbene Jod deutliche Spuren auf den blütenweißen Handschuhen. Aber was soll's. Hauptsache steril.
Nun aber noch zu einem anderen Punkt: Die musikalische Untermalung chirurgischer Eingriffe ist ja bereits gängige Praxis. Soweit mir bekannt aber lediglich mittels tragbarer, seelenloser Cassetten-Recorder minderer Klangqualität. Kein Wunder, daß Patienten nach Operationen oftmals über Bauchschmerzen klagen und noch tagelang im Krankenhaus bleiben müssen. Bei Chirurgen wiederum löst das Geplärre aus unpersönlichen Tonträgern nicht selten das gefürchtete Händezittern aus.

ANÄSTHESIST
LUFTBEHÄLTER
SIE TANZEN
GANZ WUNDERBAR. DR. ROTH

DA STEHT EIN
PFERD AUF
DEM FLUR..
D.B. 10/97

Ich glaube, mit meiner sterilen Hammondorgel wäre das alles ganz anders. Sie, die Königin der Tasteninstrumente, überzeugt vor allem live. Bestimmt auch im OP. Überdies würde ich meine Orgel trotz Mundschutz gesanglich unterstützen. So entstünde eine warmtönige Athmosphäre mit persönlicher Note, die ein unmenschlicher Cassetten-Recorder niemals auslösen kann. Diese positive Stimmung käme Arzt und Patient zugute.
Sie als Chirurg könnten heiter-konzentriert und frei von Tremorsorgen operieren. Die betäubten Patienten andererseits würden noch während der Operation genesen, da ihnen ihr Unterbewußtsein sagt: "Hammondorgel. Live. Werde gesund!" Die Patienten könnten also sofort nach dem Zunähen wachgerüttelt werden, eine Kanne Kaffee einnehmen und dann nach Hause gehen. Selbst nach Organtransplantationen.
Ja, die Musik kann Wunder wirken.
Nun noch etwas zu meinem Repertoire. Es umfaßt folgende Lieder:

1. Sämtliche großen Orgelpräludien von Johann Sebastian Bach
2. Da steht ein Pferd auf dem Flur (Klaus & Klaus)

Tja, Herr Professor Otto, ich hoffe, das vorgestellte Konzept hat Sie überzeugt und meine Hammondorgel und ich können im Rahmen unserer geplanten OP-TOUR ´98 bei Ihnen Station machen.
Bitte schreiben Sie mir. Vielen Dank.

Mit freundlichen Grüßen

Dietmar Burdinski

Anlage: Farbkopie meines Gemäldes "Operation Hammondorgel".
Filzschreiber (wasserlöslich) und Buntstift auf Papier.
Oktober 1997.

JOHANNES GUTENBERG - UNIVERSITÄT MAINZ
KLINIKUM

Transplantationschirurgie
Chirurgie von Leber, Gallenwegen, Pankreas
Leitung: Prof. Dr. G. Otto

55101 MAINZ, 15.10.97
Telefon (06131)17-2850
- 2851
Telefax (06131)17-5553

Prof. Dr. G. Otto
Transplantationschirurgie der Universität Mainz,
Langenbeckstraße 1, 55101 Mainz

An Dr. D. Burdinski

20257 Hamburg

Ihre Zeichen/Ihre Nachricht vom | Unsere Zeichen/Unsere Nachricht vom | Telefon

BETR: Operation Hammondorgel

Sehr geehrter Herr Dr. Burdinski,

mit größtem Interesse haben wir Ihre faszinierenden Ausführungen zum Thema „Live-Musik im Operationssaal" gelesen. Leider müssen wir Ihnen mitteilen, daß Ihre Idee Musik im OP nicht vom Band, sondern live zu spielen nicht ganz neu ist. Auch wir in Mainz haben bereits ein solches Projekt vor. Zu diesem Zwecke hat Professor Otto bevorzugt Mitarbeiter eingestellt, die ein durch Hitze sterilisierbares Instrument (beispielsweise Blechblasinstrument) spielen. Herr Professor Otto selbst ist, wie sie richtig vermutet haben, der Musik sehr verbunden und spielt zur Einstimmung auf schwierige Operationen an adipösen Patienten die Tuba. Im Gegensatz zu Ihren überzeugenden Ausführungen konnten wir in diesem Zusammenhang jedoch noch keinen direkten positiven Einfluß auf das Wohlbefinden des Patienten und der Mitarbeiter durch das Tubaspiel erkennen. Dennoch haben wir uns nicht entmutigen lassen und bereits ein kleines Kammerensemble aus sterilisierbaren Instrumenten (Tuba, Pikkolo-Flöte, Fagott und Querflöte) zusammengestellt um im Operationssaal lustige Weisen zu spielen. Durch unsere Hygieniker war unser Wunsch nach Klavierbegleitung leider bislang noch nicht entsprochen worden, da ihrer Meinung nach die Voraussetzung zur Keimfreiheit eines solchen Instrumentes nicht gewährleistet sei. Ihre zwingende Darlegung über die Möglichkeit des sterilen Spiels auf der Hammondorgel hat uns zu der Überzeugung kommen lassen, daß ein solch großes Instrument hygienisch einwandfrei zu spielen ist.

Da wir glauben, daß die Begleitung auf der keimfreien Hammond-Orgel als musikalische Untermalung uns gerade noch gefehlt hat, möchten wir Sie, nach Terminvereinbarung, gerne zur Vorführung Ihres umfassenden Repertoirs (U- und E-Musik !) sehr herzlich einladen. Ihre gesangliche Darbietung sehen wir allerding etwas skeptischer, da sie möglicherweise bei kreislaufschwachen Patienten zu unerwarteten Reaktionen führen könnten.

Wir freuen uns von Ihnen zu hören und verbleiben,

Mit freundlichen Grüßen

i. A.

OA Dr. med. J.C. Thies

Dietmar Burdinski

20257 Hamburg

Hamburg, den 6.8.97

Gervais Danone AG
Abt. Öffentlichkeitsarbeit
Postfach 830354
81703 München

Betr.: Rotorsport

Sehr geehrte Damen und Herren,

schon seit vielen Jahren tauchen immer wieder neue Trendsportarten auf: Harmlose, wie Bowling oder Sleeping, aber auch gefährliche, wie Pavarotti-Stage-Diving oder das Afrikanische Diktatoren-Hänseln ("Diktator, hast ja schlechte Augen! Brillenschlange! Brillenschlange!").
Nun, diese Übungen sind ja alle recht lustig, doch für mich irgendwie zu langsam. Deshalb habe ich selbst einen Sport erfunden, der rasant ist und hoffentlich bald auch trendy. Er heißt: Helikopter-Joghurting.
Und so stelle ich mir meine Sportart vor:
Ich lege mich rücklings auf eines der Rotorblätter eines Hubschraubers und lasse mich dort mit mehreren ultrareißfesten Nashorn-Lederriemen festschnallen. Meine Unterarme bleiben freibeweglich. Meine Hände auch.
In der linken halte ich einen gefüllten Joghurtbecher, in der rechten einen Löffel. Nun wird der Rotor gestartet. Langsam, dann immer schneller, schließlich tausendmal pro Sekunde werde ich im Kreis herumgeschleudert.
Der Helikopter bleibt jedoch auf dem Boden.
Mich an der Zentrifugalkraft erfreuend, versuche ich gleichzeitig, möglichst schnell den Joghurtbecher auszulöffeln - und das, ohne den Boden, den Hubschrauber oder mich selbst zu bekleckern.
Sollte mir das gelingen, habe ich gewonnen.
Taumelnd vor Glück verlasse ich den Drehflügler.
Mein Empfinden: Kettenkarussell Hoch18.
Meine Vision: Schon nach wenigen Wochen sind in sämtlichen Parkanlagen rotierende Menschen zu beobachten, auf Hubschraubern festgezurrt und hastig Joghurtbecher auslöffelnd -- ein neuer Sport liegt im Trend. Wie schön!
Vor meinem ersten praktischen Heli-Joghurting-Versuch brauche ich aber noch Ihre Mithilfe. Deshalb bitte ich Sie als Mitarbeiter einer renommierten Molkerei um die Beantwortung der folgenden Fragen:

FANS
BLUMEN
AIR
AIR
RALF
HELI-GELI
WE
HELI-JOGHURTING

DIE SONNE SCHEINT
KIOSK
WEG
TÜR
NUR 980
KIRCHE
LÖFFEL
LÖFFEL BITTE ZURÜCK-BRINGEN!
POST
JOGHURT-VERKAUF
(EINGANG BITTE UM DIE ECKE)
WILDPARK
"ZUM ZWÖLFENDER"
H

1. Für meinen Sport benötige ich ein ganz besonderes Sportgerät.Das heißt: Der Joghurt muß schlabberresistent, also möglichst fest sein. Und er darf keine ganzen Früchte enthalten, denn diese lösen sich nach meinen Berechnungen während der rasend schnellen Rotationen durch die Fliehkräfte vom Joghurt und wirken dann wie Geschosse, können Zuschauer gefährden und Häuser beschädigen.
Frage: Produzieren Sie solch einen hubschrauberkompatiblen Joghurt?

2. Was meinen Sie: Sind für rechtsdrehende Rotoren auch Joghurts mit linksdrehenden Milchsäuren geeignet?

Die Beanwortung dieser Fragen sowie eventuelle zusätzliche Tips und Tricks hätten sicherlich einen erheblichen Anteil am Gelingen meiner Rotorsport-Premiere am 31. September.
Vielen Dank.

Mit freundlichen Grüßen

Dietmar Burdinski

Anlage: Fotokopie meines Gemäldes: "Helikopter-Joghurting im Park."

DANONE

D A N O N E G M B H

Danone GmbH · Postfach 83 03 54 · 81703 München

Herrn
Dietmar Burdinski

20257 Hamburg

München, 11.08.1997

Ihre Anfrage bezüglich Rotorsport

Sehr geehrter Herr Burdinski,

vielen Dank für Ihren Brief vom 06.08.1997.

Wir haben Ihr Schreiben aufmerksam gelesen sowie die beiliegende bildhafte Beschreibung Ihrer neuen Sportidee genau studiert. Ihren Einfallsreichtum begrüßen wir sehr und könnten uns vorstellen, daß dieser Sport - Verfügbarkeit genügend vieler Hubschrauber vorausgesetzt - auch viele Anhänger findet.

Natürlich wollen wir versuchen, Sie bei der Verwirklichung Ihres Vorhabens, dem Helikopter-Joghurting, soweit es in unserer Macht steht, zu unterstützen. Dazu nun die Antworten auf Ihre 2 gestellten Fragen:

1. Joghurt besitzt naturgemäß eine eher „weiche" Konsistenz, die für Ihr Vorhaben generell nicht ideal sein wird. Die Danone GmbH produziert jedoch eine Frischkäsezubereitung, die sicherlich Ihren Anforderungen besser entgegenkommt. In dieser Frischkäsezubereitung, die unter der Bezeichnung „FruchtZwerge" im Handel ist, liegen die Früchte püriert vor und die Konsistenz ist so cremig, daß „FruchtZwerge" - bei der üblichen Verwendung (Verzehr) - z.B. auch nicht vom Löffel fließen bzw. tropfen. So können auch keine durch die Luft fliegenden Früchte Menschen oder Häuser gefährden.

2. In den Danone-Milchprodukten ist überwiegend rechtsdrehende Milchsäure enthalten. Der verbleibende geringe Anteil an linksdrehender Milchsäure dürfte unserer Ansicht nach auch für rechtsdrehende Rotoren geeignet sein. Um ehrlich zu sein, fehlt uns hierzu aber letztlich die praktische Erfahrung.

Wir nehmen jedoch an, daß Ihre technischen Versuche auch mit der tollen Konsistenz von „FruchtZwerge" - je nach Umdrehungsgeschwindigkeit der Rotorflügel - nicht ohne eine Verteilung des Milchprodukts in der Umgebung abgehen werden. Unser Tip: Vielleicht treffen Sie vorsichtshalber lieber entsprechende „Schutz"-Maßnahmen.

Wir hoffen, Ihnen damit etwas weitergeholfen zu haben und senden viele Grüße nach Hamburg.

Danone GmbH
Verbraucherservice

M. Airai

Maria Airainer

D A N O N E G M B H
Heinrich-Wieland-Straße 170
81735 München · Telefon (089) 62733 - 0
Telefax (089) 62733-365/-335

Sitz und Hauptverwaltung: Heinrich-Wieland-Straße 170 · 81735 München · Registergericht München HR B 111620 · ILN 40 09700 000002 · Ust.-Id.Nr.: DE 811980947
Vorsitzender des Aufsichtsrates: Jan Bennink · Geschäftsführer: Bernard Hours
Banken: Postbank München 100900-803, BLZ 700 100 80 · Hypobank München, Kto.-Nr. 3520014402, BLZ 700 200 01; SWIFT-Code: HYPO DE MM · Deutsche Bank AG München, Kto.-Nr. 44 44 444, BLZ 700 700 10; SWIFT-Code: DEUT DE MM · Commerzb. AG München, Kto.-Nr. 5 960 000, BLZ 700 400 41, SWIFT-Code: COBADEFF 700

Dietmar Burdinski

20257 Hamburg

Hamburg, den 18.11.96

HOCHTIEF AG
Öffentlichkeitsarbeit
Rellinghauser Str. 53-57
45128 Essen

Betr.: Tunnel

Sehr geehrte Damen und Herren,

ich bin mit Heather, einer Amerikanerin, verheiratet.
Aus beruflichen Gründen wohnen wir jedoch nicht zusammen, sondern auf getrennten Kontinenten.
Während meine Frau als Kammersängerin (Mezzosopran) sehr häufig Privatkonzerte in der Ostküsten-Villa Arnold Schwarzeneggers in Philadelphia gibt, bin ich als Führer eines Heißluftballons über Hamburg an Hamburg bzw. Deutschland gebunden, da meine Heißluftlizenz nur für den deutschen Luftraum gilt.
Aber obwohl Heather und ich getrennt leben, funktioniert unsere Ehe, denn ich besuche meine Frau jedes Jahr am Valentinstag und zu Halloween. Und ich besuche sie gerne, denn Heather ist bis auf ihre mit Wutausbrüchen gepaarten Alkoholexzesse, ihre Verlogenheit und ihren Geiz recht umgänglich.
Tja, alles könnte sehr harmonisch sein, wenn da nur nicht die Flüge nach Amerika wären. Sie belasten meinen Geldbeutel doch sehr stark, zumal sie auch immer an mir hängenbleiben, da sich meine Frau wegen der anhaltenden Dollarschwäche weigert, ihr Land zu verlassen. Erst, wenn der Dollar wieder bei 4 Mark steht, will Heather auch mal nach Deutschland kommen.
Nun, so sind in unserer Ehe Spannungen entstanden, die aber m. E. durch preiswertere Reisemöglichkeiten nach Übersee behoben werden könnten.
Ich denke da in erster Linie an den Bus.
Dazu wäre natürlich ein Tunnel erforderlich. Sicher: den Bau eines solchen Tunnels könnte man schon als tollkühn bezeichnen.
Aber was zwischen England und Frankreich geklappt hat, sollte doch auch nach Amerika möglich sein.

Fragen:

1. Ist in dieser Richtung etwas geplant?
2. Wenn ja: Wie wird der Tunnel aussehen?

a)Hat er Rasthöfe?

b)Ist er durchsichtig, z.B. aus Plexiglas, um während der Fahrt Haifische und andere Meerestiere beobachten zu können?

3. Wieviel wird die Überfahrt mit dem Bus ungefähr kosten?

Meine Damen und Herren, ich denke, Sie als Übersee-Experten werden mir meine Fragen wohl am ehesten beantworten können.
Für Ihre Bemühungen schon jetzt vielen Dank.
In der Hoffnung auf eine positive Antwort verbleibe ich

mit freundlichen Grüßen

Dietmar Burdinski

HOCHTIEF
HAUPTVERWALTUNG

HOCHTIEF 45117 Essen

JUTTA HOBBIEBRUNKEN

Leiterin der Abteilung Unternehmens-kommunikation

Rellinghauser Str. 53 - 57
45128 Essen
Tel.: 0201 / 824 - 2610
Fax.: 0201 / 824 - 2586

Herrn
Dietmar Burdinski

20257 Hamburg

04.12.96
J.H./Heit
S. 1/1

Sehr geehrter Herr Burdinski,

vielen Dank für Ihre interessante Anfrage. Mit der Frage, ob ein Tunnel zwischen Europa und Amerika gebaut werden könnte, haben wir uns in der Tat vorher noch nicht beschäftigt. Deshalb haben wir eingehend, und wie Sie sich sicherlich vorstellen können, auch sehr kontrovers diskutiert, wie dies in die Tat umgesetzt werden könnte. Nun, um es kurz zu machen: Wir haben wir uns dagegen entschieden. Nicht zuletzt auch wegen der drohenden Gefahr der Zitronenhaiangriffe, die - was Sie vielleicht nicht wissen - jegliches Baumaterial mit ihrem Speichel zersetzen können. Deshalb sehen wir im Moment von diesem Bauvorhaben ab. Vielleicht ist die Forschung in der Lage, dieses Problem in naher Zukunft zu lösen.

Aus diesem Grund bedauere ich es, daß wir Ihnen Ihre Reisemöglichkeiten nach Übersee noch nicht erleichtern können. Ich hoffe aber, daß Sie dennoch eine weiterhin so harmonisch-distanzierte Ehe führen wie bisher. Als kleines Trostpflästerchen lege ich Ihnen eine Telefonkarte bei, so daß Sie Heather zumindest telefonisch einmal mehr sprechen können.

Eine Frage würde mich dennoch interessieren: Weiß eigentlich Heather von Renate?

Mit freundlichen Grüßen

Anlage

Ü B E R S E T Z U N G

Frieda Purdinski

20257 Hamburg

Entschuldigen Sie bitte.
Der Computer ist kaputt!

Hamburg, 5. September 97

An: Effem GmbH (Tierfutter)

Sehr geehrte Damen und Herren,

Ihre Adresse habe ich von einem Tierarzt. Entschuldigen Sie bitte. Mein Mann sagte zu mir:"Frau! Du mußt lernen am Computer zu schreiben." Mein Mann heißt Waldemar und hat diesen Computer kaputtgemacht. Entschuldigen Sie bitte. Mein Mann, ich und meine Kinder sind als Volksdeutsche aus Kasachstan nach Deutschland gekommen. Entschuldigen Sie bitte. Entschuldigen Sie bitte auch mein Deutsch. Meine Kinder heißen Otto und Agnes. Entschuldigen Sie bitte. Otto repariert in Hamburg kaputte Schiffe. Agnes ist Altenpflegerin in einem Hamburger Seniorenheim. Entschuldigen Sie bitte, daß ich Ihnen schreibe. Es ist nämlich so: Unsere Katze ist böse. Sie heißt Maria. Maria war immer friedfertig, schrie mir aber dann ins Gesicht! Und zerzauste mein Haar. Und schrie weiter! Und ging zum Fernseher und stellte sich vor den Apparat als ich gerade die LINDENSTRAße gucken wollte. Und ich sagte zu Maria."Geh weg! Maria bitte geh!!" Doch die Katze schrie weiter böse und lief hin und her...und knabberte die Tapete an und brachte eine Maus ans Bett als mein Mann und ich gerade intim waren...und die Katze saß auf dem Bett und schaute uns zu. Da sagten wir zu Maria:"Geh weg! Maria bitte geh!!" Und als wir speisten sprang Maria wütend auf den Tisch und fraß mein Kotelett auf...und schrie...und kratzte mich am Hals und meinen Mann am Auge. Und Katze Maria trank viel Wotka und ging nicht auf ihr Katzenklo. Stattdessen kackte sie in meinen Pudding. Der Pudding war natürlich hin.. Der Tierarzt meinte dazu: "Die Katze wird sterben!!" Ich schrie:"Nein nein!! Hilfe! Maria will leben. Sie ist nur krank. Bitte Doktor, machen Sie Maria wieder gesund! Bitte!!" Doch der Tierarzt schrie mich an: "Gehen Sie weg! Gehen Sie nach Hause.Ich bin Tierarzt! (Anm.: Nur für große Tiere) Ich muß zu kranken Pferden fahren. Gehen

Sie weg!"
Und ich und die Katze gingen nach Hause, aber zu Hause schrie Maria noch mehr und guckte böse und kratzte alle. Und als sie den Vogel tötete bekam ich Angst vor Maria. Und was tat ich daraufhin Ich schrie auch!
Entschuldigen Sie bitte, daß ich Sie folgendes frage:

1. Warum ist Katze Maria böse und schreit und kratzt und macht alles kaputt?
2. Was habe ich bei Maria falsch gemacht? Habe ich falsch gefüttert? Maria kriegt immer Obst.

Entschuldigen Sie bitte. Bitte schreiben Sie mir. Ich habe Angst vor Maria!

Vielen Dank. Entschuldigen Sie bitte.

Frieda Purdinski

Effem GmbH · Postfach 12 80 · 27281 Verden (Aller)

Frau
Frieda Purdinski

20257 Chamburg

Effem

Telefon (0 42 31) 94-0
Telefax (0 42 31) 94 43 26
Effem GmbH · Eitzer Str. 215
27283 Verden (Aller)

Verden, den 11.09.97

Sehr geehrte Frau Purdinski,

Ihren Brief vom 5. September müssen wir Ihnen zurückschicken, da wir nicht verstehen, was Sie uns mitteilen wollen.

Mit freundlichen Grüßen

EFFEM GmbH

Christa Klebe

Anlage

Handelsregister Verden, Abteilung B/10 · Geschäftsführer: Rainer Camphausen · Deutsche Bank AG, Verden 0263 582 (BLZ 291 726 55)

Dietmar Budinski

20257 Hamburg

Hamburg, den 29.10.96

An das
Auswärtige Amt
z.H. Herrn Außenminister
Dr. Kinkel
Postfach 1148
53001 Bonn

Betr.: Verhältnis Bonn/Prag

Sehr geehrter Herr Außenminister Dr. Kinkel,

zunächst möchte ich nicht unerwähnt lassen, daß ich diesen Brief stellvertretend für alle Mitglieder unseres Debattier-Zirkels schreibe.
Dieser Zirkel zählt momentan 18 Mitglieder (die meisten von ihnen Notare, Rechtsanwälte, Kaufleute, Orthopäden), die sich alle 14 Tage im noblen Anglo-German-Club hier in Hamburg treffen und dabei über "Gott und die Welt" debattieren, um es einmal scherzhaft zu formulieren.
Bei diesen Debatten geht es oft recht laut und hitzig, aber immer fair zu. So diskutierten wir beispielsweise vor 5 Wochen über den unerbittlichen Konkurrenzkampf zwischen Boeing und Airbus, vor 3 Wochen über das Ende des Aral-Sees und letzten Montag über das Verhältnis zwischen Bonn und Prag.
Zu den meisten der Diskussionsabende wurde von uns übrigens eine bedeutende Person des öffentlichen Lebens eingeladen.
Die Anwesenheit dieses Ehrengastes hat sich bisher auf den Verlauf des jeweiligen Abends fast ausnahmslos positiv ausgewirkt.
Lediglich Pfarrer Fliege sorgte durch den pausenlosen Verzehr eigentlich nur zur Dekoration bereitgestellter Butterkekse und gleichzeitiges Sprechen mit vollem Munde für Mißbehagen unter den Teilnehmern.

Nun, Herr Außenminister, vielleicht haben Sie durch meine Schilderungen einen ungefähren Eindruck von unserem Club erhalten.
Jetzt aber zu unserem "Problem":
Wie bereits obenstehend erwähnt, debattierten wir vor einer Woche über das deutsch-tschechische Verhältnis. Dabei erzählte unser Mitglied Dr. von Trescow, das über sehr gute Kontakte zur Deutschen Botschaft in Prag verfügt, daß es von einem Plan zur Verbesserung der immer wieder atmosphärischen Spannungen ausgesetzten Beziehungen zwischen Deutschland und Tschechien erfahren habe.
Nun, Herr Außenminister, nach Angaben Dr. von Trescows ist an folgendes gedacht: Wie Sie vielleicht wissen, haben sich im Bayerischen Wald nach langer Zeit wieder Luchse angesiedelt, die übrigens aus Tschechien eingewandert sind.
Dieser durchaus begrüßenswerte Umstand soll nun durch eine zusätzliche politische Geste zum Symbol eines freundschaftlichen deutsch-tschechischen Verhältnisses erhöht werden.
So sollen Sie, der deutsche Außenminister Dr. Klaus Kinkel, und der tschechische Präsident Vaclav Havel als Namensgeber für zukünftige Luchs-Nachkommen fungieren.
Das nächstgeborene Luchsjunge hieße dann Klaus, das zweite Vaclav, das dritte Vaclav-Klaus, das vierte Klaus-Vaclav und das fünfte wieder Klaus. Et cetera.
Herr Außenminister: Wer in Bonn, wer in Prag denkt sich so etwas aus?!! Durch solche Aktionen wird doch die Politik der Lächerlichkeit preisgegeben!
Wir in unserem Debattierzirkel sind jedenfalls sprachlos, hoffen jedoch inständig, daß es sich bei dieser "Geschichte" nur um ein übles Gerücht handelt.
Herr Außenminister Dr. Kinkel, bitte schreiben Sie uns ob dem so ist -- oder ob nicht.
Für Ihre Bemühungen bedanken wir uns schon jetzt recht herzlich.

Mit freundlichen Grüßen, stellvertretend für alle "Debattierer",

(Burdinski, Dipl.-Betriebswirt)

AUSWÄRTIGES AMT
Gz.: 214-E/B/TSE
(Bitte bei Antwort angeben)

Bonn, 4. November 1996

Telefon (0228) 17 - 0
Referat: 214, Durchwahl 17 - 3742

Briefadresse: Auswärtiges Amt Postfach 1148 53001 Bonn

Herrn
Dietmar Burdinski

20257 Hamburg

Sehr geehrter Herr Burdinski,

für Ihr Schreiben an Bundesminister Dr. Kinkel vom 29. Oktober 1996, das mir zur Beantwortung zugeleitet wurde und in dem Sie ein sehr plastisches Bild der Diskussionsabende Ihres Debattier-Zirkels zeichnen, danke ich Ihnen.

Ich kann Ihnen versichern, daß dem Auswärtigen Amt keine Pläne vorliegen, nach denen als zusätzliche deutsch-tschechische politische Geste geplant sei, neugeborenen Luchsen (lynx lynx) im Bayerischen Wald die Vornamen des tschechischen Präsidenten bzw. des deutschen Außenministers zu geben. Daß es sich bei dieser Information um einen mehr oder weniger witzigen Spaß handeln muß, erkennt man an zwei Punkten. Patenschaften werden vom protokollarischen Standpunkt stets von Persönlichkeiten gleicher Rangstufe übernommen. D. h. in diesem Fall entweder durch beide Präsidenten oder beide Außenminister. Zudem achtet man grundsätzlich darauf, daß die Namenspaten - mit denen die Geste oder Initiative ja verbunden sein soll - zu jeder Zeit identifizierbar sind. Dies wäre im vorliegenden Fall jedoch spätestens bei der 4. Kombination (Vaclav-Klaus) nicht mehr der Fall, da dies zufälligerweise der Namen des tschechischen Premierministers ist ! Sie sehen also: ganz abgesehen von der Frage, was junge Luchse überhaupt mit den deutsch-tschechischen Beziehungen zu tun haben, ist auch sonst nichts Wahres an dieser Geschichte.

Dem Debattier-Zirkel wünsche ich weiterhin lebhafte und interessante Abende.

Mit freundlichen Grüßen
Im Auftrag
H. Beck
Herbert Beck

Dienstgebäude
Adenauerallee 99-103
53113 Bonn
Eingang Tempelstr. 5

Telex
886591

Telefax
(0228) 17-3402

Postgiroamt Köln
5100-508 BLZ 370 100 50

LZB Bonn
380 010 25 BLZ 380 000 00

Erreichbar mit öffentlichen Verkehrsmitteln
eigene Haltestelle Stadtbahnlinien 16/63/66

Dietmar Burdinski

20257 Hamburg Hamburg, den 04.12.96

LTU GmbH & Co. KG
Öffentlichkeitsarbeit
Flughafen, Halle 8
40474 Düsseldorf

Betr.: Nach New York fliegen

Sehr geehrte Damen und Herren,

ich fühle mich als Abenteurer und habe auch schon schöne Erfolge vorzuweisen: So fuhr ich 1982 mit dem Fahrrad in Urlaub, ernährte mich 1995 36 Stunden lang nur von Schnecken und ging erst vor drei Tagen trotz naßkalter Witterung nur mit Bademantel und Espandrillos bekleidet Brötchen holen.
Meine Damen und Herren, Sie sehen, ich bin belastbar.
Diese Eigenschaft werde ich auch bei meinem nächsten Abenteuer brauchen -- ebenso wie Ihre Unterstützung.
Ich möchte nämlich mit dem Flugzeug nach New York mitfliegen: allerdings außen, auf der Tragfläche. Diese Aktion stelle ich mir so vor:
Mit dicken Stahlschrauben wird auf einer Tragfläche eines Ihrer Flugzeuge ein bequemer, durch Bauch- und Hosenträgergurte flugtauglich gemachter Wohnzimmersessel befestigt, in dem ich nach dem Einchecken Platz nehme. Die Maschine fährt los und hebt ab. Die physikalischen Gesetze drücken mich in den Sessel. Eine Unzahl von Socken, Hosen, Pullovern, Anoraks, Schals, Mützen und Handschuhen sowie bis minus 273 Grad wirksame Angora-Unterwäsche schützen mich vor der Kälte, eine Skibrille hilft mir gegen Flugwind, Insekten und Vogelschlag in den Augen. Sonnenbrand und aufgeplatzten Lippen beuge ich mit Labello und Tiroler Nußöl vor.
Ab 5000 m Höhe wird die Luft ziemlich dünn. Ich aktiviere mein Atemgerät. Als die Steigphase in 10000 m beendet ist und ich nicht mehr in den Sessel gepreßt werde, schnalle ich mich an, um nicht runterzufallen.
Ich relaxe, genieße die atlantische Wasserschaft unter mir.
Aufkeimende Langeweile bekämpfe ich mit kompakter, dickseitiger, hartpappiger Bilderbuch-Literatur für Kinder bis 3 Jahre. Eventuell ausgelegte großformatige Zeitungen wie FAZ, ZEIT oder SÜDDEUTSCHE lasse ich links

liegen, da mir das Umblättern während des Fluges nur unter größten Schwierigkeiten möglich wäre.
Für den Fall, daß der Hunger kommt, möchte ich mich nicht mit selbstgebackenen Windbeuteln oder in Klarsichtfolie verpackten Käseschnittchen abmühen, sondern würde gerne von Ihrer leckeren Bordverpflegung kosten. Sollten sich Ihre Stewardessen weigern, mit dem Imbißwägelchen rauszukommen, würde ich mich selbstverständlich ins Flugzeuginnere begeben. Dies wäre mir durch meine elektromagnetischen Schuhe auch ohne weiteres möglich.
Die beiden elektronischen Plateausohlenmagnete meiner Schuhe kann ich

nämlich mittels einer Fernbedienung einzeln aktivieren oder ausschalten, je nachdem, welcher Schuh auf der Tragfläche haften und welcher gehen soll. Durch diese Technik kann ich während des Fluges auf der gesamten Oberfläche eines Ganzmetallflugzeuges umhergehen: aufrecht, waagerecht, ja sogar kopfüber.
Und mit Hilfe meiner Magnetschuhe könnte ich natürlich auch an Bord gelangen. Es müßte nur noch eine Klingel an der Eingangstür angebracht werden. Denn meine Rufe und Winksignale blieben vom stets beschäftigten Bordpersonal und von den meistens schlafenden Passagieren sicherlich unbemerkt. Auch anrufen könnte ich nicht, da ja der Gebrauch von Handys während des Fluges verboten ist. Die Klingel sollte übrigens mit dem Fuß zu bedienen sein, da ich die Tür wegen meiner Magnetschuhe in der waagerechten Gehposition erreiche. Noch besser wäre es aber, unter der Türschwelle ein kleines Treppchen anzubringen. Ich könnte dann aufrecht stehend mit der Hand klingeln und -- nachdem mir geöffnet wurde -- auch besser ins Flugzeug gelangen.
Nachdem ich mich an Bord gestärkt und alle Fragen beantwortet habe, gehe ich wieder nach draußen und setze den Flug in meinem Sessel fort. Leicht erschöpft, doch wohlbehalten lande ich zwei Stunden später in New York.
Tja meine Damen und Herren, so stelle ich mir mein atlantisches Flugabenteuer vor. Bitte geben Sie mir Bescheid, wann ich mit welcher Maschine von wo nach New York fliegen kann.
Schon jetzt bedanke ich mich ganz herzlich für Ihre Bemühungen.

Mit freundlichen Grüßen,
Glück auf, Glück ab

(Dietmar Burdinski)

LTU
INTERNATIONAL AIRWAYS

LTU Lufttransport-Unternehmen GmbH & Co. KG, Flughafen, Halle 8, D-40474 Düsseldorf

Fluggesellschaft LTU Lufttransport-Unternehmen GmbH & Co. KG

Tel.-Sa.-Nr. 02 11/94 18-08

UST-IDNR.: DE 119374196

An
Dietmar Burdinski

20257 Hamburg

Ihre Zeichen	Ihr Schreiben vom	Unsere Zeichen	Tel.-Durchwahl	Fax-Durchwahl	Datum
		wo/dr	9418-556	-557	07.01.1997

Sehr geehrter Herr Burdinski,

haben Sie recht herzlichen Dank für Ihren interessanten Vorschlag, auf einem unserer Flugzeuge eine Abenteuerreise nach New York zu starten. Ihre bisherigen Erfahrungen weisen Sie für ein solch einmaliges, bisher nicht erprobtes Unternehmen als durchaus kompetenten Partner aus. Vor allem Ihre gründliche, bis ins kleinste Detail beschriebene Planung hat uns fasziniert.

Also reichten wir Ihre Reiseplanung zur Prüfung an unsere Technik weiter, die auch beiliegende Skizze erstellte. Unsere erfahrenen Techniker haben uns auf einige Probleme hingewiesen, die unweigerlich mit Ihrer Beförderung auf einer der Tragflächen verbunden wären.

So wären Sie auf der Tragfläche nicht nur dem Fahrtwind ausgesetzt, der immerhin mit 900 Stundenkilometern an Ihrer Skibrille zerren würde, nein, Sie würden sich auf der Tragfläche auch einem enormen Unterdruck ausgesetzt sehen, der Ihnen die kälteerprobte Angora-Unterwäsche vom Leibe reißen könnte.

Aber dies ist noch nicht das einzige Problem, das wir in der Realisierung Ihres Abenteuers sehen. Die Montage Ihres Sessels würde keine Schwierigkeit darstellen, aerodynamische Stoffmuster hätten wir auch zur Verfügung, aber der Sessel als solcher würde den Luftstrom auf dem Flügel stören. Somit wären die Strömungsbedingungen auf den Tragflächen nicht mehr identisch, und das Flugzeug würde eventuell in ein bisher nicht bekanntes Flugverhalten geraten. Vielleicht könnten wir dann nur noch im Kreis fliegen. Genau wissen wir das nicht.

Zur Lösung dieses Problems haben uns einige Techniker vorgeschlagen, auf der gegenüberliegenden Tragfläche ebenfalls einen Sessel zu installieren, um die Strömungsbedingungen wieder auszugleichen.

.../2

Sitz der Gesellschaft Düsseldorf HRA 5100 | PHG: LTU Verwaltungs- und Beteiligungsgesellschaft mbH, Düsseldorf HRB 16582 | Geschäftsführer Hans-Joachim Driessen, Dr. Christoph Brutzel | Bank für Gemeinwirtschaft Düsseldorf (BLZ 300 101 11) 1022 200 000 | Bank of America Frankfurt (BLZ 500 109 00) 41 840 040 | Westdeutsche Landesbank Düsseldorf (BLZ 300 500 00) 1 302 017

- 2 -

Leider hat sich trotz intensiver Suche niemand in unserem Unternehmen gefunden, der Ihren Mut aufbrächte und mit Ihnen die Reise auf dem anderen Flügel unternehmen würde. Außerdem könnten wir hiermit auch nur das Kreisflugverhalten ausschließen.

Sie sehen, Herr Burdinski, die technischen Probleme sind vielfältig und nicht kalkulierbar. Und Sie haben sicherlich auch Verständnis dafür, daß wir unseren übrigen Passagieren keine Reise zu Testflugbedingungen anbieten können.

Wir würden uns allerdings sehr freuen, Sie bei uns im Flieger begrüßen zu dürfen, wenn Sie zu Ihrer nächsten Abenteuerreise ins Ausland aufbrechen. Als kleines Dankeschön möchten wir Ihnen unser Abenteuerset bestehend aus einer LTU-Mütze überreichen. Die Mütze ist garantiert sonnen- und wasserabweisend und ist selbst unter widrigsten Witterungsbedingungen farbbeständig.

Wir wünschen Ihnen weiterhin viele schöne Erfolge und verbleiben

mit freundlichem Gruß

Ihre

LTU International Airways

New York, here I come

Dietmar Burdinski

20257 Hamburg

Hamburg, den 24.7.97

Pelikan GmbH
Abteilung für Kundenfragen
Postfach 103
30001 Hannover

Betr.: Schwierige Tiere

Sehr geehrte Damen und Herren,

zunächst etwas zu meiner Person:
Ich bin ein sehr musischer Mensch, jemand, der gerne Gedichte abschreibt und mit Buntstiften wilde Tiere malt.
Denn schaun Sie, meine Damen und Herren: Als seit 28 Jahren geplagter Reiseleiter für Kaffee- und Kakaofahrten brauche ich die schönen Künste einfach als Ausgleich.
Soeben habe ich übrigens das beiliegende Bild fertiggestellt.
Es ist ein Elefant.
Nun habe ich aber noch ein Anliegen:
Es gibt in meinem Leben 5 Tiere, die ich nicht malen kann. Sie sind mir irgendwie zu schwierig.
Deshalb bitte ich Sie als Experten in Sachen Malerei und Zeichnung, mir ein paar Tips zu geben, wie ich diese Tiere hinkriegen kann.
Und hier sind meine Sorgenkinder:

1. Drossel
2. Thunfisch
3. Weberknecht
4. Küken
5. Rotwild

Schon jetzt vielen Dank für Ihre Bemühungen.

Mit bunten Grüßen

Mein Bild heißt: "Farbig

efant geht nach Usbekistan."

Pelikan Vertriebsgesellschaft mbH & Co. KG

Pelikan

Podbielskistraße 141, 30177 Hannover
Telefon (05 11) 69 69-0
Telegramme Pelikan Hannover
Telex 923 910 peli d
Telefax (05 11) 69 69-212
USt.-Id.Nr.: DE 115692598

Pelikan Vertriebsgesellschaft mbH & Co. KG,
Postfach 103, 30001 Hannover

Herrn
Dietmar Burdinski

20257 Hamburg

Hannover, 12.08.97
IM-MS/Am
Tel.:0511/6969 847

Sehr geehrter Herr Burdinski,

vielen Dank für Ihr Schreiben vom 24.07.97.

Ihrem beigefügten Bild „Farbiger Elefant geht nach Usbekistan" sieht man Ihre Freude am Malen wirklich an. Leider können wir Ihnen Ihrer Anfrage nicht weiterhelfen. Natürlich kennen wir uns in allgemeinen Fragen der Malerei, Anwendung von Farben etc. aus, doch solch spezifische Anwendungsfragen sprengen den Rahmen unserer Arbeit ein wenig.

Da es sich bei Ihren „Sorgenkindern" ausschließlich um Teile der Tierwelt handelt, kann man Ihnen vielleicht beim WWF (World Wildlife Fund) oder beim Naturschutzbund Deutschland entsprechendes Hilfsmaterial zur Verfügung stellen.

Wir hoffen, Ihnen hiermit geholfen bzw. zumindest auf die „richtige Fährte" gelockt zu haben und verbleiben

mit freundlichen Grüßen

PELIKAN VERTRIEBSGESELLSCHAFT

i.A. Bianca Ammann

1

DM 7,40 / öS 60,– / sfr 7,40 / Zloty 25 000 / CSKr 60,–
C 7329 D
Wild und Hund
Zeitschrift für Jäger und andere Naturfreunde · Verlag Paul Parey · 9. Juli 1994
14
Wildbiologie:
Rehwild als Lebenskünstler
Flinten im Test
Hunde-Gesundheit nach Plan
Bayerns Forst: Jagd bleibt Dienst
100 Jahre
Wild und Hund
STREITER FÜR JAGD
UND NATUR
14
4 390732 907408

, Dr., 54 J., eigene große, Kanzlei, athletischer, akti- utmann, Spitzenbackground, sche Ausstrahlung, bestaus- sthet, Menschenfreund, aktiv litik, Pilot, Jäger, Reiter, mit us, erlesenes Ambiente, wü m. Charme u. Niveau durch. ER ALPENLAND GmbH, St. D-83421 Bad Reichenhall, 32/59 94 o. 0 86 51/3693

urverb., 39 J., 1,56/58, rom. mittelbl.- Haar, schl., 1 Sohn, Scheidung, sucht zuverlässi- , ehrlichen u. humorvollen Jä- ster bis 43 J. zwecks Aufbau uen Beziehung. Bitte nur einte Bildzuschriften unter W Anz.-Abteilung Wild u. Hund, mburg

gersohn sucht für seine hwiegermutter 53 Jahre klein, Witwe einen lieben undenen **Lebenspartner,** k Lüdenscheid. Zuschriften 27581 an Anz.-Abteilung Wild

INA
Bernhard Hoffmann
Am Jagdhaus 126
42113 Wuppertal
Tel. 02 02 - 72 25 03
02 02 - 72 48 85

sionen, so wären Sie sicher der passende Partner für die attraktive, jagdverbundene, temperamentvolle Kauffrau, 38/168.

Frauchen gesucht, von Dackel mit Herrchen, 60/186, ledig, Unternehmer, Jäger, mit breiten Schultern zum Anlehnen, für gemeinsame Streifzüge und Nestbau.

individuelle Eheanbahnung bundesweit seit 1968 • GDE-Mitglied

Chefarzt, 59 J., kath. Adel, humanistischer Schöngeist mit weltweitem Immobilienbesitz, Eigenjagd in Namibia, Golfer, Ballonfahrer, Gestüt mit 750 Rennpferden, sechssprachig, Hauskonzerte, sucht niveauvolle Partnerin, die auch meinen „Spleen" akzeptiert (seit einem unverschuldeten Jagdunfall trage ich eine vergoldete und mit Smaragden besetzte Unterschenkelprothese). Zuschriften unter W 27631 an Anz.-Abteilung Wild u. Hund, 20095 Hamburg

Witwe, 62, gutaussehend, ohne Anhang, hellblond, charmant, naturverbunden, unabhängig, sucht liebenswerten, ehrlichen Partner. Zuschriften unter W 27632 an Anz.-Abteilung Wild u. Hund, 20095 Hamburg

Wo finden wir den treuen, herzensguten, gutsituierten, jungen Mann zwischen 30 u. 40 für unsere sehr nette, sehr gut aussehende, seit einem Jahr bekannte junge Freundin? Etwa selbständig oder Beamter oder in forstlichen, kaufmännischen, technischen o. ähnl. Berufen? Die alleinstehende **junge Dame,** unverheiratet, 34, 170, schlank, Dipl.-Ing., fleißig, fähig jedem Haushalt vorzustehen, kommt aus Armenien, spricht deutsch, möchte gern in Deutschland bleiben. Wenn Sie ein treuer, zuverlässiger, guter Christ sind, der diese Frau wert ist und ihr eine Heimat bieten kann, können wir Ihnen d. j. Dame wärmstens empfehlen. Zuschriften bitte m. ausführlichen Verhältnissen und Foto (garantiert zurück) unter W 27634 an Anz.-Abteilung Wild u. Hund, 20095 Hamburg

Sie sind ein ganz ekelhafter, dummer Narzißt, für den selbst eine Protehsenfetischistin noch zu schade wäre. Mit Spleen hat das überhaupt nichts zu tun, Ihre Nichtigkeit, unter der Sie offensichtlich maßlos leiden, kompensieren Sie mit einem therapiebedürftigen Affentheater. Sie gehören aus dem mitmenschlichen Verkehr gezogen, regelrecht eingesperrt, denn Ihr ärztliches Tun ist alles andere als ein Segen für diejenigen, die sich Ihnen ausliefern.
Übrigens, sollten Sie einen Scherz gemacht haben, dann ist das nicht weniger schlimm. Wer legt sich denn mit einem solch widerwärtigen Patron ins Bett, wie defekt muß eine Frau sein, sich auf einen solchen Kotzbrocken einzulassen. Aber weil Ärzte erfahrungsgemäß dumme Frauen bevorzugen, werden Sie es schon schaffen.

Hugo

BURDINSKI TAGEBÜCHER

110

FREITAG, 22.3.2002

Zeitungsnotiz

Die Silberne Erdkugel wurde dieses Jahr an Ralf Korschenbroich verliehen. Sie wird jedes Jahr an einen Reisejournalisten verliehen. 2001 hat sich Korschenbroich mit seiner Reportage über das Wendland hervorgetan. Wir veröffentlichen im Folgenden seinen preisgekrönten Bericht, der am 12.11.2001 in GEO erschien:

Ich heiße Rolf Korschenbroich und bin in den letzten zwei Wochen durchs Wendland gereist: mit der Bahn, mit dem Bus, mit dem Fahrrad, per Anhalter, per pedes und natürlich mit dem eigenen Wagen, einem Peugeot 608. Keine riesige Limousine, aber groß genug, um darin Land und Leute kennenzulernen.

Wendland: Ich bin zunächst sprachlos, als mir mein Redakteur an einem goldenen Oktobertag mitteilt: „Ralf, wir brauchen was übers Wendland. Hast du Lust?"
„Klar hab ich Lust, aber Wendland, wo liegt das überhaupt?"
Ich mache mich zunächst an einer Tankstelle schlau, kaufe mir eine Landkarte und bin überrascht: Lüchow, Dannenberg, Gorleben, das sind Orte, die ich kenne.
Dort habe ich gegen den Castor gekämpft, mich mit der Staatsgewalt angelegt, dort habe ich mich widerstandsmäßig freigeschwommen und auch noch Moni kennengelernt. Moni hatte sich an die Gleise im Wendland angekettet, ich habe sie getröstet und ihr Tee gebracht, dann kam der Castor.

Heute liegt Moni auf dem Friedhof in Gorleben. Die alte Metropole, von Sachsen und Slawen bekämpft, dann die Blüte im Mittelalter, der Warenaustausch: Wildbret und Brennholz für Hamburg und Berlin, Seide, Edelsteine und Porzellan für Gorleben.
Drei Minuten später sitz ich bei Gaby im Wagen, trampe nach Trebel. Gaby hat keine Illusionen mehr: Jurastudium abgebrochen, dann Soziologie, Widerstand gegen Gorleben und alleinerzie-

hende Mutter ohne Vater. Gaby tut mir leid. Ich lade sie auf einen Schnaps in die Trebeler Bauernstuben ein. Behagliches Interview, aufmerksames Personal, zivile Preise: Hier hat der Tourismus seine hässliche Fratze noch nicht gezeigt, hier bekommt man das Osterlamm mit Reis und Brechbohnen für sage und schreibe 9 Euro 50 Cent.

Während ich kulinarisch genieße, ist Gaby beim selbst gebrannten Zwetschgentrester angekommen. Sie redet und redet. Vom Stricken, vom Solarstrom und von Hinnerk. Ich verabschiede mich höflich bei Land und Leuten und lass mir ein Taxi in die Nemitzer Heide rufen. Seit dem Waldbrand '76 sieht es hier so aus: Erika, so weit das Auge reicht. Ganz bezaubernd, das Wendland hier in der Heide. Ich beginne zu begreifen, lasse das Wendland auf mich wirken.

Dann wandere ich zu Fuß nach Ruxmoor. Die alte Waldarbeitersiedlung liegt etwa zehn Kilometer von Trebel entfernt und meine Füße schmerzen, als ich eine Stärkung im Gasthof „Zur Post" einnehmen will. Doch in Ruxmoor gibt es keinen Gasthof. Keine Post. Nichts. Der Wind säuselt leise über die verlassene Dorfstraße, um die sich zwei bis drei Häuser gruppieren. Hungrig und durstig wandere ich zurück in den Wald und treffe eine Gruppe von Wildschweinen beim Nudelfressen an.

Woher sie wohl die Teigwaren haben?

Eine Frau weist mir den Weg, leiht mir ihr Fahrrad. Ich schwinge auf und radele nach Gartow, eine alte wendische Samtgemeinde, im Hochmittelalter Regierungssitz des Grafen Bernstorff, 1744 verbrannte das Zentrum des Ortes, einschließlich Pfarramt und Kirche. Der Pfarrer führt mich durch dunkle Katakomben in den wiederaufgebauten Keller der Kirche, vorbei an Einmachgläsern, Skeletten und Totenschädeln bis ins Kirchenarchiv. Dort verweile ich Stunde um Stunde und lese und staune: Die Geschichte des Wendlandes ist atemverschlagend. Als ich dem dunklen Labyrinth entsteige, empfängt mich im Kirchenschiff Frau Wessel, die Haushälterin der Pfarrei, und führt mich in ihre Küche. Dort verzehre ich einen Hirschbraten mit dampfenden Nudeln.

Infos über das Wendland: Kurverwaltung Gartow: 05846/333

MITTWOCH, 27.3.2002

Es ist bereits der 28.03. und gestern 27.03. konnte ich nichts schreiben, weil mir das Hirn von einer Stubenfliege zugeschissen wurde. Amen.

DONNERSTAG, 28.3.2002

Meine Reiseberichte sind berühmt wegen ihrer Besonderheit.

Beispiel:
Am 1.4.2001 stand ich schon morgens um 8 Uhr auf, um nach Nepal zu fliegen. Dort hatte ich mir den Nanga Parbat ausgesucht, den Berg der Deutschen in Nepakistan. Ich wollte hinauf. Schnell einen Rucksack besorgt, Obst, Trinken, einen Sherpa und nichts wie los. Das wollten wir doch mal sehen, ob da die Todeszone usw. von wegen Sauerstoffschuld. Wir Deutschen sind nicht für jeden Seufzer verantwortlich.
Bei 3.100 Meter macht der Sherpa, der Tai Ginseng, schlapp. Lungenödem. Kennt man ja. Ich legte ihn beiseite und holte mir aus einer Lehmhütte einen neuen: Michael Khan, 17 Jahre, stark, behände und schleppt die 60 Kilo wie nichts. Die Fauna und Flora am Nanga Parbat ist ja bedeutend schön. Beifuß, Farn, Schneehasen und dann ein pakistanischer Rosenverkäufer, den ich mit Mühe und Not überzeugen konnte, zu verschwinden. „Aber dalli, dalli. Klick, klick."

Der Himmel schien von Blau zu bersten, keine Wolke, kein Vogel, nur mein Sehnen und Wollen, am Montag am Kiosk zu sagen: „I did it. Nanga Parbat."
Ab 5.000 Meter fühlte ich gar nichts mehr, ließ mich willenlos vom Sherpa nach oben tragen. Trinken ist sehr wichtig: Gemüsesäfte. Tee. Wasser.
Ich trank einen Sambuca. Himmel und Hölle zugleich. Nie würde ein Mensch so was schaffen können. Meine Hände zitterten. Noch

einen. Und einen Bacardi. Love is in the air. Aber nicht auf 7.200 Metern oder wie wir sagen: sieben zwo.
Der Funkverkehr brach ab. Reinhold, ich habe dich immer bewundert.
Der Sherpa Michael Khan bricht zusammen. Unter meiner Verantwortung. Das dulden? Nein. Darwin. Darwin. Ich lege ihn mir zurecht und ramme ihm den Eispickel ins rechte Auge. Schwäche mag ich nicht und die letzten Meter und ich bin oben, die Beckerfaust. ... und runter rutsch ich auf dem Hosenboden. Mein Gott, vergib mir mein Hobby, aber das Leben ist halt extreme.

SAMSTAG, 30.3.2002

Heute waren wir beim Osterfeuer in Gartow. Einen größeren, bedeutenderen, gewaltigeren, einzigartigeren Text als diesen bring ich heute nicht zustande.

SONNTAG, 31.3.2002

Es ist doch erstaunlich, wie gut mir die Luft, die Sonne, die Bewegung tun.
Bis auf die Scheißerei nachts und teilweise tags geht es mir fast hervorragend.
Die Müdigkeit ist um zwei Drittel reduziert, beinahe frisch und ausgeruht fühle ich mich, hacke Holz, habe Appetit.
So well ging es mir das letzte Mal vorherigen Sommer.
Vielleicht sollte ich die Lebertransplantation verschieben. Obwohl: Nächsten Winter, wenn die Tage sich grau und feucht und kalt vorüberquälen und ich vor Müdigkeit kaum die Couch verlassen kann, würd ich es wohl bereuen. Andererseits: Soll ich mich in Lebensgefahr begeben, wenn es mir noch recht ordentlich geht? Schwierige Frage.
Na ja, muss ich ja auch nicht jetzt entscheiden. Nicht jetzt am Osterfest.

MITTWOCH, 3.4.2002

Heute fliegen wir nach München. Das Fliegen ist ein uralter Menschheitstraum, der in Erfüllung gegangen ist, seit man mit dem Flugzeug zwischen verschiedenen Kontinenten in aller Herrgottsfrühe umhereilen kann. Oder zu jeder anderen Tageszeit. Früher war es der Zug. Die ersten Städte, die 1835 in Deutschland mit dem Zug verbunden wurden, sind heute noch in Betrieb: Nürnberg und Fürth.

Während Nürnberg gegen den Abstieg aus der Ersten Bundesliga ankämpft, ist Fürth drauf und dran, die Zweite Liga zu verlassen.
Davor fuhr man mit Pferd und Kutsche. Das war oft sehr mühsam. Goethe und andere Zeitgenossen können ein Lied davon singen.
Eine richtige Revolution war aber die Erfindung des Rades.
Der Urmensch erkannte in dieser Erfindung, dass nun der Transport von Gütern und Personen einen Quantensprung zu vollführen hatte.
Bis zur ultraschnellen Formel 1 war es aber noch ein weiter Weg. Davon wusste der Steinzeitmensch noch nichts.
Bei der Formel 1 kriegt der Erste zehn Punkte, der Zweite sechs etc. Der Sechste kriegt noch einen. Wer die meisten hat, gewinnt die Weltmeisterschaft.
Als es aber noch kein Flugzeug gab, kein Auto, geschweige denn Rad, da ging der Mensch zu Fuß auf Jagd. Er erbeutete unter oft großen Gefahren Mammut, Bär, Säbelzahntiger, aber auch Vögel. Vom Fliegen konnte der Mensch aber nur träumen.
Eine Sackgasse war die Draisine. Sie war zwar ein Fahrrad, aber ohne Kugellager, Kette und Tretkurbel war das Fortkommen mittels Abstoßbewegungen der Füße zwecklos.
Aber auch solche Erfindungen sind wichtig für die Entwicklungsgeschichte des Menschen.
Bis zum Jupiter ist es aber noch ein weiter Weg.

DIETMAR UND RENATE

DIETMAR + SEIN LIEBLINGSLEHRER HERR GÜNTER SCHMITT

DONNERSTAG, 4.4.2002

Und wieder haben Aussiedler aus Kasachstan eine Bank in Niedersachsen überfallen. Der Raub im Wortlaut, laut Polizeibericht:

Drei maskierte Täter betreten eine Filiale der Landesbank und bedrohen die Kassiererin mit Armbrüsten:

Gelde cher gebe zu uns. 1000! 1000! Geld sofort oder wie schieße alle kaputt. Bittä. Keine macha Probleme. Scheiße du leg zu Bode Kopf. BMW sollte komme. Wir fahre weg. Nix Polizei.

Ein paar Kurzkrimis.

Wie von Sinnen klopft der vermeintliche Staubsaugervertreter an die Tür. Die 88-jährige Edwina T. öffnet arglos. Sofort prasseln Schläge und Tritte auf sie ein.
Dann schleicht sich der Täter heimlich in das Wohnzimmer der Rentnerin. Er bittet um ein Glas Wasser. Als Edwina T. unverdächtig in die Küche geht, durchsucht der angebliche Vertreter den Schrank. Er findet 400 Euro.
Die alte Dame kommt mit einem halben Glas Kirschsaft an. Sie blutet stark aus dem ganzen Körper, hat aber den Überfall komplett vergessen. Deshalb begrüßt sie den Täter auch arglos. Sie gibt ihm den halben Saft. Der Täter wollte aber Wasser haben. Edwina T. geht wieder in die Küche. Sofort zählt der Täter die Beute. Es sind wirklich 400 Euro. Nun kommt die Rentnerin mit einem vollen Glas Kirschsaft.

„Was ist das für ne Scheiße ääh", schreit der Täter. „Wasser!" Die Frau geht wieder. Als die Frau mit Wasser wiederkommt, ist alles weg. Täter, Geld und ein Hochzeitsfoto von ihrem Mann mit ihr. „Jetzt erst ma n Kaffee", seufzt das alte Opfer.

FREITAG, 5.4.2002

Ich habe heute nichts geschrieben. Das tut mir leid, mehr aber auch nicht.

SAMSTAG, 6.4.2002

Morgens um 11 ging es ins IMAX zur Shackleton-Expedition. Diese Fahrt zum Südpol im Jahre 1915 handelt von einem festgefrorenen Schiff, das die Besatzung verlassen musste, weil das Schiff nicht mehr weiterfuhr wegen dem Eis.
Die Männer gingen durch unendliche Strapazen. Sie wollten sich retten und mussten zu Fuß weiter und mit kleinen Booten bis Elephant Island. Dann waren sie gerettet. Danach standen Bilder auf dem Programm – die Alte Pinakothek in München.

MONTAG, 8.4.2002

Morgen wird im Studio die erste Folge von Popclub aufgezeichnet: das ist eine Sendung mit Quizcharakter. Oft werde ich gefragt, wie ich dieses Format finde, dazu kann ich aber nichts sagen, weil ich es noch nicht gesehen habe, es wird aber wohl gut werden, da es so was in der Art noch nicht gab, nur bei „Erkennen sie die Melodie?" mit Ernst Stankovski gab es Ähnliches.
Beim Popclub wünsche ich mir Fragen an Prominente aus den Bereichen Show, Kultur und Sport. Es soll Fragen geben zu Gruppen wie Supertramp und U2, aber auch Hip-Hop soll vorkommen. Die Kandidaten sollen pro Frage einen Bonus kriegen, bei drei Boni gäbe es 50 Punkte und umso mehr Punkte, desto besser. Man könnte auch Zweier-Teams bilden, die unter einer Glaskuppel sitzen und ein Spezialgebiet wissen müssen, zum Beispiel Krautrock auf Independent Labels. Wer keine Frage weiß, kann einen Joker kommen lassen.

Zwischen den Rockmusikfragen kommen Poplieder, die live gesungen werden von Gruppen oder auch einzelnen Sängerinnen. Der Moderator Thomas Hermanns verteilt die Punkte und stellt Fragen an die Prominenten, zum Beispiel:
Wer oder wann hat den Culture Club gegründet?
Wie viele Popmusiker sind schon abgestürzt?

Dann kommt die Werbung, dann ein Hinweis auf die nächste Sendung. Dann Applaus, Verbeugen und Abspann.

DIENSTAG, 9.4.2002

Was trägt die Dame der Moderne in diesem Sommer?

Nun, ich glaube, der schwarze Stiefel wird sich durchsetzen, der honigfarbene halblange Konzertrock und natürlich die maisgelbe Strickbluse unter einem weißen Umhang.
Das sagen jedenfalls die Kleiderfabriken von Mailand bis Paris.
Und der Herr? Der Herr geht leer aus. Abgesehen von Turnschuhen in weißen Socken. Der Rest ist nackend.
Das wird die erregte Öffentlichkeit natürlich nicht erfreuen.
Hier ist eines vorprogrammiert: der Konflikt mit der Staatsgewalt.
Jaja, Herrenmode und Polizei, das sind zwei Welten, die sich immer wieder begegnen. Ich erinnere an die Uniform der Hamburger Reiterstaffel. Auch das Pistolenholster von Oberwachtmeister Kraus folgt dem Dekret der Haute Couture: Zeitloser Chic plus hohe Funktionalität. Bravo.

MITTWOCH, 10.4.2002

Heute habe ich ausgemistet. Denn: Am Samstag geht es auf den Flohmarkt mit dem ganzen Krempel.
Auf dem Flohmarkt gibt es: große Kochtöpfe, kleine Kochtöpfe, Teller, Tassen, Messer, Gabel, Löffel, Hobel, Schraubzwingen, alte

Handys, neue Handyhüllen, Lederjacken, Sachbücher, Karl-May-Bücher, Bilderrahmen, Schrauben, Nägel, Fotos, Fotoapparate. ... und natürlich Kombizangen. Nur frisches Obst, das gibt es natürlich nicht. Keine Äpfel, keine Birnen, Zitronen oder Kiwis, geschweige denn Litschi oder Ananas. Noch nicht mal Karambole oder Kumquats. Nur eine profane Obstschale ist hin und wieder anzutreffen. Ein Beispiel für eine Obstschalenverkäuferin ist Frau Zuse. Frau Zuse meint zu diesem Thema: „Wir hatten ja nichts. Dann kamen die Kinder, dann in die Schule, dann aus dem Haus, dann mein Mann in Frührente und dann haben wir uns eine Obstschale gekauft. Man gönnt sich ja sonst nichts."

Da Frau Zuse aber merkte, dass sie ihr Obst auch auf den Tisch legen kann, verkaufte sie die Obstschale wieder. Und zwar an einen zwielichtigen Menschenhändler aus Litauen, der mit dieser Schale ein naives abenteuerlustiges Mädchen aus Vilnius nach Osnabrück lockte. Ja, so spielt das Leben.

SAMSTAG-SONNTAG, 13.-14.4.2002

Flohmarkt, Rainalds Geburtstag

SAMSTAG, 20.4.2002

Ich habe eigentlich gedacht, während der Woche etwas für meine Dia-Show geschafft zu haben. Da diese Show aber nicht mit Tingeln durch Deutschland verbunden sein darf (zu anstrengend), kann sie nur ein Teil meines zukünftigen Schaffens sein. Diese Erkenntnis enttäuschte mich sehr und deshalb hab ich während der vergangenen Woche nichts geschrieben. Das war falsch!
Nun gut, erzählen wir vom Land Kastanien.
In Kastanien löscht die Feuerwehr kein Feuer, sondern sie holt Kastanien aus diesem.
Ansonsten war ich gestern und heute so schrecklich müde wie schon zwei bis drei Wochen nicht mehr. Erst ein Kaffee gegen

18.30 Uhr und ein anschließender Spaziergang brachten mich etwas nach vorn.

Gibt es noch etwas zum Land Kastanien zu sagen? Nein, mir fällt nichts ein. Oder: Die Nr. 1 in diesem Land ist nicht der Bundespräsident, sondern der Maronenverkäufer.

MONTAG, 22.4.2002

Kurzkrimi

... heute schau ich mal nicht Pfarrer Fliege, heute mach ich mich schön und gehe aus ... also aus dem Wohnzimmer raus bis zur Wohnungstür. Gesagt, getan. Mehr noch. Frau A. begnügt sich nicht mit einem heimlichen Blick durch den Spion ... nein, sie öffnet die Tür und stellt sich deutlich in den Türrahmen ... also Zarge ... präsent ... unübersehbar ... so, als wollte sie sagen: Guten Tag, hier stehe ich.
Und das sagt sie auch ... zu einem fremden Mann mit schwarzem Vollbart und schwarzem Turban, der mit einer Panzerfaust auf der Schulter die Treppe hochgekeucht kommt und sich vor Frau A. aufbaut, die Panzerfaust ablegt und blitzschnell wie eine grüne Mamba die Hände seiner ausgestreckten Arme um den Hals von Frau A. legt und diese würgt und würgt und würgt, auf dass ihre müllermilchschweren Bernsteinohrringe hin- und herbaumeln wie erdgeschichtliche Kostbarkeiten, was sie ja auch sind. Linker Bernsteinohrring mit Einschluss von Eidechse auf Blatt, rechter eine Motte und Stubenfliegen auf verwesender Spitzmaus.

Gleich wird der Täter wohl nach einem Glas Wasser fragen und meine Wohnung durchsuchen, während ich in die Küche ... und zunächst sieht es auch so aus. Der Täter lässt ab von Frau A. und sagt: „Chalachamdurs."

„Das ist Arabisch, was Sie da sprechen, nicht? Sind Sie vom Al-Kaida-Netzwerk?“
„Chalachamdurs.“
Na, wie auch immer. Das Motto des Augenblicks lautet Deeskalation.
Frau A. holt ein Glas Wasser und geht folgerichtig ins Wohnzimmer.

DONNERSTAG, 25.4.2002

6 Uhr: Meine Eltern sollen es mal besser haben als ich.

80er Jahre. Ich war auf einer einfarbigen Hochschule – einer Uni.

Auf der Hochschule für Fotografie und Design, wie der Volksmund sagte. Offiziell hieß sie: die Uni für Knipsen und Entwickeln.
Ja. Zauberwürfel gab's. Rubik's Cube. Krawatten, schmale Krawatten, mit Würfeln drauf.

Ja, mit so nem Plakat auf ner Demo rumlaufen ... wir wollen Frieden ... is nich mein Ding. Ich schreib das lieber aufn Blatt und hefte das ab ... in'n Ordner: Hab ich mehr von.

Die Antarktis gilt den einen als Kontinent, den anderen ist sie egal. Größere Städte gibt es nur im Norden des Landes, Inna-shagan ist mit 3.000 Einwohnern die größte ... die Insulaner leben von der Landwirtschaft, das häufigste Produkt ist Eisbergsalat.

Tja, es ist immer wieder amüsant, von der Vergangenheit zu erzählen, die 70er Jahre, wisst ihr noch, die Schlager, die Hosen mit Schlag und so ...
Und jetzt sind ja die 80er in ... also die 80er waren für mich die wildeste Dekade, immer in die Kneipe gegangen und dann, wisst ihr noch ... dieser Zauberwürfel ... Rubik's Cube ... 70er Jahre warn

ja nich so doll, musst ich arbeiten, 90er hab ich gefehlt wegen Krankheit, aber die 80er ... nee, nee, also alles gab es da ... schmale Krawatten und ... die ... das ... den Würfel ... da musste man ja so dran drehen ... dann warn die Farben pro Seite sortiert, das war toll ... der Zauberwürfel ... und die 80er warn ja auch die große Zeit des ... der Kneipe ... saß man da ... schmale Lederkrawatte, pink oder weiß. Hatte man ... Demos ... auch ganz groß, also demonstriert, in der Kneipe, ne, getrunken und alle an der Theke mit dem Würfel zugange. Rubik's Cube. Zauberwürfel ... da is man dran verzweifelt. Also die 80er Jahre warn für mich wie ... wie zehn Jahre am Stück. 1980 Kanzlerkandidat FJS. 1989: die Wende. Und dazwischen: Aufkleber, an jedem Auto: Strauß, nein danke; Atomkraft, ja bitte, und natürlich: Ich hasse Zauberwürfel, klar, war ja auch nich easy. War die eine Seite ganz gelb, warn die andern total durcheinander, die blaue okay dann die grüne rot und die weiße Seite total blau, furchtbar, aber auch toll.

Und sonst 80er Jahre. Na ja, Tschernobyl, Challenger ... und ich sach noch: Nich dass dat Dingen explodiert, läuft ja Sprit aus an der Seite, ich leg den Würfel weg, guck so in'n Fernseher ... und auf einmal: Peng, das Teil explodiert ... Mensch, Mensch. Und dann dat AKW in der Ukraine direkt hinterher. Mann. Aber das Beste war der Zauberwürfel. Müsste ma wiederkommen so wat. Heute is irgendwie öde ... gut, New York ... aber is auch schon acht Monate her ... vielleicht passiert ja noch ma was.

DIENSTAG, 30.4.2002

Alexandra Kamp live bei AOL, sehe ich auf einem Info-Blättchen vom Cinemaxx. Wer ist Alexandra Kamp?

Ich möchte eine neue Sprache erfinden. Für E nehme ich I und für IE.

Der vorherige Text lautet dann so:
Alixandra Kamp levi bie AOL, sihi ech auf ienim Enfo-Blättchin von cenimaxx. Wir est Alixandra Kamp?

DONNERSTAG, 2.5.2002

Heute nichts geschrieben, nur eine Idee tauchte auf:
Einmal im Leben darf man einen anderen Menschen umbringen.

FREITAG, 3.5.2002

Also, ob ich nun was schreibe oder nicht; was ändert das? Ich bin mit Sicherheit der größte Trottel unter der Sonne, bin erfolglos und sehe nicht, dass die Frau, die ich liebe, beim Friseur war. Für heute reicht's.

MITTWOCH, 15.1.2003

Ideen

- *Aus Überzeugung gestorben.*
- *Die sieben Weltwunder: der grüne Daumen von Seramis.*
- *Nein, das Bier möchte ich nicht. Das ist mir zu laut!*
- *Gute Wörter: Streuobstwiese.*
- *Das Geburtshaus von Michael Ballack (wie so viele Intellektuelle pilgerte ich zum ...).*
- *Stoiker. Steht auf der Straße. Fast schon Fußparker.*
- *In welchem Erdteil liegt Australien?*
- *Entsetzlichen Dank.*
- *Schöne Grüße von den Adduktoren. Euer Herr Bender.*
- *Ein Armbruch ist doch kein Beinbruch.*
- *Die Kirschblüte ist reif./Wir brauchen wieder Trümmerfrauen!/Lammfellsuppe.*
- *Rolf Miller: Wir haben in Heimatkunde ja noch gewusst, wo der Harz entspringt.*

DONNERSTAG, 13.2.2003

Betrug

Person:	*Guten Tag, Frau Criens, ich möchte Ihnen gerne einen Staubsauger verkaufen.*
Frau Criens:	*Sie haben ja gar keinen Staubsauger dabei.*
Person:	*Zuerst die Theorie, Frau Criens.*
Frau Criens:	*Sie sind ein Betrüger!*
Person:	*Ich glaube nicht.*
Frau Criens:	*Na gut, dann kommen Sie mal rein. Hier ins Wohnzimmer.*

DIENSTAG, 4.3.2003

Dein Leben steht noch vor dir.

FREITAG, 19.3.2004

Biertrinken gegen Parkinson

Maßvolles Biertrinken verringert laut einer Studie angeblich das Parkinson-Risiko. Wie die Gesellschaft für die Öffentlichkeitsarbeit der Deutschen Brauwirtschaft in Bonn mitteilte, haben US-Wissenschaftler (Harvard School of Public Health in Boston) festgestellt, dass regelmäßiger Bierkonsum die Gefahr, an Parkinson zu erkranken, um 30 % senkt. Auch bei alkoholfreiem Bier.

MITTWOCH, 24.3.2004

Charles kreiert Shampoo und Deos

Nach dem Erfolg seiner organischen Kekse und Milchprodukte will Prinz Charles (55) von Mai an auch Shampoos und Deos ohne schädliche Zusatzstoffe verkaufen. Laut Sunday Times sollen auch ein Duschgel, eine Bodycreme, eine Feuchtigkeitscreme, Seife und eine Pflegespülung zum Königlichen Toilettenartikel-Set gehören. Angestrebt wird ein Jahresumsatz von 50 Millionen. Euro. Der Erlös soll den wohltätigen Stiftungen des britischen Thronfolgers zugute kommen.

Wieso funktionieren die Sachen von Prinz Charles besser als die von Uschi Glas?

Morbus Schlatter/Wackelknie

Sommerzeit. Millionen fehlt eine Stunde Schlaf. Die krieg ich erst im Herbst wieder. Bis dahin werd ich wohl müde sein.

Frühaufsteher wie Lerchen fällt die Sommerzeit leichter als Eulen. Bei der Umstellung auf Winterzeit ist es umgekehrt.

Ansonsten gilt: Orchideen und Theaterkarten sind gut fürs Betriebsklima.

FREITAG, 23.4.2004

Schönstes deutsches Wort gesucht

Das Goethe-Institut hat Muttersprachler, aber auch Deutsch lernende Ausländer aufgerufen, ihr „liebstes, schönstes, kostbarstes deutsches Wort“ zu benennen und ihre Wahl mit einer kurzen Begründung zu versehen. Entscheiden wird über den internationalen Wettbewerb eine Jury, der unter anderem der Sänger Herbert Grönemeyer und der Filmregisseur Joseph Vilsmaier angehören. Als Preise winken eine Reise nach Mauritius, ein Sprachkurs an einem Goethe-Institut in Deutschland oder ein literarisches Wochenende in Berlin.

Vorschläge

- *Gurkensalat*
- *Wurst*
- *Bierflasche*
- *Gespräch*
- *Redezeit*
- *Bademantel*
- *Überzeugungsarbeit*
- *Glastheke*
- *Rosenbaummann nein: Rosenbaumfrau*
- *Gesetzbuch*

Was muss Jan Ullrich tun, um die Tour de France zu gewinnen?

➊ *Neues Fahrrad, mehr Gänge.*
➋ *Armstrong kaltstellen. K.o.-Würfel.*
➌ *Er muss sich dopen.*
➍ *Abnehmen, Fischdiät.*
➎ *Er muss ins Radlager.*
➏ *Immunsystem stärken.*
➐ *Er braucht leichtere Rennkleidung.*
➑ *Er braucht auch im Training Wasserträger.*
➒ *Er soll nicht am Kiosk Bier trinken.*
➓ *Wechsel zu Gerolsteiner. Wasser ist gesünder als Handy.*

FREITAG, 30.4.2004

Polen in die EU

Arbeitskräfte aus Polen gehen nach Deutschland. Es bilden sich Trampelpfade und schließlich kleine Schluchten, die sich bei Starkregen in reißende Flüsse verwandeln, die unser Land überschwemmen. Die Polen verdienen mehr als bisher und können sich Mercedes kaufen. Deshalb klauen die Rumänen nicht mehr in Deutschland Autos, sondern in Polen. Die Polen ham keine Autos mehr und klauen deshalb unsere.

Flaschengrün.
Die Küche meiner Großmutter irgendwann in den 70ern.

„Dietmar, reich mir mal das Messer."
„Welches denn, Oma?"
„Das mit dem flaschengrünen Griff."

Flaschengrün. Die Großmutter nahm das Messer und schnitt mir eine Scheibe ab – eine Scheibe frisch gebackenen Brotes, das sie sich beim Schneiden vor die Brust hielt.
Flaschengrün. Die Oma lächelte und strich mir übers Haar, als ich die Stulle verputzte.
Flaschengrün. Das war meine Großmutter. Gütige Augen. Frisches Brot.
Flaschengrün. Das ist für mich Wärme, Glück, Geborgenheit.
Flaschengrün. Der Bach. Die Wiese. Daheim.
Sehr gut gefällt mir aber auch das Wörtchen „Pfropf".

Zuzahlung

Die Leute müssen im Imbiss 10 Euro bezahlen und kriegen ne Überweisung fürn Restaurant.
Überm Imbiss hängt ein Schild: Hier Restaurantüberweisungen.

MITTWOCH, 28.7.2004

Inge Meysels Leben unterm Hammer.

DONNERSTAG, 14.10.2004

Der zitronengelbe Große Klappertopf ist Blume des Jahres 2005.

Zahn: Mit jedem gezogenen Zahn leidet nach einer Studie aus Schweden auch die menschliche Erinnerung. Menschen ohne Zähne hätten ein deutlich schlechteres Gedächtnis als Menschen mit vollem Gebiss. Säuglinge haben ein ganz schlechtes Gedächtnis.

Die Frisur der Queen ist immer gleich, damit sie aussieht wie auf der Münze.

FREITAG, 19.11.2004

Der Welttoilettentag ist mit der Forderung nach einer weltweit besseren sanitären Versorgung begangen worden. Zum Abschluss des dreitägigen Welttoilettengipfels in Peking, an dem 200 Experten aus 15 Ländern teilgenommen hatten, sagte der Organisator Jack Sim, der Zugang zu einer Toilette sei ein grundlegendes Menschenrecht. Ohne angemessene sanitäre Einrichtungen können wir nicht richtig funktionieren.
Schaffen Sie eine Toilettenrevolution in Ihrer lokalen Gemeinschaft, forderte Sim, Gründer der WTO, der Welt-Toiletten-Organisation.

DIENSTAG, 30.11.2004 11.15 – CA. 12 UHR

Handy-Knopf-im-Ohr-Gespräche.
Mich dazugestellt und geplaudert, damit die Person nicht alleine reden muss.

MONTAG, 21.2.2005

Frauen, die beten, werden öfter schwanger.

MONTAG, 14.3.2005

Fritten sind Altölstäbchen.

SAMSTAG, 9.4.2005

Monaco. Prinz Albert/Kontaktanzeige

Netter Bobfahrer mit eigenem Staat sucht treue Sie zum Regieren.

DIENSTAG, 12.4.2005

Letzter Mann: der ruhende Pole in der Abwehr.

Ich geh jetzt arbeiten. Ich putze zweimal drei Stunden die Woche bei Leuten.
Für das Geld, was ich da verdiene, leiste ich mir was Besonderes. Eine Putzfrau. Zweimal drei Stunden die Woche kommt die.

SONNTAG, 8.5.2005

Lagerfeld – der dünne Schneider mit dem großen Kopf.

Der Thomas Gottschalk is ja auch in Amerika bekannt – bei seinen Nachbarn. Druckknöpfe für die Frisur. Das hat er mir mal gezeigt.

130

DONNERSTAG, 19.1.2006

Traum:

Ich stehe auf einer Erdscholle im flachen Uferwasser eines Sees.
Die Scholle bricht ab. Renate schaut.
Ein Mann rät mir: erst unter Wasser versuchen zu schwimmen!
Ich sinke immer weiter ein.
Noch einmal der Mann: Wie gerne hätten Sie gelebt?
Ich: Sehr gerne! Sehr, sehr gerne!
Aus.

Karriere ist Silber, Heiraten ist Gold.

MONTAG, 24.4.2006

- ➜ *„Titanic 2", Eisblock, DiCaprio, auftauen.*
- ➜ *Vorfahren aus dem vorderen Abendland.*
- ➜ *Akten in großen Bottichen.*

Tschuldigung, können Sie mir 2 Euro leihen, sonst muss ich meinen 500er-Schein anbrechen.

MITTWOCH, 10.5.2006

Zitronensaft gegen grüne Haare
Grün schimmernde Haare können Folge eines Schwimmbadbesuches mit blondierten Haaren sein.
Ursache: Kupferionen aus Wasserleitungen, die sich in den vom Blondieren porös gewordenen Haaren ablagern und den Grünstich entstehen lassen.
Therapie: Experten raten, die Haare mit purem Zitronensaft zu spülen, plus Ascorbinsäure.
Delfine rufen sich beim Namen. Untersuchung bei Großen Tümmlern.

DONNERSTAG, 11.5.2006

Tchibo: Fernrohre für die Bundeswehr (Kaffeerohre).
Brühe macht uncool.

MONTAG, 22.5.2006

Pfarrer allergisch gegen Hostien.
250 Orgasmen pro Tag.

DIENSTAG, 23.5.2006

Schwule Schwäne brüten geklaute Eier aus ...

MITTWOCH, 24.5.2006

Geri Halliwell: Tochter heißt Glockenblume (Bluebell Madonna).
1902 entwarf Richard Steiff die ersten Kuschelbären. Sie vermehrten sich rasend.

SAMSTAG, 27.5.2006

Ei vor Henne da! Ausgeschlossen, dass sich ein anderes Tier in ein Huhn verwandelt hat.

Else Kling tot.

Beckenbauer:

Mehr Außenseitersiege: Da muss man schaun, dass der Außenseiter größere Chancen hat. Muss halt bergab spielen. Der Favorit bergauf.

Man kann ja heute schon das Dach vom Stadion schließen, mechanisch (Schalke-Arena), da muss man halt das Spielfeld umbaun, so eine Hydraulik einbaun, dass man's hochklappen kann, schräg machen. Und je größer das Gefälle der beiden Mannschaften, je steiler das Spielfeld.
Brasilien – Polen: 10 Grad.
Brasilien – Trinidad-Tobago: 45 Grad.

Weitere Maßnahmen:

Favorit muss alle zehn Minuten auswechseln, darf aber nicht einwechseln.

Die Franz-Beckenbauer-Helikopter-Stiftung:
Fans, die es sich nicht leisten können, zu Bundesliga-Auswärtsspielen mit dem Bus zu verreisen, wird ein Helikopter zur Verfügung gestellt.

Beckenbauer-Pläne nach der WM:

- Erst mal den Heli-Führerschein machen. Man ist doch unabhängiger, wenn man nicht auf die Launen eines Piloten angewiesen ist. Gelassen bleiben, Flug-Laotse.
- Meine Biografie lesen. Da hab ich schon ewig nicht mehr reingeschaut.

WOCHENPLAN:

Montag: drei Berlin-Kolumnen
Dienstag: Stadtgang
Mittwoch: Döner essen und Schuhe beobachten
Donnerstag: drei Kolumnen
Freitag: Zukunft
Samstag: Zukunft

Ideen Zukunft:

Wenn ich Erfinder wär, würde ich Folgendes erfinden:

1. *den Stauüberflieger*
2. *den Bananenschäler*

Ich hab den Meteoritenhelm erfunden und bin seitdem nicht mehr getroffen worden.

DONNERSTAG, 19.10.2006

Der Marlboromann ist die Nr. 1 auf der Liste der 101 einflussreichsten Leute, die nie gelebt haben.

SONNTAG, 22.10.2006

Die Menschen in 1.000 Jahren sehen aus wie Ralf Möller.

MONTAG, 23.10.2006

Das Schwarze Kohlröschen – Orchidee des Jahres/Arbeitskreis Heimische Orchideen
Sind Pflanzen intelligent? Kritiker sagen: Nein.

FREITAG, 27.10.2006

USA: Dicke brauchen mehr Sprit.

MONTAG, 30.10.2006

Genscher-Double in der deutschen Botschaft in Prag.

DONNERSTAG, 2.11.2006

Zitat Franz Beckenbauer: „Ich bin Fußball gewohnt."

SONNTAG, 12.11.2006

81-jähriger Hamburger fährt 250 Kilometer zu weit.
Zahnkronen selber kleben.

SONNTAG, 3.12.2006

Dienstag gefährlichster Arbeitstag.
Der Mittelfuß ist eine Hängebrücke.

DONNERSTAG, 14.12.2006

Kader Loth wird nicht mehr auf Partys eingeladen.
Sydney: Schlange verstopft Klo(Python).

SONNTAG, 31.12.2006 (SILVESTER)

Vorsätze

- ☞ *2007 weniger MwSt. zahlen*
- ☞ *Segelschein machen*
- ☞ *Tagebuch führen: Wetteraufzeichnungen*
- ☞ *Rauchen anfangen*
- ☞ *etwas ruhiger angehen lassen*
- ☞ *ein Buch schreiben*
- ☞ *Tier adoptieren: Vollmeise*
- ☞ *Aquarium kaufen: Verantwortung übernehmen*

DIETMAR 1992, STAND UP!
IM HINTERGRUND DIE
LAUBSÄGEARBEIT Q

DIETMAR + ICH 1992
PRESSEFOTO FÜR
"HALMA AM DRACHENFELS"

MITTWOCH – SAMSTAG, 17. – 20.1.2007

Entführung

Als meine Eltern ein Haus bauten, hatten wir kein Geld. Urlaub war aber trotzdem drin. Als die Schulferien anfingen, sacht mein Vater: „So, wir fahren los nach Italien. Jesolo."
„Oh nee, Autofahren is langweilig."
Sacht mein Vater: „Na dann machen wir's spannend. Ganz tolle Reise wird das. Wir spielen Entführung."
Und ruft: „Los, runter, auf den Boden. Entführung!"
Holt zwei Tücher raus und verbindet uns die Augen.
Wir hören ein Auto. Türengeklapper. Ruft ne Frau: „Hinten reinsetzen. Los, los!"
Wir: „Mama!"
„Ruhe! Sonst verkleben wir euch die Münder."
Saßen wir mit verbundenen Augen auf dem Rücksitz und fuhren und fuhren.
Sacht der Mann: „Reden wieder erlaubt, die Augenbinden bleiben. Passt auf, Polizei!"
Wir: „Werden wir noch lange entführt?"
„Nein", sacht die Frau und nimmt uns die Binden ab. Das war meine Mutter.
Entführung beendet.
„Wo sind wir?"
„In Italien."
„In fünf Stunden?"
„Wir sind schnell gefahren. "
„Aber die Autos haben ja alle Hamburger Kennzeichen."
„Ja, in Jesolo sind meist Deutsche."
Warn wir im Schwimmbad.
„Wo ist denn der Strand?"
„Der ist geschlossen. Algen."
Abends dann in die Pizzeria. Da warn Italiener. Da warn meine Eltern beide dabei. Mittags war aber immer nur meine Mutter dabei.
„Wo ist denn Papa?"

„Der ist am Meer. Der guckt da, ob man wieder schwimmen kann."
Später erfuhr ich, der war auf der Baustelle. Zu Hause!
Einmal hab ich drei aus meiner Klasse getroffen.
„Was macht ihr denn in Italien? Ihr wolltet doch zu Hause bleiben?"
„Sind wir doch auch."
„Wohnt ihr denn in Italien jetzt?"

Reisen: Peru: überall deutsche Blaskapellen in der Fußgängerzone.

Klima schützen: im Dunkeln kein Fleisch essen.

SONNTAG, 11.3.2007

Das Verschwinden der Dackel: kommen wegen kurzer Beine – werden auch immer noch kürzer – nicht zum Futternapf.

DONNERSTAG, 12.4.2007

Gefrorener Urin fiel vom Himmel – Mann von Pipibombe erschlagen.

SAMSTAG, 28.4.2007

Tag des geistigen Eigentums.

SONNTAG, 13.5.2007

Zlatko: „Das Aussehen ist immer das, was man als Erstes sieht."

FREITAG, 18.5.2007

Abnehmtricks: Gleich morgens Obst klein schneiden und auf den Schreibtisch stellen.

SONNTAG, 20.5.2007

Gysi: „Die Linke ist da, wo mein Daumen rechts ist."

SAMSTAG, 25.8.2007

Ich leide unter Bühnensucht. Grund: Es gab keinen Beifall bei meiner Geburt, das weiß ich noch. Meine Mutter sagte: „Am liebsten würde ich klatschen, aber ich bin k.o."

FREITAG, 2.11.2007

Ein Mann schenkt seiner Frau eine Niere. Aber die Frau ist leberkrank.
Achtlos legt die Frau die Niere auf den Nachttisch.

SONNTAG, 4.11.2007

Tim Wiese: „Ein vernünftiges Erscheinungsbild ist mir wichtig."

Weihnachtssprüche

Der Airbus fliegt von Haus zu Haus, im Cockpit sitzt der Nikolaus
Nüsseknacken mit dem Po – Dezemberkurs im Studio
Komapatienten aufgepasst! Weihnachten ist die Zeit der Besinnung.

DONNERSTAG, 8.11.2007

Jeder Zweite besitzt nichts.

SAMSTAG, 17.11.2007

Edeka kauft Plus.

DIENSTAG, 20.11.2007

Mimikfalten reduzieren. Schweizer Entdeckung. Gegen Krähenfüße, Tabaksbeutel, Marionettenfalten.

SONNTAG, 2.12.2007

Der erste BH, der mitwächst.

Was tun Stunt-Männer/Double?

- *vom Pferd fallen*
- *fechten*
- *auf Zugdächer springen*
- *brennen*
- *aus dem fünften Stock springen*
- *Verfolgungsjagden*

Stunt-Männer für andere Gelegenheiten

- *Verwandtenbesuch*
- *Bombenentschärfer*
- *Arztbesuche*
- *Tablettentester*

MITTWOCH, 5.12.2007

Dustin Hoffmann ist süchtig nach Baumärkten.

SAMSTAG, 8.12.2007

Kohl: Preis für Verständigung und Toleranz im Jüdischen Museum.
Kohl: „Nur die Strebenden sind die Lebenden."

Gänse besetzen Verkehrsinsel auf der Alster.

Rocky: „Jegner am Boden, jutes Jefühl."

SONNTAG, 16.12.2007

Absolutes Gehör. Absolutes Gesicht.

Wie geht's? Es geht wie stets.

Sprüche 2008

Klima immer doller – Sommer '09 schon 2008.

Prügelstrafe hinterlässt Stockflecken.

Spontaner Besuch verschwindet durch Anspucken.

Wie geht Lammbraten? Ein Lamm braten.

Bei Bewusstlosigkeit sofort zum Arzt gehen.

Sandalen und Gummistiefel sind zwei Paar Schuhe.

Gegen Armut helfen Wadenwickel aus Geld.

Giftpilze vorsichtig pflücken, gründlich putzen, dann wegschmeißen.

Kinder nicht zu früh überfordern.

MONTAG, 14.1.2008

Buchen sollst du buchen und Eichen sollst du eichen.

ARM- und REICHschule

À la Dorfschule: Zwei Klassen parallel unterrichten.

Arme sitzen hinten (kein Mikro). Billige Plätze. Stühle schlicht, ohne Polsterung, eingeritzt, Kaugummi, Geruch.

Reiche: vorne. Jeder seinen eigenen Schreibtisch mit PC und Minibar. – Schulchefsessel mit Lederaroma.

Für richtige Antwort: kleine Preise. Gewinne, Gewinne, Gewinne. Für Tests, Klassenarbeiten etc. größere Preise: Reisen, Häuser, Autos, Fondsanteile, Club-Urlaub, Aktienpakete.

Stete medizinische Versorgung: Dauerblutdruck, einmal pro Tag.
Großes Blutbild, Zähne ... EKG
Wenn der Biorhythmus abfällt unter ... dann nach Hause.
Biorhythmus bei ganzer Klasse im Minus, dann wird Lehrer zwangsversetzt in den Schwarzwald.

Die Armen müssen die Reichen bedienen.
Die Reichen dürfen ungefragt antworten, die Armen müssen Meldung beantragen – Formular.
Arme putzen Schule/Schuhe.

Lücke im Lebenslauf: 1989–2011: Nichts. Nothing.

Und wenn ich dann heute beim Einstellungsgespräch säß, beim Kaufhof oder so ... und der Personalchef würd fragen: „Ja, saren Se mal, Herr ... was ham Se denn da gemacht ... 89–2011."
Da würd ich sagen: „Nix. Nix hab ich da gemacht. Voll in die Lücke gekackt."

Das Mittelmaß ist schlecht. Er isn mittelmäßiger Räuber, aber er genießt trotzdem die Vorteile der aufregenden Kriminalität.

Zirkuskinder

Einmal im Jahr kam der Zirkus. Zwei Wochen lang. Im Sommer. Und die schulpflichtigen Kinder mussten dann zu uns in die Schule. Die ham schon ganz besonders gerochen, nach Kamelhaar und Seelöwe und so ... und waren irgendwie arrogant. Aber die wussten nix. Einer saß neben mir, der kannte keine Vier, keine Sieben, und beim R hat der immer nur so Kringel aufs Papier gemalt. X und Y ... hat der ganz freigelassen, da fiel dem nix zu ein.
Ja klar, zwei Wochen waren um, da wär die Vier drangekommen, da war der schon weg.

Und woanders war grad die Fünf dran, da hatte der auch keine Vier. Bei Buchstaben halt genauso. R, wirklich: kannte der nicht. Der sagte immer ZIKUS. Ich bin im ZIKUS. Kein Wunder: M N O P Q hat der in Schleswig-Holstein im Herbst gelernt, dann wär R gekommen, musste er nach Bayern. In Bayern im Winter, anderer Lehrplan, da war das R schon im Frühjahr. Tja!
Hab ich dem geholfen ... in der Klassenarbeit das R aufgezeichnet, und die Vier und die Sieben auch. Hat der mich gefragt: „R, Vier, Sieben, und was kannste noch? Jonglieren? Messerwerfen ... Trapez, Tiger, reiten?"
Sag ich: „Nix so richtig, aber kamma ja lernen."

Und das hat der mir alles dann beigebracht, war easy: Trapez, Salto, Dreierschraube, das ging. Die Tiger erst mal ... jaaa ... skeptisch ... aber dann ... locker.
Messer, zwölf Bälle jongliert ... einer is mal so runter ...hat sich verflogen ... drei andre dazu ... 14 Bälle ... kein Problem.

Dann die Vorstellung. Freikarten für alle hab ich gekriegt. Die Eltern waren da, die Oma aus der Mongolei, Nachbarn, Bürgermeister, Ministerpräsident, Helmut Kohl.
Es war brechend voll. Heiß, eng.
Geht die Vorstellung endlich los: Clown, Pferde, Pudeldressur, Zauberei ... die Leute schon am Grummeln, Murren, dann endlich der Höhepunkt des Abends: die Hochseilnummer: kein Netz, kein doppelter Boden.
Stattdessen: n acht Meter tiefes Becken wird reingerollt. Aber Wasser ... nee. Mehr so ne blubbernde Bakterienbrühe, mit Viren, Amöben und so. Das stank! Dann Krokodile, Katzen- und Hundehaie. N richtig haiverseuchtes Krokodilbecken. Piranhas. Am Schnappen.
Dann n Gong. Durchsage: „Der Chefartist ist krank. Schielt. Depression. Allergie gegen Pferdehaare und Sägemehl."

Folgende Situation jetzt: „Entweder ein Zuschauer vertritt unsern Artisten, macht den Dreifachsalto ... und die Vorstellung kann weitergehn.
Oder wir brechen jetzt die Vorstellung ab. Die Zuschauer kriegen den Eintritt zurück, die Zirkuskasse ist leer. Der Zirkus ist pleite. Das heißt: keine Platzmiete an die Gemeinde. Keine Gewerbesteuer. Überschuldung. Massenentlassung, Anarchie, Krieg. Wollen Sie das?"
Schweigen im Zirkuszelt.
Dann stand ich auf: „NEIN!"

(Ende offen)

DIENSTAG, 18.3.2008

Krankmacher Chemie: Vergiftung durch Gebäude- und Möbelausdünstungen

DONNERSTAG, 27.3.2008

Antarktiseis zerbricht. Busen von Linda de Mol vier Zentimeter abgesackt.

SAMSTAG, 29.3.2008

Die Russen sind sehr stark Rote-Bete-orientiert.

Banane ist Rennfahrers liebstes Obst. Lässt sich auch bei 300 km/h problemlos schälen. Eine Apfelsine ist da komplizierter im Handling. Oder eine Ananas.

MONTAG, 28.4.2008

Wendeking Wiedelin mit Babyfon bespitzelt

SAMSTAG, 10.5.2008

Olli Kahn. Meine elf Dimensionen des Erfolgs:

Nr. 11: das Erschließen kreativer Handlungsoptionen
Nr. 10: das Trainieren des Unerwarteten
Nr. 09: das Trotzdem-sich-für-nichts-zu-gut-sein

Die sieben Werte O. Kahns:
Ehre, Mut, Aufrichtigkeit, Gerechtigkeit, Höflichkeit, Loyalität, Menschlichkeit

... Demut, Ehrlichkeit, Liebe, Leidenschaft, GewinneGewinne, Wille, Druck, drei Punkte, Meisterschaft, Champignonlasagne, Training, Fleiß, Geiz.

Jahrestreffen der Selbsthilfegruppe der Grippekranken. Die Grippe ist ein Schicksal, aber in der Gruppe ist es leichter.

Kurzbio:

Ich bin freier Autor in der Humorindustrie und möchte mich zudem als freischaffender Zeichner selbständig machen.
Ich bin gerne in der Natur und mag Sushi, besonders Sashimi und California Roll. Mein Hauptinteresse gilt aber der Medizin. Warum? Eigene, oft lange Krankenhausaufenthalte und mehrere große Operationen, auch Organtransplantationen, haben mein Interesse an der Medizin geweckt.

MITTWOCH, 2.7.2008

„Der weiße Hai" ist gut. Die Musik ist spannend. Im Kino rücken die Menschen enger zusammen. Manche Paare waren es aber vorher schon. Eine Flosse ist zu sehen. Die Flosse der Angst.

Medizinbuch, Name:

- *Der ängstliche Patient*
- *Visite*
- *Machen Se sich ma frei*
- *Die Socken könn Se anlassen*
- *Ab 40 Fieber bitte klingeln*
- *Abends Graubrot, morgen tot*
- *Butter is immer zu wenig*
- *Krank im Titel, das verkauft sich nicht*
- *Sie sind gutartig*
- *Volksmusik im Dreibettzimmer*

KÖNIG DIETMAR

PLAKAT 1993

"IRGENDWIE ISSES MIR IMMER LANGWEILIG ..."
(TRACK 6 AUF CD)

DIETMAR + ICH 1997
"DIE FETE"
(TRACK 9 AUF CD)

· Die Stirnhöhlen sind wieder zu
· ... aber kann schön abhusten
· Negativ heißt gesund
· Habe 600 Zucker
· Sushi zahlt die Kasse nicht
· Husten ist kein Beinbruch
· Mit Spritzen oder ohne

Zur goldenen Hochzeit der Eltern

Liebe Eltern, liebes Hochzeitspaar, liebe Jubilare, liebe Gäste!
Auch wenn der FC wieder verloren hat, lassen wir uns hier im FC-Haus, im Geißbockheim ... wir feiern trotzdem.
Der 50. Hochzeitstag: Da fragt man sich natürlich: 50 Jahre verheiratet mit demselben Partner: Enorm. Unglaublich. Kann das sein? Musste das sein?
Nun, das musste überhaupt nicht sein. Ihr wolltet es. Euer Leben gemeinsam bestreiten, teilen. Freiwillig. Und die Zeit fließt dahin, gemeinsame Zeit fließt dahin, mal leicht und flockig, mal routiniert, manchmal gilt es schwere Zeiten zu bestehen – eine schwere Krankheit, Sorgen – doch gerade schwierige Zeiten miteinander zu überwinden ist eine beglückende Erfahrung.
Ja und irgendwann kommt so ein Tag wie der heutige. Ihr sitzt beisammen mit Menschen, die Euch was bedeuten, und denkt, jedenfalls stell ich mir das vor:
50 Jahre zurück. 31. Oktober 1958, das war doch erst gestern, na sagen wir vorgestern, da hat's geregnet, wir fuhren in einem VW-Käfer zum Standesamt, die Gäste in einem gemieteten Bus hinterher. Und ihr habt geheiratet an diesem Regentage. Und einige der Menschen, die heute mit euch feiern, waren damals schon dabei. Und wenn ich mir überlege, dass ich am 4. Mai '59 geboren bin und ihr am 31. Oktober '58 geheiratet habt, dann brauch ich nicht lange rechnen, um zu der Erkenntnis zu kommen, dass ihr heiraten wolltet, aber ein bisschen auch musstet.
So, während dem einen oder andren noch der Kopf raucht vor

lauter Kopfrechnen, ergreife ich die Gelegenheit, euch zu eurer goldenen Hochzeit herzlich zu gratulieren, euch für die nächsten Jahre alles erdenklich Gute zu wünschen. In diesem Sinne,
Prost, auf euch!

Zuerst ist da die Wiege
Zum Schluss steht eine Bahre
Dazwischen nehm ich Brückenjahre

MONTAG, 6.10.2008

Schätze schätzen lassen

DONNERSTAG, 9.10.2008

Luis Garcia, 450 kg, tot. Warum immer Mexikaner dick?

FREITAG, 10.10.2008

Der Wunsch vieler Mädchen: ein neuer Busen zum Abi.
Brustabitur. Abiturbrust.

US-Forscher haben Nanomaterialien entwickelt, die wie eine Tarnkappe funktionieren sollen.
Licht wird trickreich um Gegenstände herumgelenkt, dass sie unsichtbar werden.
Grundlage ist Nanotechnik. Wer Tarnkappen bauen will, braucht Metamaterialien. Eine ausgefeilte Mixtur aus Metallen, Keramik und Verbundmaterial.

SAMSTAG, 11.10.2008

Kronekorken. Das Geräusch einer Flaschenöffnung.
Wer die Flaschenöffnung nicht ehrt, ist die Korkenkrone nicht wert.

Finanzkrise ... Helmut Schmidt und der Elefant retten die Finanzkrise. Tiere spüren Erdbeben. Elefant spürt Krisenherd. An welcher Bank der Elefant trompetet, muss Helmut Schmidt ran.

WELTGELD

SONNTAG, 12.10.2008

Erstes Kuscheltier der Welt. Igel aus Stein. 3.000 Jahre alt. Bei Stonehenge, GB.

MITTWOCH, 15.10.2008

Tote nehmen uns wahr. Sie sind allwissende Energie. Kann jeder die Toten hören? Ja! Macht es in Ihrem Kopf „plopp"? Das können die Toten sein, die zu Ihnen sprechen.

FREITAG, 17.10.2008

Peter Sodann wird Bundespräsident. Köhler wird Tatortkommissar. Ein Politiker wird bei einer Sonntagsrede erschossen. Köhler ermittelt die Täter in fünf Minuten. Der Fünf-Minuten-Tatort.

Ringtausch. Die große TV-Reform.

> *Bahnchef Mehdorn wird Käpt'n Iglu.*
> *Käpt'n Iglu wird Dr. Oetker.*
> *Dr. Oetker wird Bahnchef.*

Sodann wird Bundespräsident.
Gysi wird Ex-Tatortkommissar.
Bohlen wird Finanzminister.
Steinbrück wird Reich-Ranicki.
Reich-Ranicki moderiert die Supershow.
Ackermann wird singender Nachrichtensprecher.
Patrick Lindner wird Chef der Deutschen Bank.
Alle machen ein Praktisches Jahr.

MONTAG, 20.10.2008

Bee-Gees-Song „Stayin Alive" kann Leben retten. 103 Schläge pro Minute. Idealer Taktgeber für eine Herzdruckmassage.

MITTWOCH, 22.10.2008

Stars tragen zu Hause Wohnhose.

FREITAG, 24.10.2008

Sonnleitner (Bauernverband): „Der größte Feind von hohen Preisen ist der hohe Preis."

SAMSTAG, 25.10.2008

Christoph Daum: „Fußball ist ein Ergebnissport."

Madonna und Guy Ritchie: Trennung sei „emotionaler Kreidefelsen". Mit Madonna im Bett zu liegen sei wie mit einem Knorpel zu knutschen.

152

MONTAG, 27.10.2008

Welches Wort hat Goethe nie benutzt?

- ❑ *ja*
- ❑ *Computertomografie*
- ❑ *nein*

FREITAG, 7.11.2008

In Haifa/Israel darf man keine Bären an den Badestrand mitnehmen. In England ist es verboten, im Parlamentsgebäude zu sterben.

SAMSTAG, 8.11.2008

Onkel Bens, Mercedes Benz. Das kann doch kein Zufall sein.

DIENSTAG, 11.11.2008

Mama Terenzi: „Sarah ist liebenswert, hübsch und reich."

DONNERSTAG, 13.11.2008

Pro Tor ein Lamm für Spieler des Drittligisten FC Zagora/Kroatien. Gerd Müller bekam pro Tor ein Schwein.
Leonardo da Vinci konnte gleichzeitig mit einer Hand zeichnen und mit der anderen schreiben.

Erlaubte Vornamen:

- *Birkenfeld*
- *Fanta*
- *November*
- *Aber Pfefferminztee nicht.*

DONNERSTAG, 20.11.2008

Grönemeyer: „Texte gelingen mir besonders gut, wenn ich auf dem Bett liege und mich föne.“
Grönemeyer hat fetischistisches Verhältnis zu warmer Luft. Lief immer hinter dem Staubsauger der Mutter her, weil da so schöne warme Luft rauskam.
Grönemeyer will Opelautos zu solarbetriebenen Riesenstaubsaugern umrüsten.

MITTWOCH, 3.12.2008

Japaner brauen Weltraumbier. Schwebgerste.

SAMSTAG, 20.12.2008

Halskrause gegen Headbanging.

MITTWOCH, 21.1.2009

Sklaven haben kein Girokonto.

FREITAG, 23.1.2009

Grüne Woche:
Burkina Faso trommelt.
Tomatenpapst beichtet seine Aromasünden.

MONTAG, 26.1.2009

Schmetterlingsdefekt

Kenn Se ja von der Chaosforschung.
In Amerika gibt es einen Wirbelsturm und in Deutschland kommt davon noch so viel Wind an, dass einem Schmetterling ein Flügel bricht oder beide: Schmetterlingsdefekt.

Helg Sgarbi und Susanne von Klatten im Wellnesshotel

„Wie war ich, Susanne?“
„Gut, Helg. Etwas abwesend.“
„Susanne, ich ... wir ... äh ...“
„Was ist mit dir, Helg?“
„Susanne, ich ... wir ... ich brauche ...“
„Helg, was immer dich quält, lass uns das bei einer Pasta besprechen.“
„Ich werde sterben, Susanne.“
„Sterben.“
„Ja.“
„Aber warum denn, Helg?“
„Weil ich ein schlechter Mensch bin.“
„Ein schlechter Mensch.“
„Ja.“
„Aber warum denn, Helg?“
„Weil, weil ich ...“
„Sprich, Liebster, ich bin bei dir.“
„Weil ich ein Kind totgefahren hab.“
„Oh mein Gott.“
„Ja, Susanne. In Italien.“
„Und jetzt, Helg? Was ist jetzt?“
„Die Mafia erpresst mich, Susanne.“
„Was will die Mafia, Helg?“
„Sieben Millionen. Ich habe aber nur drei.“
„Du hast nur drei Millionen, Helg?“

„Ja, Susanne. Drei Millionen."
„Wie kannst du so leben. Wie viel brauchst du?"
„Vier Millionen."
„Ich geb dir das Geld."
„Nein, Susanne, das kann ich nicht annehmen."
„Nimm es, Helg."
„Na gut, Susanne. Dann gib her."
„Ich lasse es überweisen."
„Zu Banken habe ich kein Vertrauen."
„Dann Scheck."
„Nein. Ich brauche Bargeld. Cash."
„Die meisten Männer wollen nur mein Geld, Helg, meine Milliarden, allein Helg, du bist anders."
„Zum Glück nicht, Susanne ..."

Wer die Millionen nicht ehrt, ist die Milliarde nicht wert.

Wissen Sie, die Welt mag ja das eine oder andere touristisch sehenswerte Schmankerl bereithalten, aber für mich ist Europa nach wie vor DER Kontinent.
Polen. Krakau soll ja so schön sein. Die Altstadt, überall Studentengespräche, das ist eine Atmosphäre wie im Mittelalter.

Finanzkrise

30 Milliarden hatte ich. Vor der Krise. Und jetzt fast alles weg.
Nur noch das Gestüt hab ich.
Morgens fahr ich raus und sag allen Pferden Guten Morgen.
„Guten Morgen, Fjodor."
„Guten Morgen, Alpenkönig."
„Guten Morgen, Klimt."
„Guten Morgen, Novembersturm."
1.000 Pferde begrüßen, streicheln. Drei Stunden. Abends umgekehrt.
„Gute Nacht, Novembersturm."
„Gute Nacht, Alpenkönig."
„Gute Nacht, Acatenango."
Ist schon traurig.

SAMSTAG, 28.2.2009

Tintenfische gehören zu den intelligentesten Weichtieren.
Weitere Weichtiere:

- ✓ *Schaf*
- ✓ *Katze (aber nur das Fell)*
- ✓ *Pelztiere (Nerz, Kaninchen, Fuchsmantel)*
- ✓ *Küken*
- ✓ *Qualle*

Härtetiere: der Dachs/der Igel

Der Hirsch ist ein Mischtier, das Fell ist weich, das Geweih ist hart. Die Kuh auch.

FREITAG, 6.3.2009

Soja, die Lehrer-Roboterin. Geschaffen von Prof. Hiroshi Koboyoshi. Kann sogar böse werden/überrascht/traurig/fröhlich. 18 Minimotoren verziehen ihr LATEXGESICHT zu wütender Miene.

FREITAG, 23.10.2009

Jährlich 80 Tote in Großbritannien wegen Zeitumstellung.
Sommer auf Winter. Dunkler als sonst. Fußgänger. Radfahrer.

Pflegebedürftiger Mann fällt auf Frau.

MONTAG, 26.10.2009

Heiße Ledertrends Herbst/Winter:

- *Kurzblousons (Frau)*
- *Jacken mit Fleece (Mann) mit herausnehmbarer Fleece-Innenblende in Cognac*
- *Schmale Blousons (Mann), schmal geschnittener Lederblouson aus softem Lammnappa*

MONTAG, 16.11.2009

Queen: Reisekrone.

SONNTAG, 22.11.2009

Unter dem Tisch sehen wir uns wieder.

Für Horst Fyrguth:
Es gibt A B C D E F G H I J bis X Y Z-Prominente.

A-Promis: Der Papst. Jesus. Götz George.
X-Promis sind nur bei ihrer Mutter bekannt.
Y-Promis werden nur von sich gekannt.
Z-Promis kennt keiner. Die müssen sogar ihren eigenen Namen im Pass nachschlagen.

In einem Neubaugebiet, dort, wo die Leute gerade eingezogen, die Rasen frisch gesät sind, noch nicht grün, wo's keine Bäume gibt, dort stellt sich Horst vor einen Jägerzaun und schaut die ganze Zeit in Richtung Haus. Und kommt jemand raus, dann sagt er: „Na, Hauptsache gesund!"

Tutenchamun sprach: „Niemand hat die Absicht, eine Pyramide zu bauen."

NACHRICHTEN

Sport

Mario Gomez wechselt nun doch nicht zum FC Bayern München, sondern zum Hamburger Otto-Versand. Wie ein Sprecher des Kataloghauses mitteilte, solle Gomez den Mitarbeitern des Unternehmens jederzeit für Autogrammstunden zur Verfügung stehen und zudem auf privaten Feiern der Familie Otto Kunststücke mit dem Ball vorführen. Der Nationalspieler erhält einen Vertrag bis 30.6.2024.

Europawahl

Brüssel. Sieger der Europawahl wurde diesmal Spanien.

Kino

Große Ehre für die Silberne Palme von Cannes.
Die begehrte Auszeichnung gewann bei den Filmpreisspielen in Berlin den Silbernen Bären und erhielt dafür in Venedig den Goldenen Löwen.

Wetter

Morgen ist mit folgenden Temperaturen zu rechnen:
Plus 12 Grad plus 13 Grad minus 25 Grad = 0 Grad

Politik

Silvio Berlusconi hat die Erdbebenrechte für Europa gekauft.
Immer wenn irgendwo in Europa die Erde wackelt, hält der clevere Italiener die Hand auf!
Und bevor überhaupt gebebt wird, muss erst mal das Okay Berlusconis eingeholt werden. Einige Fachleute befürchten, dass Erdbeben für das einfache Volk bald gar nicht mehr stattfinden können.

Eifel

In der Eifel ist heute nichts passiert.

Helgoland

Bei einem Banküberfall auf Helgoland erbeuteten heute Morgen zwei unbekannte Männer Geld.
Die Männer werden wie folgt beschrieben: ca. 20–70 Jahre alt.
Die Kripo Helgoland hat nun folgende Frage:
Wie hoch war die Beute?
Für die Ergreifung der Täter ist eine Belohnung in Höhe der Beute ausgesetzt.

Börse

Reiche Zocker und alte Trompeter sind rar.
Der Weizen auf dem Feld ist noch kein Geld.
Fersengeld ist oft die beste Münze.
Um ein Darlehen zu bekommen, muss man erst beweisen, dass man keins braucht.
Kostolany: „Es gibt alte Piloten und es gibt kühne Piloten. Aber es gibt keine alten kühnen Piloten.“

Schwäne wissen, dass sie nicht schmecken.

5 JAHRE QUATSCH COMEDY CLUB 1997

V.L.N.R. OBEN:
PETRA STAGINNUS, LEON DÜVEL, ROBERT WOITAS, OLAF WRIEDT, GERT THUMSER, ADES ZABEL, LUTZ VON ROSENBERG LIPINSKY, MICHAEL GENÄHR, IRINA ALEX, SUSI BANZHAF, TANJA DOHSE, OLE LEHMANN...

V.L.N.R. UNTEN:
RAINALD GREBE, OLLI DITTRICH, MONTY ARNOLD, THOMAS HERMANNS, RENATE BERGER, MICHAEL MITTERMEIER, DIETMAR, MARTIN SCHNEIDER

BURDINSKI GRÜSSE

MATTHIAS EGERSDÖRFER

Egersdörfer wurde 1969 in Nürnberg geboren. Er arbeitet zurzeit als Kabarettist, Sänger, Kolumnist und Hobbykoch. In seiner Freizeit liest und wandert er gerne.

Die hohe Kunst des Dietmar Burdinski bestand darin, auf eine sehr intelligente Art und Weise naiv zu sein.

HORST FYRGUTH

Was kann schon aus einem werden, der mit Trennkost aufgezogen wurde – und das als Scheidungskind? Der in der Waldorfschule als Streber galt – weil er in der sechsten Klasse schon Kreise malen konnte? Dessen Spitzname Schlampi ist? Horst wurde hart, aber das Leben ist härter, und so teilt er genauso aus, wie er einstecken musste.

Konrad Adenauer kriegt immer einen Bahnhofsvorplatz nach sich benannt und Bertha von Suttner oft Busbahnhöfe. Zu einem Comedian passt natürlich ein Spielplatz, auf dem Kinder lachen und spielen, viel besser – die beiden wären garantiert neidisch!

Dietmar-Burdinski-Spielplatz

THOMAS HERMANNS

Thomas Hermanns kurz bevor er Herrn Burdinski kennenlernte

Thomas Hermanns arbeitet seit 1983 an dem Projekt „Gehobene Unterhaltung in Deutschland".

SEENOT REMIX 3000

Damit Dietmars wunderbare Texte für zukünftige Generationen noch nachvollziehbar sind (die vielleicht nicht mehr wissen, was Schiffe sind oder ganz sicher nicht, was Chris Roberts ist), habe ich mir erlaubt, von seinem berühmten Seenot-Text (S. 18) einen Happy Hour Remix für das Jahr 3000 zu verfassen:

Guten Abend, meine Damen und Herren, ich bin von der Gesellschaft zur Rettung Alkoholiker und darf sagen, wir feiern heute ein ganz großartiges Jubiläum: 1850 Jahre Besoffenheit. 1850 Jahre Menschen im Alkoholrausch. Aus diesem Anlass hat meine Gesellschaft eine Charity-Datei herausgebracht, die all den Menschen gewidmet ist, die sich momentan an den Tresen dieser Welt dem Alkohol hingeben. Auf dieser Datei singen und tanzen Künstler, die besoffen sind, besoffen waren oder besoffen sein werden.
Meine Damen und Herrn: Was Alkoholismus bedeutet, können wohl nur die von Ihnen nachempfinden, die schon einmal etwas getrunken haben. Essen ist schon schlimm, aber Trinken, das ist Essen von Flüssigkeit.
Meine Damen und Herrn, ich bitte Sie, laden Sie diese Charity-Datei herunter, dann

kriegen Sie ein großes Herz und jeder Mensch im Rausch ... einen Yuan. Alkoholiker müssen auch heute noch auf vieles verzichten, was uns selbstverständlich erscheint: Beruf, Zuneigung, Bier. Verzicht. Verzicht heißt auch, Künstler auf dieser Charity-Datei zu sein und nichts abzukriegen, wie z. B. DJ Ötzi, ein Schlagermann vom Anfang dieses Jahrtausends, der übrigens auch noch einen Nebenjob hat. Nun, der DJ Ötzi ist im Nebenjob In-House-Therapeut bei Facebook. Da kümmert sich der DJ Ötzi um alle die, die als Freunde abgelehnt wurden. Denen sagt er dann: Dieser User ist Ihre Freundschaft gar nicht wert. Und das ist Therapie. Und für 50 Mal Therapie bekommt der DJ Ötzi 50 neue Facebook-Freunde. Und da freut der sich. Denen schickt er allen gleich ein Pic von seiner neuen Wollmütze. Ja, und der DJ Ötzi singt auf dieser Datei sein einziges Lied. Es heißt „Ein Stern". Vielen Dank, DJ. Und vielen Dank auch an die anderen Schnapsdrosseln hier auf dieser Scheibe. Ich sage nur: Britney Spears, Lourdes Ciccone, Kate Middleton und natürlich, meine Damen und Herren, Robbie Williams.
Der Robbie Williams hat auch nen Nebenjob. Der ist im Altersheim für Gedächtnistraining zuständig. Der geht da drei Mal am Tag durch den Aufenthaltsraum ... in pinken Hot Pants und einem hellblauen Seidenhemd ... und da kommen die Rentner an und sagen: „Sahnse mal, Sie sind doch der Robbie Williams?" Und da muss der Robbie Williams immer sagen: „Ja." „Und was machen Sie hier?" „Nix." Der hat zwei Sachen zu tun, der Robbie Williams. Und früher, da hatte der nur eine Sache zu tun, da war der in Graceland für Realitätssinn zuständig. Da lag der auf Elvis' altem Bett im Elvis-Outfit, und da fragten die Besucher immer: „Herr Williams, sind Sie Elvis?" Und da musste der sagen: „Nein." Der hat sich echt verbessert, der Robbie. Früher nur eine Aufgabe ... jetzt zwei.
Und der Robbie Williams singt hier auf der Charity-Datei über eine versoffene Person aus Graceland. Und zwar Lisa Marie Presley. Die hat sich ja nicht durchgesetzt. Die war gar nicht wie ihr Vater. Und das kann ja nicht der Sinn einer Presley sein, dass man nicht singen und tanzen kann. Na ja ... auf jeden Fall: Vielen Dank, Robbie Williams. Vielen Dank auch an Sie, meine Damen und Herren, wenn Sie diese Datei downloaden. Und ein ganz besonderes Dankeschön an mich für das folgende Gedicht. Es heißt:

Bitte haben Sie Mitleid

Besoffen, besoffen. Das Sprechen fällt schwer.
Wir hängen am Tresen und schwanken gar sehr.
Die Heimat so fern, und so nah scheint das Ende.
Doch wir helfen euch gern, mit unserer Spende.

RAINER HERSCH

Komiker, Pianist und Dirigent Rainer Hersch ist halb deutsch und halb englisch. Das ist keine gute Mischung. Das heißt, dass er die Welt erobern will, ist aber zu höflich dazu. Er wohnt in London mit seiner deutschen Frau und seinem deutschen Hund.

Rainer Hersch
Dietmar Burdinski
(Quick Tempo)

Born in nineteen fifty nine
Dietmar. Burdinski.

Tall and thin – a face like mine
Dietmar ietmar sheetmar Bur...*dinski* inski minski

Fairytaler, sketch inhaler
Dietmar. Burdinski.

Dentist's wife, stand-up life
Dietmar streetcar cheetah teabar *Inski* finski winski

Letter writer, reply inviter
Dietmar. Burdinski.

Lumumba drinker, joker, stinker
Dietmar feetmar neetmar keykar *Inski* chisnki plinski

Cartoons, drawings, mostly mornings
Dietmar. Burdinski.

Scripter, writer, Dittsch'exciter
Dietmar sheetmar pleetmar queetmar eee aaa, eee aaa, eee aaa, eee aaa (B'd)*Inski*
grinski twinski kinski pinski quinski thinski thinski ... very thinski thinski thinksi

Loperamide, nearly died
Dietmar. Burdinski.

Patient patient, liver replacement
Dietmar jeetmar meetmar reetrar *Dinski* flintski squintski

Colleague, friend tic toc The End
Dietmar. Burdinski.

JESS JOCHIMSEN

1970 in München
geboren,
lebt als Autor,
Kabarettist
und Fotograf
in Freiburg.

Zeitlos komisch. Über den Autor und Briefeschreiber Dietmar Burdinski

Liebes Tagebuch,

aus Gründen einer temporären Niedergeschlagenheit sehe ich Samstagabend fern. Eine Sendung in der ARD – live aus meiner Stadt. „Verstehen Sie Spaß?" Nein. Ich verstehe ihn nicht. Kein Stück. Der Oberbürgermeister muss in der ersten Reihe sitzen und lachen. Die Schattenseite der Macht.

Eine komische Sache ist das, liebes Tagebuch, die mit dem Spaß und dem Verstehen.

Neulich las ich an einem Ausflugsgasthof den Satz: „Lieber Wanderer! Iss bei mir, sonst verhungern wir beide!" Ist das lustig oder traurig?
Auf dem Zentralfriedhof gibt es einen Mann, der regelmäßig ans Grab seiner verstorbenen Frau kommt, um ihr mal so richtig die Meinung zu sagen. Im Leben sei er einfach nicht dazu gekommen. Ich habe das ein paar Mal selbst gesehen, liebes Tagebuch, und fand es sehr lustig. Die meisten anderen Friedhofsgänger nicht. Auch schreibt der Mann seiner Frau immer wieder Briefe, die er ihr – frankiert! – auf den Grabstein legt. Aber immer kommt sofort jemand von der Friedhofsverwaltung und nimmt die Briefe weg,

damit sie ja keiner liest. Richtig finde ich das nicht.

Ich weiß, liebes Tagebuch, die Geschmäcker sind verschieden, und wahrscheinlich liegt es an mir, aber das letzte Mal Tränen gelacht habe ich, als ich beim Ausmisten des Speichers ein sprachliches Kleinod aus dem Jahr 1983 (da lebte ich noch in München) fand; ein Entschuldigungsschreiben meiner Mutter, das mich vom Schulausflug in die Gedenkstätte Dachau befreite. Meine Mutter schrieb lapidar: „Sehr geehrte Frau Schuster-Kollakow, mein Sohn kann leider nicht mit ins KZ – wegen Schnupfen."

Liebes Tagebuch, manchmal glaube ich, es liegt in der Natur des Briefeschreibens selbst, dass ich das oft so komisch finde und zugleich so traurig, seltsam und sonderbar. Briefe sind ... aus der Zeit gefallen, altmodisch – allein schon die Anreden! – irgendetwas berührt mich daran ganz tief.

Weißt du, wer der tollste Briefeschreiber überhaupt war? Mein leider viel zu früh verstorbener Freund Dietmar Burdinski. Du weißt doch, dass ich in der Vorweihnachtszeit oft durch die Geschäfte schlendere und Schokoladennikoläusen die Köpfe eindrücke, weil das so schön knackt. Das habe ich von Dietmar. Er ist der Erfinder dieses Zwanges. Und viel besser: Er hat vor vielen Jahren der Firma Stollwerck deswegen mal einen Brief geschrieben, ob die nicht Figuren in Massivschokoladenbauweise herstellen könnte oder Nikoläuse mit Stahlkern, als Gegenmaßnahme quasi. Dieser Brief hängt gerahmt in meinem Zimmer. (Und das Antwortschreiben der Firma direkt daneben.)

Hunderte solcher Briefe hat Dietmar, mal unter seinem Namen, mal unter Pseudonym, verfasst und verschickt, er hat grandiose Antworten erhalten und ein wunderbares Buch daraus gemacht („Der Letterman"), das viel zu schnell vergriffen war. Irgendwann verlor er die Lust. Es kam kaum noch etwas zurück, höchstens Standard-Mails, Briefe wurden out. Dietmar schrieb anderes, von irgendetwas musste er schließlich seine Miete bezahlen.

Ich erinnere mich, liebes Tagebuch, wie Dietmar mir einmal sagte: „Vom Briefeschreiben leben können, das wär's. Dann könnte man auf die Frage, was man beruflich mache, antworten: Ich bin Briefeschreiber!"
Und ich sagte ihm, dass ich gerne professioneller Briefeleser wäre ...

Leider hatte ich nicht genug Geld, aber eine Weile haben wir das tatsächlich getan: Dietmar hat mir Auftragsbriefe geschrieben – also natürlich nicht mir direkt, sondern weiterhin irgendwem, der „Gemeinschaft Katholischer Soldaten" zum Beispiel oder der „Interessengemeinschaft Passionsblumen" oder einfach wildfremden Menschen. Mit Freude hat er diese Briefe geschrieben, sie dann an mich geschickt, und ich habe sie mit Freude gelesen. Eine „Win-win-situation", komplett unsinnig, aber schön. Der erste Brief ging so:

Guten Tag Herr Honigmund,

ich stand letztens in der Bank hinter Ihnen und hab Ihre Adresse gesehn. Auf den Auszügen. Danke dass ich Ihnen schreiben kann. Sonst weiß ich niemand. Die Frau lebt nicht mehr.
Die Tochter ist in Amerika.
Na, es liegt vieles im Argen. Jeder denkt nur an sich. Wer macht noch Geschenke? Einmal hab ich einen Schnaps gekriegt, wo ich auf dem Bau geholfen hab. Steine geschleppt. Beton. Alles. Schwielen an die Hände hab ich bekommen. Aber geschadet hat es nicht. Aus uns ist auch was geworden. Na, wollt nur sagen was ist. So, muss Schluss machen.
Gleich kommt Jauch.

Viele Grüße
Herr Hoffmann

Was habe ich mich gefreut über diesen Brief, und über den zweiten fast noch mehr:

Guten Tag Herr Griese,

genau bei Ihrem Namen blieb mein Finger im Telefonbuch stecken.
Tja, der Zufall ...
Ein anderes Beispiel: Als ich neulich nach Rom flog, saß vor mir diese Frau. Ich streichelte ihr braunes Haar, kurz nach der Landung waren wir ein Paar. Schon wieder hatte der Zufall seine Finger im Spiel.
Lieber Herr Griese, das war meine Geschichte. Von Ihnen weiß ich leider gar nichts.
Vielleicht schreiben Sie mir mal einen Brief.

Gruß
Konrad

Die „Interessengemeinschaft Passionsblumen", die es wirklich gibt (Dietmar hat selbstverständlich die Adresse herausgefunden: Amselstr. 75, 24837 Schleswig), hat (im Gegensatz zu mir) folgendes Schreiben nie bekommen:

Liebe Blumenfreunde,

es ist ja rührend, dass Sie Passionsblumen schön finden.
Aber muss man dafür direkt einen Verein gründen? Das finde ich übertrieben.
Ich hoffe, Sie machen mal was Wichtiges.
Und dann: Was sind das überhaupt – Passionsblumen?

Mit freundlichen Grüßen
Dipl.-Ing. Erhard Fux

Es gibt noch viel mehr Briefe, aber das führt jetzt wohl zu weit. Vielleicht, liebes Tagebuch, klebe ich sie weiter hinten ein. Bei den Fotos.
Apropos Fotos. Mir kommt gerade ein Bild in den Sinn, das ich in Bonn geknipst habe – am 19.10.2001, mittags um eins. Am Abend hatten Dietmar und ich eine gemeinsame Lesung im Kölner Stadtgarten. Ich habe ihm das Foto später gezeigt – als Dia – und er mochte es sehr. Weil es traurig und lustig, vor allem aber, weil es ein Dia war. Das Dia nämlich, liebes Tagebuch, darüber waren Dietmar und ich uns

schnell einig, ist die visuelle Entsprechung des Briefes. Vielleicht weil beides so antiquiert ist, und der Erinnerung verpflichtet.

Was soll ich machen, liebes Tagebuch? Wenn die Erinnerungsmaschine mal angelaufen ist, spuckt sie unaufhörlich Bilder aus. Die folgenden beiden Fotos hat Dietmar geschossen oder seine Liebste, Renate, genau weiß ich das nicht mehr. Auf jeden Fall haben sie diese Motive beim Wandern entdeckt, sich daran erfreut, sie abgelichtet und mir zugesandt. Und ich habe die Freude geteilt, wie so oft, wenn etwas die Vorstellung kitzelt und Räume für Geschichten öffnet.

Während ich diese Zeilen verfasse, liebes Tagebuch, sitze ich übrigens in der Kneipe. Am Nebentisch sind zwei Männer in eine heftige Diskussion verstrickt. Der eine sagt nun schon das dritte Mal den Satz: „Ach, scheiß doch die Wand an!" Stelle mir vor, der andere würde das einfach machen. Würde dem Gespräch eine andere Note geben.

Schluss damit. Ich merke schon, liebes Tagebuch, dass ich mich wieder leicht ablenken lasse, spüre, wie die Welt mich aus meinen Gedanken zieht, nicht zuletzt, damit sich die Trauer nicht zu sehr Bahn bricht.
Aber schön war das schon, sehr schön, so versunken gewesen zu sein in die Erinnerung an Dietmar Burdinski, diesen begnadeten Briefeschreiber, diesen zeitlos komischen Autor, diesen durchgeknallten Buntstiftmaler, diesen wunderbaren Freund und Menschen.
Und weißt du was, liebes Tagebuch, jetzt habe ich Lust zu basteln! Ich werde jetzt sämtliche Briefe, die Dietmar „mir" einst schrieb, säuberlich abtippen, und unter jeden Brief klebe ich ein Foto, von dem ich

glaube, dass es dazu passt, und von dem ich weiß, dass es Dietmar gefallen hätte. Genau das tue ich jetzt. Weil Basteln Spaß macht, und vor allem: weil es dem Andenken dient.

Bis dahin, liebes Tagebuch
Dein Jess

PS: Wenn ich meine Festplatte nach „Dietmar" absuche, bietet mir der Computer als erstes Suchergebnis ein PDF meiner Telefonrechnung aus dem Juli 2010 an. Warum, weiß ich nicht. Dass Dietmar in diesem Monat gestorben ist, ist Zufall.

PPS: Diese Briefe, die der Mann auf dem Zentralfriedhof seiner verstorbenen Frau aufs Grab legt, diese Briefe, die keiner lesen darf ... Ich bin überzeugt, Dietmar wüsste, was drinsteht.

Lieber Gott,

wissen Sie was? Ich glaube, es gibt Sie gar nicht.
Bitte schreiben Sie mir, warum das so ist.

Mit freundlichen Grüßen
Friedbert Voss (trotzdem Pfarrer)

PS: Auch Ihr Sohn ist doch eine Erfindung, oder?

DIN
Deutsches Institut für Normung
Burggrafenstr. 6
10787 Berlin

Sehr geehrte Damen und Herren,

ich bin Ingenieur und genau 51,27 Jahre alt. Folgendes: In unserer Welt fehlt die Ordnung.
Zwei Beispiele: Beim Friseur liegen Zeitschriften aus, aber nicht exakt übereinander, sondern schief. Das stört mich. Besonders wenn eine Illustrierte mit einer Ecke gerade noch so auf einer anderen liegt. Auch beim Bäcker liegt oft ein Brot schräg zwischen den anderen geraden. Meine Forderung: Das Schiefe muss weg! Bitte erlassen Sie auch für solche Fälle eine Norm. Dringend! Ich leide so.

Gruß
Herr Otto

PS: Ob von vorne oder hinten gelesen: Otto heißt immer Otto.

Stiftung Spazierengehen e. V.
Carlo von Opel
Hofgut Petersau
67227 Frankenthal

Sehr geehrter Herr von Opel,

ich bin eine Frau. Ihre Adresse habe ich von einer Frau. Ich wohne im Schwarzwald.
Zuhause gehe ich immer im Schwarzwald spazieren. Aber wo ich daheim sonst noch
spazieren kann, weiß ich gar nicht. Vielen Dank für Ihre Hilfe.

Liebe Grüße, Gottes Segen
Lieselotte Vogeley

Noch mal
Stiftung Spazierengehen e.V.

Sehr geehrte Damen und Herren,

zu meiner Person: 56 Jahre, Studienrat für Deutsch und Geschichte.
Ihre Clubadresse steckte mir unlängst ein empörter Schachfreund zu, der mich bat, die „Ermittlungen“ aufzunehmen, um es einmal scherzhaft zu formulieren. Aber nach Scherzen ist mir weiß Gott nicht zumute. Frage: Wissen Sie nicht, was der Welt gerade widerfährt?
Iran. Kaschmir. Das Sterben der Pelikane. Dazu unsere Vergangenheit. Und Sie? Gehen spazieren!
Das finde ich – mit Verlaub – unbotmäßig. Ich hoffe, mein Brief rüttelt auf, und Sie erwachen aus Ihrem Dornröschenschlaf. Wenn ja, dann tun Sie endlich Ihre Pflicht. Wenn nicht, dann tun Sie mir leid.
Sollten Sie sich jedoch für Ihr Verhalten entschuldigen, werde ich der Erste sein, der Ihnen die Hand zur Versöhnung reicht.

Trotz allem mit Grüßen
Dr. Hoimar von Gerstorff

Gemeinschaft Katholischer Soldaten
Postfach 64 02 32
10048 Berlin

Salve Sodaten.

Meine Passionen sind das leidenschaftliche Nachdenken über Gott und die Welt und das schriftliche Schreiben als Austausch und Befruchtung.
Wie ich nun neulich erschöpft zu Bette fiel, da raffte ich mich noch einmal auf und kletterte zwölf Stufen hoch in meine Studierstube. Zwölf Stufen: Für jeden Apostel eine.
Als ich aber in der Stube hin und her überlegte, da kam mir die Erkenntnis, dass ich doch zu müde zum Denken war. Ich stieg hinab und ließ mich in Morpheus' Arme fallen.
Meine lieben Soldaten, wie empfinden Sie dieses Gleichnis?

Herrliche Grüße
Nikolaus Kummrich

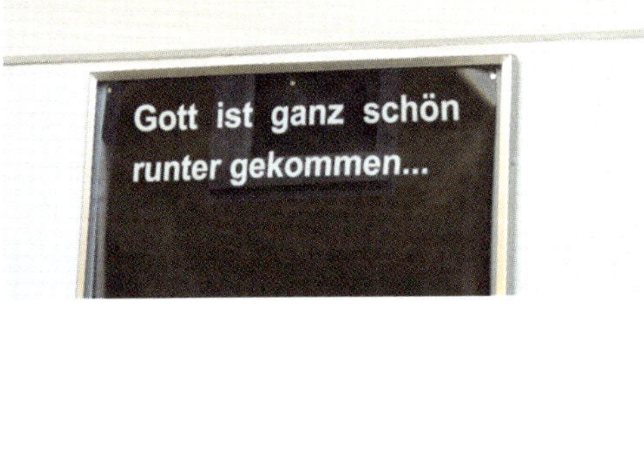

Bonsai-Club Deutschland e. V.
Alte Leipziger Str. 117–118
38122 Braunschweig

Sehr geehrte Damen und Herren,

ich bin fuffzig und gelernter Landschaftsgärtner. Auf Ihren Bonsai-Club bin ich zufällig gestoßen. Frage: Warum mögen Sie keine Eichen? Dieser Baum passt viel besser zu uns Menschen, denn die Eiche bietet im Gegensatz zum Bonsai Schutz vor Regen.

Viele Grüße
Bernd Michels

Gesellschaft für fleischfressende
Pflanzen im deutschsprachigen Raum e. V.
Peterstr. 21
64683 Einhausen

Hallo.

Mit den andern Mädchen in unserer Klasse schreib ich immer SMS.
Aber mein Vater sagt, ich soll ein Brief schreiben, wenn ich was wissen will.
Aber ich weiß nich, ob die Frage doof ist.
Unsere Bio-Lehrerin Frau Helfrich sagt, dass Pflanzen alles verstehen, was die sich untereinander erzählen.
Können fleischfressende Pflanzen das auch? Oder sprechen die total leise?

Danke für Ihr Brief zurück.
Sandrita

Deutscher Pudel-Klub e. V.
Am Dock 1
26789 Leer

Sehr geehrte Pudelleute,

Ihre Adresse hat mir die Post geschickt. Und da ich gerne Briefe schreibe ... nun denn: Worum geht es? Sie sind also ein Pudel-Klub. Fein. Aber sicher haben bei Ihnen nur Herrchen und Frauchen was zu sagen. Die Pudel sitzen bloß rum und werden angeschaut.
Das finde ich nicht richtig.
Außerdem meine ich, dass es klügere Tiere gibt als Pudel. Die Kohlmeise zum Beispiel. Aber Vögel sind Ihnen sicher egal.
Nun ja, jedem das Seine.

Mit freundlichen Grüßen
Ulrike Meyerdonck (Volierenbauerin)

Bundesnachrichtendienst
Postfach 120
82042 Pullach

Sehr geehrte Herren,

Sie dürfen sicher nicht auf Anfragen antworten, aber vielleicht machen Sie ja mal eine Ausnahme. Folgendes: Ich bin ein stiller junger Industriekaufmann und eigentlich sehr normal. Hobbys habe ich keine, nur eins: Shakira!
Und jetzt kommt's: Ich glaub, ich hab sie gesehn.
Sicher bin ich mir aber nicht. Deshalb meine Frage: Kann Shakira am 18. Januar um 17.22 Uhr in Kassel gewesen sein? Bei Lidl? Sie überwachen doch Leute und haben sicher auch eine Liste über die Aufenthaltsorte Prominenter. Bitte schicken Sie mir die Daten von Shakira. Dann hätte ich Gewissheit.

Vielen Dank
Mario Szepanski

DIETMAR IM SPIEGEL

KÄTHE LACHMANN

Käthe Lachmann ist Komikerin aus Leidenschaft, sie mag Wildschweine (persönlich, nicht zubereitet) und freut sich, Dietmar gekannt zu haben.

Dittmar und ich teilten eine Leidenschaft. Eine Zeitlang waren wir nämlich Mitmieter einer Datscha im Wendland. Es war dort ziemlich herrlich, nicht zuletzt wegen der Fülle an Freizeitsgestaltungsmöglichkeiten, wie schlafen, lesen, spazierengehen und, jetzt kommt's: Wildschweine schubbern. Bis sie vor Vergnügen umfallen. 181
Wie das geht? Bitteschön:

ANLEITUNG ZUM WILDSCHWEIN-SCHUBBERN

Abb. 1: Wildschweine (WS)

1. Schritt:

Zum Wildgehege gehen. Denn ohne Wildgehege keine Wildschweine. Aus ästhetischen Gründen verzichte ich auf den Maschendrahtzaun, der in realiter natürlich die Tiere vor zu aufdringlichen Besuchern schützt.

2. Schritt:

Ein Ast oder Stock muss her. Am besten Fallholz, aus Naturschutzgründen. Er muss sehr gut in der Hand liegen.

Abb. 2: Ast

3. Schritt:

Durch Herantreten an den Zaun die Aufmerksamkeit des vielbeschäftigten Paarhufers (Termine, Termine ...) auf sich lenken

Abb. 3: WS auf dem Weg zur Ausschusssitzung

MERKE:
Wildschweine riechen nach Maggi, wie ich finde.

Abb. 4: interessiertes WS

4. Schritt:

Nun den Ast behutsam durch den Zaun friemeln und dann zärtlich, aber auch beherzt die vom Tier angebotenen Stellen schubbern...

Abb. 5: geschubbertes WS

... und zwar so lange, bis es sich
vor Vergnügen und Wohligkeit nicht
mehr auf den Beinen halten kann
und sich mit einer saumäßigen (sic!)
Geschwindigkeit auf den Boden fallen lässt.
(Zu schnell, um es zu zeichnen).
Dort liegt es dann und schläft einen tiefen,
genussvollen Schlaf und man kann sich dem
nächsten Kandidaten zuwenden.
Dietmar erzählte mal von mehreren Dutzend
Tieren, die er und Renate an einem Wochenende
zur Strecke gebracht haben. Respekt!

Käthe

ROLF MILLER

aufwuchs im badischen odenwald durch fußball wallfahrt fastnacht, dadurch wirtschaftsabitur mit dipl. verwaltungswirt in kehl, somit abbruch jura, literatur und philosophie. anschließend kein filmstudium. dadurch ein sohn mit mama, satire. lebt heute.

2004 schrieb ich mit dietmar mein programm „kein grund zur veranlassung" in dietmars „arbeitszimmer". dietmar war textregisseur, ich war der scheiternde zulieferer der texte. wenn man bedenkt, dass 9/10tel eines textes für ein 90-minuten-programm in der tonne landen, ist das programm auch zu 9/10tel gescheitert. wir entschieden uns feige nur für das eine andere 10tel.
was uns verbindet, ist der schockierende hammer aller spießigen generationen vor uns, der für immer bis zum urenkel durchschlägt.

so spielte dietmar einmal in hamburg die nummer „langeweilig", ca. 1997, sitzend auf einem bürodrehstuhl. nicht was, sondern wie er den charakter spielte, einte uns. nimmt man meine figur, diese und beispielsweise olli dittrichs dittsche, an der dietmar auch maßgeblich beteiligt ist, könnte man annehmen, dass das zusammensein mit dietmar einem akt der selbstverstümmelung ähnelte. das war natürlich so. und das hat uns ja auch zusammengeschweißt.

wir hatten beide den irrglauben, wenn wir spießer spielen, werden wir sie los, eine art therapie. in wahrheit ist man irgendwann mit seiner figur verheiratet, bekommt vom volk spenden, damit man bis ans lebensende böse, schwarze geschichten mit ihnen vorspielt, und man hat in demut vor der rolle bis ins grab mit ihr verheiratet zu bleiben.

wenn wir uns also im arbeitszimmer gedanken machten, beispielsweise über ausländer/frauen/schwulenhasser, usw. hatten wir unseren melancholischen spaß beim schreiben, bei der entstehung – wohl wissend: das kriegst du danach jetzt nie wieder los. zum trost konnten wir permanent über fußball reden. und darum geht's ja. und das alles am rosenthaler platz, wo ja in berlin permanent der bär brennt. somit hatten wir also mit uns gegenseitig das große los gezogen. und wenn ich mal was nicht wusste, sagte dietmar: „das kann ich dir genau sagen: überleg dir's." ein gag von genau vier, die im programm von dietmar sind. ich dachte daran vier jahre lang, immer an den stellen während des abends.

mein nachfolgeprogramm wollten wir wegen dopplungsgefahr nicht zusammen schreiben, das programm, das ich ja aktuell spiele, aber mein nächstes wollten wir eventuell wieder gemeinsam machen, was wir 2009 bei den wühlmäusen entschieden, als wir uns diesen untalentierten grebe ansahen.

der deutsche kleinkunstpreis für unser programm gehört dietmar genauso.

MICHAEL MITTERMEIER

Geboren 1966, ist seit 25 Jahren als Stand-up-Comedian/Kabarettist auf Tour und hat mit seinen Soloprogrammen von „Zapped“ bis „Achtung Baby!“ viele Millionen Zuschauer in Deutschland, Österreich und der Schweiz begeistert. Seine jüngsten Touren führten ihn auch nach Südafrika, USA, Kanada, England und Schottland.

Der härteste Comedian der Welt für fünf Minuten

Dietmar Burdinski war für fünf Minuten der härteste Comedian der Welt, auch wenn sich das heute keiner mehr vorzustellen vermag. Ich sah Dietmar zum ersten Mal auf einer Bühne 1992. Ein großer und doch sympathischer Mann in einem weißen Kittel. Mit einer ganz eigenen Körpersprache. Blöd, dass das hier gerade nur Schrift ist, sonst könnte ich es versuchen vorzumachen. Jedenfalls erschien ein sehr breites, ehrliches Grinsen in seinem Gesicht und sein Kopf schob sich etwas zur Seite geneigt ein klein wenig von unten nach oben. Wie ein Erdmännchen, das gerade von einem Touristen angesprochen wird und doch verwirrt-interessiert versteht, was zu ihm gesagt wird, aber auch selbst bereit zur Gegenfrage ist. Diese Kopfbewegung ging in einen regelmäßigen Fluss über mit einer leicht hypnotischen Wirkung für den Betrachter: „Schau auf mich und meinen wippenden Kopf, und du wirst lachen. Schau auf mich und meinen wippenden Kopf, und du wirst lachen. Schau auf ... lachen ..." Dietmars Blick blieb bestimmt-verschmitzt, gleichzeitig schien ein großes Fragezeichen über ihm zu schweben, so „Wem erzähl ich das hier eigentlich?". Ich frag mich bis heute, wie man so einen weißen Zahnarztgattinnenkittel mit so viel Anmut und gleichzeitig ironischer Distanz tragen kann. Nach Dietmar habe ich alle Ärzte, Pfleger und Schwestern nach diesem Standard gemessen. So stand er also auf der Bühne mit dem weißen Kittel, eine Handtasche im Arm, und sagte diesen Satz: „Wissen Sie, ich bin Zahnarztgattin. Für mich zählt nur gepflegtes Zahnfleisch ..."

Und ich habe ihm geglaubt. Aber das ging wohl etwas in meinem Lachen unter. Die Hypnose hat gewirkt. Der große weiße Mann, der sich für eine Zahnarztgattin hält, hat gesprochen. Da ich zu der Zeit damals auch gerne als Experte für surreale Fernsehwerbung unterwegs war (mit Fragen wie „Warum geht ein Pärchen mit einer Packung Lätta in den Wald?" oder „Hat der Cool-Water-Mann den Eisblock nur deswegen auf den Schultern getragen, weil er großen Durst hatte?"), hat es mich besonders gefreut, dass man Realität und Wahnsinn einer sich anbiedernden Fake-Zahnarztgattin aus dem Fernsehen so schön darstellen kann. Dietmar war dabei immer viel sympathischer und warmherziger, als es das Fernsehlächeln der Dr.-Best-Gespielinnen je hätte zeigen können. Ich warte nun seit Jahrzehnten, dass James Bond wieder einen würdigen deutschen Gegenspieler bekommt, und meine erste Wahl wäre Dr.

Best. ich bin mir sicher, dass in dem Weltbeherrschungsfantasien schlummern. Warum sonst macht er die Tomate quasi als Metapher für den Planeten Erde mit einer Zahnbürste kaputt? Hätte Dr. Burdinski ihn mit seinem unverwundbaren Weißkittel-Ionen-Abwehrschirm besiegen können? Eine Friedensbotschaft? Jedenfalls hat Dietmar damals als Zahnarztgattin einen weiteren wunderschönen Satz in diese Welt gebracht ...

„Und gerade ich als Zahnarztgattin werde oft gefragt: Würden Sie Ihr Kind auch in Doornkaat baden?"

Für mich ist das die Essenz der 90er-Jahre-Fernsehwerbung, quasi das Konzentrat, die Burdinskischen Mega Tabs. Alles drin, man muss nicht mal mehr Salz dazugeben. Auch wenn ich da mit dem Salz doch etwas skeptisch bin. Für Dietmar hätte ich wohl den Doornkaat-Test gemacht. Gut, dass ich damals noch keine Kinder hatte. Wie konnte es dann so weit kommen, dass dieser friedvolle weißkittelige Mann für einen Moment in der Comedy-Geschichte eine Härte erreichte, die selbst Dieter Bürgy vor Kalk erblassen lassen würde?

29.9.1994. Wir waren mit dem Quatsch Comedy Club für ein Gastspiel in München. Die Location: hinter den Gleisen beim Ostbahnhof. Was aber auf die Geschichte keinen Einfluss hatte. Nun muss ich eine kleine Vorinformation vorausschicken (zweimal vor, hebt sich das dann auf?): In der Nacht vom 28. auf den 29.9. passierte in Finnland die größte Schiffskatastrophe seit Titanic, der Untergang der MS Estonia mit 852 Toten. Also für den Tag darauf nicht wirklich ein gutes Comedy-Lead-in. Nun ist man da als Comedian, wenn man nicht gerade die Schockmomente sucht, doch darauf bedacht, keine billigen Lacher auf Kosten Betroffener solcher Katastrophen zu suchen. Ich habe sogar eine unschuldige „Flipper"-Sequenz aus meiner Nummer entfernt, bloß nichts mit Wasser – da bot sich eher „Bonanza" und „Lassie" an. Ich glaube, in meiner Nummer mussten auch ein paar Pekinesen dran glauben und Winnetou durfte mit Old Shatterhand zur Eigenblutspende schreiten ... Das mobile Internet auf Handy und Laptops war zu der damaligen Zeit noch kein wirkliches Thema. Also wenn man gerade kein Fernsehen sah, dann konnte es schon sein, dass man über die ganze Schiffskatastrophe nicht informiert war. So wie Dietmar Burdinski. Zu seiner vorsorglichen Ehrenrettung muss man sagen, dass er am Auftrittstag ab morgens im Zug von Hamburg nach München saß (das hat damals mit den Dampfloks ja auch noch ein bisschen länger gedauert), und so drang keine Katastrophen-Info zu ihm durch. Er wusste also von all dem nichts und kam unschuldig auf die Bühne und machte seine Nummer. Eine sehr lustige

Nummer. Eine grandiose Nummer über Seenot und Schiffbrüchige. Und er machte sie mit seiner komischen Unschuldigkeit und viel heiterer Liebe ... ich werde nie die Gesichter der Zuschauer vergessen, aber auch nicht unsere, der Comedians.

Guten Abend, meine Damen und Herren, ich bin von der Gesellschaft zur Rettung Schiffbrüchiger und darf sagen, wir feiern heute ein ganz großartiges Jubiläum: 850 Jahre Schiffbruch. 850 Jahre Menschen in Seenot. Aus diesem Anlass hat meine Gesellschaft eine Wohltätigkeitsplatte herausgebracht, die all den Menschen gewidmet ist, die sich momentan auf den Meeren dieser Welt in Seenot befinden ...

... diese Nummer am Tag nach dem Untergang zu spielen, das wäre aus heutiger Sicht betrachtet wie einen Tag nach Untergang der Titanic eine lustige Nummer über Leonardo DiCaprio und das Seepferdchenabzeichen zu machen. Aber in unserem Fall plädieren wir aufgrund von Unwissenheit auf „unschuldig". Freispruch in allen Anklagepunkten ... aber ob zum Beispiel Rex Gildo vor seinem Badezimmersprung je diese Nummer gesehen hat – wir wissen es nicht.

Das Publikum am 29.9.1994 jedenfalls war zweigeteilt, in Menschen die nicht lachen konnten, und Menschen, die wohl diese schlimme Geschichte mit Humor für sich verarbeitet haben. Musik kann eine Brücke sein, und Humor kann eine chemische Synapsenreinigung ersetzen. Wir haben nach dem Auftritt Dietmar gefragt, ob er denn wusste, dass ... nein ... und ihm die Vorgeschichte erzählt. Seine Reaktion war eine ihm sehr typische. Ein Mensch, der meist das Gute in der Welt und den Menschen gesehen hat und nie Panik oder Jammerei verbreitete:

„Ach so ..."

Es hätte ja auch nichts mehr ändern können. Und an der Stelle möchte ich mich bei Dietmar bedanken: Du hast mich zum Lachen gebracht und mich berührt, das schaffen nicht so viele ...

GREGOR MÖNTER

Geboren 1967 in Köln, Cutter, Comedian, Coach, Scout ... und immer auf der Suche nach neuen Aufgaben.
Gregor lebt seit 2002 in Berlin und findet die Stadt sehr groß. Um die Ecke gibt's Brötchen.

BASTIAN PASTEWKA

Bastian Pastewka (geb. 1972), ist Komiker, Synchronsprecher, Hörbuchinterpret und Schauspieler.

In der „Before-Comedy"-Zeit, also etwa in den Jahren bis 1993, trafen sich regelmäßig ein paar gut gelaunte Unterhaltungsrecken in republikweiten Kleinkunstkellern und Hinterzimmerbühnen, um dem Publikum das altgediente Kabarett madig zu machen, um (stets bemüht um ehrlichen Nonsens) eine Alternative zu gängigen Humoristen anzubieten! Oder so. Meist mit Gitarre und lustigen Requisiten (Einrädern!) bestückt, offene Abende ohne Thema, kein „Was der Kohl da mal wieder ...", aber eben auch kein „Hey! Hey! Kennt ihr das auch?" zu Beginn eines Stand-ups. Und kein Publikum, das erst mal pflichtbewusst kreischte, sobald der Komiker die Bühne betrat. Schade eigentlich.

Dietmar Burdinski trat irgendwann 1994 in der Kölner Filmdose auf; ich stutzte derweil im Publikum schon bei der Nennung seines Namens durch den Moderator Ralph Morgenstern; der Name klang mir irgendwie vertraut, obwohl ich Dietmar zu diesem Zeitpunkt noch nie zuvor gesehen hatte. Und der schlaksige Mann mit dem zufälligen gelben Pullover, der da von der Seite reinschlurfte, war mir vom Sehen gänzlich unbekannt. Er setzte sich wie durch ein Wunder, las seine Nummer ab oder sprach frei, das konnte man nicht genau erkennen, obwohl ich in der dritten Reihe saß. Er erzählte Geschichten über Chris Roberts, der in einem Fußballstadion um Konsonanten buhlte und irgendwas

mit einer längst verstorbenen Frau, die über 40 Jahre nicht gefunden wurde! Und das Publikum reagierte so wie immer bei Dietmar: zunächst simple Verzückung, weil es ahnte, da kommt etwas Besonderes. Danach irritiertes Abgleichen mit dem Sitznachbarn und schließlich enthemmtes Lachen mit der Frage im Blick: Warum amüsiere ich mich hier eigentlich gerade?! Wow!
Nichts schien geplant bei Dietmars Bühnenauftritten, doch natürlich hatte auch er „Nummern" parat, die er Auftritt für Auftritt repetierte. Ich muss es besser sagen: Es gab nichts Berechnetes in seinen Texten. Keine Kunstpause vor dem scheinbar sicheren Lacher, keine Kumpelblicke ins Publikum, die signalisierten „Ich mache doch nur Spaß!". Dietmar WAR die Figur, die findige Humoranalysten ihm andichteten, weil sie seine „Masche" durchschauen wollten. Er variierte so gut, dass es ihm schon mal passierte, dass er seinen Vortrag kurz unterbrechen und abwarten musste, weil das Publikum an einer Stelle lachte und applaudierte, wo es Dietmar an diesem Abend vielleicht nicht erwartet hatte. Er schaute dann unschuldig und zugleich beglückt in den Zuschauerraum, vielleicht als ob er sich entschuldigen wollte für die Störung. Die Störung seines eigenen Rhythmus.
Es gab nichts, was Dietmar zu einem sogenannten „Star-Humoristen" gemacht hätte. Es gab aber auch keinen Grund für eine solche Absicht! Er hatte mehr als nur „sein Publikum", er hatte ein Leben, ein Wesen in sich, dass immer auf sein Gegenüber wirkte; er war „giving" zu seinen Zuschauern, Fans und Freunden. Ich habe in Reihe drei vor Lachen irgendwann nur noch gestaunt, ohne mich zu rühren. Wie als Kind bei der lustigen Affen-Szene im „Dschungelbuch"! Keine Regung.
Er war einer, der sich auf der Bühne preisgab, ohne sich aufzublättern. Ohne seine Herkunft, den Pulli oder seinen Sperrholzrücken zur Visitenkarte zu machen. Er war ein besonderer Komiker, einer, der diese Besonderheit nicht auf sein Plakat drucken wollte, sondern sich in seinen Texten spiegelte und nichts offenlegte, was nicht sowieso schon sichtbar war. Kein Markenzeichen – aber Eigenschaften.
Und eines Tages erkannte ich, woher mir sein Name so geläufig war: Mein Freund Olli Dittrich versteckte den Namen „Dietmar Burdinski" regelmäßig in den Sketchen seiner damaligen „RTL Samstag Nacht"-Show.
Olli stellte mir Dietmar eines Tages vor, und das war keine gute Idee: Ich eierte rum wie eine 15-Jährige vor „dem Wendler", kein Gespräch, nur Fan-Floskel-Schmarrn. Ich beschloss, ab diesem Tag für immer neidisch auf Burdinski zu sein. Hat geklappt.

RATTELSCHNECK

Marcus Weimer ist eine Hälfte von RATTELSCHNECK.

ECHTE MÄNNER HABEN EINSAME HOBBYS
ER NOTIERT SICH ALLE BUNDESLIGAPARTIEN IN DENEN ACHT TORE GEFALLEN SIND.
HÄTTE ICH AUCH GERN ALS HOBBY, ABER DANN IST ES KEIN EINSAMES MEHR.
ER WAR EINFACH SCHNELLER.
ICH NOTIERE MIR JETZT UNTERBROCHENE URLAUBE IM ZUSAMMENHANG MIT FUSSBALL:
WAS BEREITS PASSIEREN KANN, WENN ER (WUPPERTALER SV) DIE BUNDESLIGA ERREICHT (1972), BEWIES DER EMPFANG IM RATHAUS. OBERSTADTDIREKTOR DR. ROLF KRUMSIK HATTE EIGENS SEINEN SPANIENURLAUB UNTERBROCHEN UM AN DER VERDIENTEN EHRUNG TEILZUNEHMEN.
RATTELSCHNECK.

195

HANNES RINGLSTETTER

Hannes Ringlstetter, Jahrgang 1970, niederbayerischer Entertainer oder auch Kabarettist, vielleicht auch Schauspieler oder doch Musiker, ist in jedem Falle viel unterwegs. Seine Programme heißen „Meine Verehrung!" oder „Ringl on Fire" oder „Überleben in der Wildnis". Den Herrn Grebe hat er auf einer Alm kennengelernt, den Dietmar in den Schwarzwaldstuben in Berlin.

Meine Ernährung!

Oder: ein gar nicht unheimliches Aufeinandertreffen in Sachen Fisch!

Lieber Dietmar. Wie du weißt, wohne ich ja auf dem Lande. Also sehr auf dem Lande. Also so sehr auf dem Lande, dass man den Eindruck hat, das ist gar nicht mehr das Land, in dem ich angeblich wohne. Wie auch immer, mein Guter, hier auf dem bayerischen Lande, da wird man von einheimischen Männern gerne mal was gefragt. Oft ganz praktische Dinge, wie etwa: „Du! A Frage! Wir würden nächste Woch Forellen räuchern, magst welche?!" Und dann sagt der Hannes Ringlstetter, der meistens ich bin: „Ähhh. Mal schauen. Wenn ich da bin, vielleicht." Und dann sagen die: „Ja, was jetzt?! Magst welche oder net?!" Und dann sagt einer in mir: „Ja. Klar!" Weil ich will ja Fisch geräuchert, weiß halt nur noch nicht, ob ich da bin und ob ich den abholen kann, aber ich sag: „Ja, klar!" Weil's mir vernünftiger erscheint, als definitiv keinen Fisch zu haben, also keinen geräucherten. Zweimal hat das jetzt schon geklappt, ich war natürlich da, ja, klar, und ich hab mir diese Forellen einverleibt, auf eine solch unansehnliche Art und Weise, wie sie dir gefallen hätte. Ich habe vor lauter Lust auf das Zeug Messer und Gabel unberührt neben dem Teller liegen lassen und mit meinen Händen das Tier, das Grätengetüm, vernichtet. Und es ging mir gut dabei, denn ich musste keine dazu rauchen, da der Fisch ja geräuchert war.
„Ja, klar!" Das hast übrigens du zu mir gesagt, als wir uns kennengelernt hatten und es darum ging, treffen wir uns nur dieses

eine Mal oder ein weiteres oder sogar noch weitere Male, da hast du gesagt: „Ja, klar!" Und was hat mich das gefreut. Und dann haben wir uns getroffen und dann hast du gesagt, du würdest sogar mit mir arbeiten wollen. Da war ich stolz wie Nemo. Dann haben wir uns wiedergetroffen auf Bier und Braten in den Rothausstuben in Berlin, und dann hab ich dir erzählt, das Programm, das neue, soll heißen: „Meine Verehrung!" Und dann hast du gegrinst wie ein Seehecht und lapidar gesagt, ich glaube sogar mit vollem Munde: „Es muss unbedingt ein Teil rein, wo es heißt: Ach das Programm heißt ja ‚Meine Verehrung!', es heißt ja gar nicht ‚Meine Ernährung!'" Ein paar Wochen später warst du schon im Krankenhaus. Und ich schrieb hier auf dem Lande, also sehr auf dem Lande, an dem Programm. Zwischendurch hab ich dich besucht, in Berlin, im Krankenhaus, und dir ging es immer schlechter. So konnten wir nicht zusammen arbeiten, aber dennoch zusammen sein. Und haben uns weiter mögen gelernt. Und haben uns gesagt, dass wir uns freuen, dass wir, wie du gesagt hast, „spät, aber doch Freunde geworden sind". Einmal, an einem deiner letzten Tage hier in diesem trüben Teiche, am Rand des Bettes sitzend, hab ich dich gefragt, was denn dein größter Wunsch wäre, wenn du einen hättest, und der täte dann auch noch in Erfüllung gehen?! Da hast du schwer geatmet und leise gesagt: „Irgendwo in Bayern, wo es so schön ist, vielleicht am Chiemsee oder an einem kleineren See sitzen und einen Fisch essen. Das würde ich so gerne noch mal machen." Ein paar Tage später bist du hinausgeschwommen ins Meer, auf eine gewisse Art, mit Flügeln und dennoch festem Schritt, und ich muss seitdem oft an dich denken. Eigentlich immer, wenn ich Fisch esse. Eigentlich immer wenn mich bayerische Männer fragen:
„Du! A Frage! Wir würden nächste Woch Forellen räuchern, magst welche?!", und ich sag: „Ja, klar!"
Und dann, mein Lieber, nehm ich immer eine für dich mit. Eine geräucherte Forelle. Und die ess ich dann und trinke ein Bier dazu. Auf dich. Ach ja, und es gibt natürlich eine Stelle im Programm „Meine Verehrung!", da geht's ums Essen. Und da sag ich dann: „ ... an dieser Stelle fällt mir auf, dass das Programm ja ‚Meine Verehrung!' heißt und nicht ‚Meine Ernährung!' ... HAHA." Und da lachen die Leute. Und manchmal denk ich, sie lachen nur, weil der Spruch irgendwie von dir ist. Siehst du, ganz ohne Arbeit hast du also doch in dem Programm deinen allabendlichen Laichplatz. Ach, noch was, bevor ich mir die Forelle einpacke und mir einen See suche: Ich hab mal gelesen, dass das „Heimlich-Manöver", das zur Lebensrettung bei Verschlucken angewandt wird, bei verschluckten Fischgräten allerdings nix hilft. Das ist nur eine Information für dich, falls du sie brauchen kannst. Quatsch. Is gelogen. Ich wollte dir nur den Ausdruck „Heimlich-Manöver" zukommen lassen, denn der Einzige, der mir einfällt, der zu dem Ausdruck eine wirklich lustige Geschichte schreiben kann, bist du. Ich glaube, Panzer würden vorkommen, Raketen und Generalsgattinnen und Bayern und Schall und geräucherter Rauch, und ein Tohuwabohu. Und eine Forelle. Oder zwei. Und kein Besteck.

„Ja, klar!", würdest du vielleicht antworten.

LUTZ VON ROSENBERG LIPINSKY

Lutz von Rosenberg Lipinsky, 46, verheiratet, zwei Kinder. Kabarettist und Autor („Die 33 tollsten Ängste – und wie man sie bekommt" Carlsen Verlag). Hamburger mit ostwestfälischem Migrationshintergrund. Fußballfanatiker.

Dietmar war für mich immer das Zerbrechliche, das Fragile. Der Witz, den man sanft berührt, damit er nicht zerbricht. Weder zwang er die Worte zu sich noch die Themen. Vor allem aber bedrängte er das Publikum nicht, nun doch bitte schön endlich zu reagieren. Der Komiker war hier der Diener seines Publikums, der seine Arbeit, seine Kunst anbietet – mehr nicht. Aber weiß Gott auch nicht weniger.
Die deutsche Sprache lässt uns schönerweise ja etwas komisch „finden". Dietmar auch: Er war so frei. Seine Präsentation war nie unlustig, aber eben auch nie dominant.
Ein Beispiel: Quatsch Comedy Club, im Imperial, irgendwann Ende der 90er. Dietmar betritt mit einem (von einem Fahrzeug abgeschraubten?) über den Kopf gehaltenen „Taxi"-Schild die Bühne und geht wortlos auf der anderen Seite wieder ab. Pause. Leichte Unruhe im Saal. Er kommt wieder und macht dasselbe noch einmal, diesmal von links nach rechts. Und verschwindet wieder. Pause. Größere Unruhe im Saal. Dietmar kommt erneut, Schild immer noch über dem Kopf, und läuft wieder wortlos über die Bühne. Aber irgendwann versteht einer der Zuschauer und ruft: „Taxi!" Worauf Dietmar stehen bleibt, sich zum Publikum dreht und antwortet: „Besetzt!" End of story. Abgang.
Das hätte sicherlich auch tagelang so weitergehen können. Dietmar hätte bestimmt gesagt: „Die Zuschauer bekommen von mir alle Zeit, die sie brauchen!" Demokratische Unterhaltung war das. Im Gegensatz insbesondere zur reaktionären, teils offen chauvinistischen Form großer Teile der sonstigen rheinisch-karnevalistischen sogenannten „Comedy", die dem Publikum auch außerhalb der Session einen Tusch mitgibt, wenn die Lachstellen kommen.

OLAF SCHUBERT

Wurde bereits 1967 geboren.
Er gilt als Überbringer der Botschaft,
Vergewaltiger des Bösen sowie
als wichtigster Mittler zwischen
Kunst und Sozialabbau.

Meine Begegnung mit Dietmar

Vor vielen Jahren wurde ich von einer TV-Produktionsgesellschaft eingeladen, einen sogenannten Piloten zu drehen. Das Konzept klang vernünftig, wir hatten relativ freie Hand, der Enthusiasmus war dementsprechend groß. Auf verschlungenen Wegen stieß auch Dietmar mit zum Team, den ich bis dahin nur vom Hörensagen kannte. Auf Anhieb segelten wir auf paralleler Welle und hatten manch lustige Idee. Drei Tage lang tobten wir uns also ziemlich aus, nahmen diversen grandiosen Blödsinn auf, welcher dann aufbereitet und geschnitten wurde, um schließlich vom auftraggebenden Sender abgelehnt zu werden – und um für immer und ewig im prall gefüllten Kosmos der furios gescheiterten Projekte zu landen, wo sie bis zum Sankt-Nimmerleins-Tag vergessen ihrer Wiederbelebung entgegenharren. So weit, so schade. Jedoch – durch glückliche Fügung erhielt ich das entstandene Produkt ca. ein halbes Jahr später noch einmal in meine Hände. Trotzig weigerte ich mich, dem von bürokratisch-medialverantwortlichen Kleingeistern schnöde zurückgewiesenen komödiantischen Rohdiamanten auch nur geringste Beachtung zuteilwerden zu lassen. Vielmehr schmähte ich die schimpflichen Entscheider in ihren muffigen Amtsstuben ob ihrer Ignoranz. Eines Tages landete die DVD trotzdem im Player, und ich erfreute mich ohne große Regung an den mal mehr und mal weniger gelungenen Späßen. Kurz vor Schluss des Werkes sollte ich vor Begeisterung jedoch fast vom Stuhle stürzen. Kurz vor dem Abspann kam eine Szene, in welcher Dietmar einen jungen Mann mimte, welcher vom Pfad der Tugend abgewichen war und nun Olaf Schubert reuig sein Herz ausschüttete. Dietmars Rolle war stumm und sollte mit verstellter Stimme nachsynchronisiert werden, und da der junge Mann anonym sein sollte, war er nur mit Perücke von hinten zu sehen. Ich weiß auch nicht mehr, warum ich das bis dato nicht zu hören bekommen hatte – Dietmar selbst hatte jedenfalls dem anonymen Delinquenten Worte in den Mund gelegt. In feinstem Trottelsächsisch-Slang palaverte er von verkauften Drogen, dass das falsch gewesen sei und die Jungs von der Mafia aber echt nett gewesen wären. Der ganze Text dauerte vielleicht nur zwanzig Sekunden, aber etwas Trefflicheres und Lustigeres habe ich selten gehört, das hat wirklich gesessen. Weltniveau! Leider blieb dieses Intermezzo unsere einzige Zusammenarbeit – aber dieses Kleinod ist bis heute schwer begeisternd. Gut gemacht, Dietmar.

FRANZ SCHUMACHER

Franz Schumacher, Freund und Golfpartner.

Ich war dabei, als Dietmar starb

Meine erste Erinnerung ist ein Mann, groß, etwas ungelenk, in einem merkwürdigen Hemd, der sich an einen Tisch setzt, ein Kantholz darauflegt und lange, sehr lange darüber erzählt. Gut, es waren sicherlich nur acht Minuten (wir waren streng mit der Zeit), mir kam es wie eine Ewigkeit vor. Eine unfassbare Ewigkeit, ich kannte das nicht, ich hatte es nicht erwartet, wie hätte man so etwas auch erwarten können. Ich könnte nichts aus der Nummer wiederholen, nicht eine Pointe, das Einzige, woran ich mich erinnere, ist, dass mir Tränen die Wangen runterliefen, weil ich so lachen musste. Mein Nerv war getroffen, aber so direkt, so subtil, so überraschend, Wahnsinn. Ich hatte schon andere gesehen, Große, jetzt Legendäre, aber keiner traf mich so.
Gute zwölf Jahre später stehe ich mit demselben großen, etwas ungelenken Mann mit einem merkwürdigen Stirnband (ist gut für die Ohren) an einem unfassbaren Novembertag bei drei Grad, Starkwind und erfrischendem Regen auf einem Golfplatz mit unserem bayerischen Golflehrer und mache die Platzreife.
Wir bestehen beide und werden dann Golfpartner, durch Regen, Sonne und Schnee.

So wurde ich Dietmars Freizeitwegbegleiter.
So habe ich viel zu wenig von seinem Schaffen gesehen, hab sicherlich sein Buch gelesen, über das neue Buch geredet, natürlich Dittsche geschaut und mich daran erfreut.
Aber eigentlich haben wir über Golf geredet, den Fußball der Woche Revue passieren lassen, die Verzweiflung über seinen FC und meinen HSV gepflegt, haben uns auf unseren Reisen über das Essen gefreut, aber eben auch über Ruhe und den Sonnenuntergang.
Ich hab seinen Ehrgeiz bewundert, der manchmal schon fast manisch war, versucht, seine Wut zu besänftigen, die ihn manchmal überwältigte.
Und ich hab ihn ins Krankenhaus gefahren.
Ich bin immer wieder überrascht, wie wenig Ahnung ich von der Endgültigkeit des Todes habe und wie wenig ich das akzeptieren kann. Da wird man immer älter, aber das nützt einem auch nichts, das macht es noch schwieriger.
Wenn ich mich daran erinnere, wie Rainald und ich den Dietmar aus der Charité entführt haben, um mit ihm in den Park zu fahren, im Rollstuhl mit Urinbeutel im Bademantel, hab ich heute das Gefühl, dass Rainald und ich das potenzielle Ende nicht als Möglichkeit akzeptieren wollten und versucht haben, mit aller Kraft unseren Freund bei uns zu behalten, und Dietmar, Grenzgänger, Mann der Extreme, hat mitgemacht.
Er hat sich von uns Treppen rauf- und runterscheuchen, in der Sonne braten lassen und zu guter Letzt noch eine Suppe reingezwängt.
Es ist ungerecht, dass mein Dietmar der Kranke, Sterbende ist. Ich sollte seine Kunst, sein Leben im Kopf haben, hab ich aber nicht.
Ich sehe ihn sterben, ich sehe seinen Baum, ich sehe ihn nicht mehr mit mir auf dem Platz.
Ich vermisse ihn.
Vielleicht ist es das, der Grund, weshalb ich das Sterben sehe, weil das der Moment war, als er wegging, und ich mag nicht verlassen werden.

ROBERT WOITAS

Künstler,
Heilpraktiker,
Wildnislehrer

ich hatte es dietmar versprochen, daß wir einst den heinrich-heine-weg zusammen laufen, uns erwandern werden. bei unserem ersten versuch mußten wir aufgeben. Es war zu anstrengend.
jetzt, im spätherbst 2011, keuchten wir durch dichten nebel den steilen weg hinauf auf den harzer brocken. es war kalt und feucht. es war geheimnisvoll und archaisch. felsen und tannen umtobt von sturmböigem wind. es war eine herausforderung für uns zwei untrainierte und für uns zwei, die wir einfach drauflosgingen, wenn es uns zog. wenn eine tourenidee uns begeisterte oder eine besondere landschaft uns rief oder uns einfach nur gefiel oder wir einfach nur mal wieder raus, wandern und im grünen sitzen wollten.
der regen fiel in spitzen splittern, war eisig, fast schon schnee. dietmar hätte es geliebt. ich hatte ihn bei mir. ich verschnaufte. ich nickte ihm zu, lächelte. ich war durchnäßt.
wir nannten uns und unsere von uns so sehr geliebten exkursionen irgendwann lakonisch: idiotentours; einfach weil, trotz guter planung, immer irgendetwas schieflief, nicht klappte oder eine kuriose unbill aus heiterem himmel uns zustieß

und im kontext wir die deppen waren. irgendwann hatten wir geradezu witzmutige sehnsucht und große vorfreude auf unbekannte geschehnisse, die bei falscher perspektive oder perfektionistischer draufsicht verrückt machen könnten. wir waren übertrieben offen für überraschungen. was passierte – passierte. und momente, die die groteske gebaren, waren die heiligen kinder unserer gemeinsamen abenteuer.
ich stieg einige weitere meter den steilen wanderweg empor, hielt an, verschnaufte, keuchte, wischte mir den regen vom gesicht, und da mein puls dröhnte, fühlte ich mit einer hand nach meinem herzen. es schlug, pochte, kämpfte.
im geist rief ich dietmar zu: „hey, freundchen!"
ich wollte den weg gehen. wie versprochen. und ich war bereit umzukippen. mich hinzulegen und in wind, nebel und regen zu frieren, mich zu erholen oder zu sterben.
im geist spreche ich oft mit ihm, rede von freund zu freund. rede mit ihm, wie wir redeten auf unseren wanderungen und reisen durch die jahreszeiten oder auf unseren Kanutouren durch die regionen deutschlands.
er war mein freund. ich hätte alles für ihn getan.
auf dem brockengipfel kehrte ich in die dortige bergkaschemme ein. es würde dietmar gefallen haben. ein ort abstrusen flairs. das ambiente war auf betörende weise lächerlich. unpersönliche tischreihen, abfütterungsorientiert lang gezogen, in einer durst- und hungerarena. als fresshalle grell neonlichtbeleuchtet, edelstahlgeländer vor der speisen- und getränkeausgabe. keine harmonie. verköstigungsrealismus.
ich holte mir am sb-tresen ein alkoholfreies bier und setzte mich verschwitzt und vom regen durchnäßt und vom stockigen wind bis auf die knochen durchkühlt
in eine entfernte ecke, aus der ich die hallenartige räumlichkeit der gaststube überblicken konnte, und prostete dietmar im stillen zu. wir hatten den heinrich-heine-weg bezwungen.
alsdann lächelte ich, und vermutlich ein klein wenig debil, in mich hinein und gab schließlich winzige stoßseufzer eines starken und übergroßen inneren lachens von mir, da ich an unsere brillanteste gemeinsame situation, unseren allergrößten irrsinn, an unsere schönste gemeinsame groteske dachte – geschehen auf einer wanderung entlang der nordseeküste von sylt bis zur elbemündung im glühend heißen und dennoch schwer verregneten sommer 2004. immer wieder hatten wir darüber gelacht, immer wieder, und in gestus und bewegung die szene nachgestellt. dann war sie uns noch witziger.
damals war rasche erschöpfung unsere stete begleiterin. aufgebrochen waren wir in der unumstößlichen absicht, deutschland querfeldein bis zur zugspitze zu durchwandern. wir hatten dafür drei monate zeit, keine kondition, aber viel enthusiasmus. unsere rucksäcke waren mit sinnlosem tand überladen, mit utensilien reiner liebhaberei, deren gewicht uns stetig zu boden zerrte.
wir begannen unsere hochmotivierte wie mutige exkursion an der nordspitze der insel sylt. im weichen sand zwischen

dünen und nordsee schritt vor schritt zu setzen, tief einzusinken und die füße wieder mühevoll herauszuziehen war nach einer handvoll metern, und somit schnell, unsere sache nicht weiter. zu anstrengend. nicht dumm wählten wir alsdann die meerüberspülte, teilweise betonfeste, aber recht schiefe strandebene zum weiterlaufen auf unserer südlichen route. unsere gangart wurde somit ein schräges wanken längs der schiefen küstenlinie. gute zehn zentimeter höhendifferenz waren bei jedem schritt zu bewältigen. wir gingen schief, neigten uns auf dem zum meer abfallenden strand und gelände zum wasser. drollig anzuschauen, körperlich auch anstrengend – aber weniger anstrengend, als im sand zu waten. die sonne glühte. nachts wurde es eiskalt. wir schliefen versteckt in den dünentälern. schmerzhaft spürten wir in den knochen bald den chronischen beckenschiefstand ob der wanderroute zwischen zischendem meer und aufsteigendem strandwinkel. zudem kämpften wir am folgetag gegen heftigen gegenwind bei peitschendem regen aus grauschwarzen wolken. wir wußten: tausend kilometer lagen vor und nur wenige hinter uns. sonne, wind und regen dräuten wie ein metereologisches mobile an jedem unserer wandertage und beschenkten uns mit bester varietistischer abwechslung.
dann kam der tag, an dem ich mit aufgeschnalltem rucksack über ein gattertor sprang. ein beherzter fehler. ich landete außerordentlich ungünstig und mit stumpfer wucht auf dem rechten hacken. ein blitz aus hellem schmerz durchzuckte mich, und fortan kam zu dem hartnäckigen knochenschmerz in der beckenregion die unmöglichkeit, den fuß auf den boden setzen, ihn abrollen oder den hacken schmerzbedingt überhaupt berühren zu können. fortan mußte ich sensibel und vorsichtig staksend auf den rechten zehenspitzen im steifen wanderstiefel schreiten, konnte glücklicherweise links aber weiterhin normal laufen. dietmar humpelte derweil mit einer ihm eigenen und recht sonderbaren drehbewegung des beckens bei jedem schritt und fluchte leise über die utensilienlast im rucksack an seinen schultern.
die sylter schiefe ebene hatte uns durchaus zugesetzt. notwendige wanderpausen und kurze fährpassagen von nordseeinsel zu nordseeinsel wirkten nur kurzweilig erholsam oder erlösend. wir waren wahrlich keine harten jungs, wollten heilung oder erholung aber ausschließlich im weitergehen finden. wollten das schicksal akzeptieren, nicht jammern oder mit den zahlreichen deichschafen blöken. wir wollten zur zugspitze. wollten unser gesetztes ziel erreichen und erst dort zusammenbrechen. wenn überhaupt. denn jeden tag sahen wir als einen meilenstein zu mehr kondition, kraft und ausdauer. jeden tag erlebten wir als bedeutenden mosaikbaustein zu ernst zu nehmender zähigkeit.
wir tranken kaum wärmenden pflaumengeist aus einem flachmann. wir sahen in unseren regenmänteln traurig wie ertrunkene feuerwehrmänner aus und gedachten des vorangegangenen tages, der mit einer unbarmherzig sengenden sonne vorübergestrichen war. der uns quälend durchgeglüht hatte vor der endlosigkeit schnurgerader deiche und da wir uns

des mittags zu einer verschnaufung unter die allerschmalsten holunderblätter eines allerwinzigsten holunderstrauches in den schatten dort gedrängt und auf trockenem schafskot gesetzt hatten, um etwas wasser zu trinken und schwitzenden käse zu essen.
auf dieser wanderung kannte das wetter kein mittelmaß. wir waren beide gebräunt, mit sonnenbrandabblätterungen auf verschiedenen gesichtspartien, waren aber an diesem besonderen tag wieder von wind und regen durchfroren und durchnäßt worden, unsere kleidung verschwitzt und schmutzig. Wir entschieden uns für ein hotel, wollten unsere garderobe waschen, uns ausruhen und dann weiter ...
in einer gaststätte in einem kleinen weiler aßen wir mehr als die normale portion. die wirtin hielt uns für studenten auf wanderurlaub und wollte uns verwöhnen. unser mitleid erregendes äußeres und einige unserer von ihr neugierig eingeforderten erlebnisberichte riefen bei ihr mutterinstinkte wach. später baten wir sie, uns ein taxi zu rufen.
die taxifahrerin musterte uns mit ironischem wohlwollen: wir wünschten von ihr in ein hotel in der näheren nähe gefahren zu werden. in ein gutes hotel, nicht in eine pension. vielleicht in ein hotel mit sauna. ob sie eines kenne?
sie war keine freundin vieler worte. sie nickte nur, hieß uns einzusteigen und ließ uns wenig später aussteigen vor einem wellnesshotel. diese geste, uns in ein wellnesshotel zu transportieren, erlebten dietmar und ich als von ihr trefflich durchdachtes fazit unserer gesamterscheinung und der von uns vorgetragenen wünsche. sie hatte witz. ganz bestimmt. Wir bezahlten unsere rechnung und gaben ihr als dankeschön für ihren humor und scharfsinn ein gutes trinkgeld. sie nickte. ohne worte.

der eingang zum foyer des hotels war ein gläserner halbkreis aus festem glas, dessen tür sich durch sensoren automatisch öffnete. dann stand man in einem kreisrunden windfang, und ein weiterer halbkreis aus schwerem glas summte in die geöffnete position, während die straßenfront sich schloß. nun lagen 25 meter zur rezeption über einen flauschigen teppich vor uns. dahinter stand mit freundlicher aufmerksamkeit eine junge dame. betrachtete und sah uns: mit unseren schweren rucksäcken humpelten wir jeweils recht eigen über den wolkenweichen teppich durch den sonst vollkommen leeren raum: dietmar drehte sich exotisch schritt für schritt in der hüfte, inzwischen noch etwas schwerfälliger als zu beginn dieser eigenheit. auch schnaufte er gequält. ich hingegen tastete nach gutem linken vorsichtig mit meinen rechten zehen im schweren wanderstiefel nach dem wattigen boden und drehte gleichermaßen leicht in der hüfte. beide waren wir noch immer teilweise durchnäßt, unsere kleider arg verdreckt und durchsetzt von inzwischen trockenem schweiß, unsere haare formlos und fettig, hautpartien sonnenverbrannt.
ich weiß nicht wirklich, wie wir gemeinsam aussahen, sah aber im gesicht der rezeptionsdame, daß wir beide so aussehen mussten, wie wir wirkten.
wir baten um ein doppelzimmer. sie hatte

eines und wollte wissen, ob für nur eine nacht oder länger.
„vielleicht für drei tage", antwortete ich. sie wollte wissen, wo wir herkommen. dietmar antwortete, daß wir von sylt kämen, und fügte hinzu, daß wir zur zugspitze wandern wollten. präzisierte: „dorthin auf dem weg sind."
wieder musterte sie uns. rief sich erinnernd schnell unsere humpelnde gangart mit beckendrehung ins gedächtnis, staunte still und dachte zu ahnen, zwei gefährliche blödmänner vor sich zu haben. sie war nun auf der hut, nachdem sie kurz, nur ganz kurz, die fassung ob dietmars detailverliebter wanderzielaussage da verlor. nur für einen brillanten moment, diesen magischen augenblick, der das leben zu würzen vermag. sogleich alsdann rangierte sie ordnend ihre entgleisten gesichtszüge, diese köstlich-verblüffte erschlaffung von mimik und kieferknochen, straffte ihre offenen lippen erneut zu einem ernsten mund und war wieder in ihrem bild einer respektheischenden rezeptionsdame.
hätte ich uns zwei an ihrer stelle gesehen, hätte ich sicherlich genauso köstlich unwillkürlich reagiert. aber als dietmar die zugspitze erwähnte, dachte ich mit einem inneren stöhnen von herzen: „oh, oh – wie unnötig. wie überflüssig. jetzt sind wir nur noch zwei schwachköpfe ..."
ich schämte mich ein bisschen. gleichsam jedoch war ich sofort in diese unverhoffte situation inniglich verliebt, diese lebendige groteske. diesen augenblick lebendigen idiotentums. mit dieser überraschenden zugspitzenäußerung setzte dietmar uns mit seiner herzlichen offenheit die narrenkappe auf. wir standen im einmachglas des lebens. mehr kann man sich nicht wünschen, wahrlich nicht. man kann sich nicht mehr sehnlichst im leben wünschen als eine solche situation, als diesen heiligen moment reiner und idiotischer gegenwart. so läuternder und kostbarer gegenwart. hab dank, mein freund. für alle gegenwart.

DiETMAR +
ROBERT
WANDERN

OLLI DITTRICH

Olli Dittrich wurde am 20.11.1956 in Offenbach am Main geboren. Er ist 1,80 m groß, wiegt 76 kg und hat blaue Augen.

Ein reiner Titan

Wir saßen auf dem Balkon. Ende der 90er Jahre war das, in seiner kleinen Wohnung in der Grundstraße, Hamburg-Eimsbüttel. Dietmar Burdinski, der Großartige, der Inspirierte, der Bescheidene, der Leidgeprüfte. Zum zigsten Male war er operiert worden, nun war er endlich mal wieder zu Haus. In den Tagen und Wochen zuvor hatte ich ihn im Tabea-Krankenhaus in Blankenese besucht, ihm von meiner geplanten neuen ZDF-Reihe „Olli, Tiere, Sensationen" erzählt und dass ich ihn in meiner Mannschaft so dringend brauche; dass er jetzt mal nicht schlappmachen soll. Da haben wir Witze gemacht, noch im Krankenhausflur, und er hat gelacht und den ganzen Scheiß mit einer Besonnenheit, ja fast Leichtigkeit und Demut genommen, vor der ich bis heute zutiefst beeindruckt meinen Hut ziehe. Über die Jahre ging es

immer mal wieder auf und ab, teilweise dramatisch, dem Tode näher als dem Leben, doch Dietmar war immer freundlich, heiter, dem Leben zugewandt. Nie habe ich ihn jammern hören, stets kam noch ein inspirierter Gedanke aus ihm heraus, egal wie dreckig es ihm auch gerade gehen mochte. Vielleicht zeigt sich genau daran für alle, die es eigentlich auch so hätten bemerken und sehen müssen, seine große Kunst. Sein begnadetes Talent und sein durch nichts – noch nicht einmal durch lebensbedrohliche Krankheit über Jahre – zu bremsenden Einfallsreichtum.
Noch in späten Jahren, als er schon lange mit Albrecht Koch, Marcus „Rattelschneck" Weimer und mir in der sonntäglichen, nur wenige Stunden vor der „Dittsche"-Livesendung zusammenkommenden Brainstorming-Runde seine Ideen vom Stapel ließ, als man ihm die Beschwerlichkeit und Anstrengung der Anreise aus Berlin und die unendlich schwere Last jahrelangen Krankseins anmerken konnte, saß Dietmar friedlich und sagenhaft diszipliniert am Tisch, und es sprudelte immer noch ein Feuerwerk absurder Gedanken, brillanter geistiger Winkelzüge und hochkomischer Szenarien aus ihm heraus.
Wie Karl Valentin, Gerhard Polt oder Heino Jaeger vermochte es Dietmar, aus dem scheinbar normalen, belanglosen, alltäglichen Geschehnis das Abwegige herauszudestillieren. Dorthin zu schauen, wo eigentlich alle hin- aber sofort wieder wegschauen, weil sie – im Gegensatz zu ihm – nichts entdecken. Das Gesehene dann ein paar Zentimeter nach rechts oder links zu verschieben und mit seinem genialen Nonsens, seiner lustigen, sprachintelligenten Fantasie in eine besondere Humorwelt zu entführen.
Noch heute erinnere ich mich mit Wonne an die unzähligen Telefonate, die wir in Vorbereitung zur sonntäglichen „Dittsche"-Sendung unter der Woche führten. Themen sammeln, den Geist fliegen lassen, herumspinnen. Wenn ich nur daran zurückdenke, wie wir über den Staatsbesuch von Queen Elisabeth II. in Berlin, im November 2004, am Telefon sinnierten, wird mir warm und lustig ums Herz. Klar, dass ein solches Ereignis in der „Dittsche"-Sendung fünf Tage später stattfinden würde. Im Fernsehen lief nachmittags eine Live-Schaltung aus dem Schloss Charlottenburg, Horst Köhler bat zum Empfang. Also rief ich Dietmar an, er machte auch seinen Fernseher an, drehte wie ich den Ton aus, und wir begannen, das Geschehnis auf unsere Art in die „Dittsche"-Welt zu holen und zu kommentieren. Immer verstiegener und wahnwitziger wurden unsere Ausdeutungen zum Umstand der Queen-Reise, zu ihrer Kleidung, ihrer Gefolgschaft. Dem griesgrämigen, stets muffig hinterherschlurfenden Prinz Philip dichteten wir die fiesesten Machenschaften an und nannten ihn fortan nur noch „das Raubein".
Die Königin selbst, eine einfache Frau in Dittsches Verständnis, die ganz sicher am liebsten ihre Corgi-Hunde auf den Staubsauger setzt und so das Gassigehen mit der Wohnzimmersäuberung kombiniert, trug ihre diversen und viel zu großen Hüte bei Staatsbesuchen natürlich nur, um unter dem hohen Filzzylinder britisches Toilettenpapier – meist zwei, drei Rollen übereinander – unbemerkt zu verstecken. Oder, so eine andere Überlegung, um einen speziel-

len Wecker zu verbergen, der immer dann zu klingeln beginnen würde, wenn die Königin bei langen Gastgeberreden einzunicken drohte. Kippte ihr Kopf dann nach vorn, würde ein im Hut verlegtes Seilzugsystem, das mit dem Nacken verbunden ist, aktiviert und die Glockensperre aus der Arretierung gezogen. So bliebe sie wach, die Gute.
Ewig ging der Quatsch weiter und wir kamen aus dem Lachen nicht mehr heraus. Irgendwann, gegen Ende unseres Telefonats, wurde ein Einspieler vom Vormittag gezeigt, in dem Queen Elisabeth II. an einem kleinen Tisch Platz nahm, um sich in ein „Goldenes Buch" einzutragen.
Ich fragte Dietmar: „Was schreibt die da wohl jetzt rein?"
Seine spontane Antwort: „Helfen Sie mir. Mein Mann schlägt mich."
Für meine unzähligen Figuren der ZDF-Reihe „Olli, Tiere, Sensationen" verfasste Dietmar seinerzeit die wunderbarsten Texte. Beispielsweise für die Rubrik „Kulturbeutel", einer Art „Titel, Thesen, Temperamente"-Persiflage. In sechs Episoden trafen wir den schwäbelnden, stets miesepetrigen Kulturkritiker Hajo Schröter-Naumann an einem immer anderen Ort des Kulturschaffens und lauschten seinen Empfehlungen, Verrissen und Belehrungen. Im Künstlerporträt „Was macht eigentlich André Heller?" und der leider nie ausgestrahlten Reihe „Herr Lippek erzählt" (Arbeitstitel: „Der Vertriebene") zeigte Dietmar seine ganz große Kunst. Herrn Lippek, dem 90-jährigen Ostpreußen, legte er finsterste Erinnerungen in die Monologe, und André Heller machte er zum Friedensmissionar, der voller „Seelentrance" und „Zaubrigkeit" „Blutwurst für ein Tierheim" nach Indien bringen wollte.
Für „Herr Lippek erzählt" stieg Dietmar selbst in eine viel zu kleine Ostpreußen-Tracht und saß mit Clemens Sienknecht und Anke Engelke als Lippeks Kinder im Hintergrund auf dem Sofa. Zum Schluss jeder Episode wurde zum Schifferklavier gemeinsam gesungen.
Eine wunderbare, düstere Preziose.
Die 10-teilige Reihe „Butsche Roni – Eine Frage der Zeit", in der wir meinen jämmerlichen Boxer „Butsche Roni" (Mega-Afrofrisur, Superfliegenpilz-Gewicht) bei seiner Vorbereitung auf den WM-Kampf gegen Dariusz Michalczewski („... der kocht auch nur mit Kaffee") beobachteten, war das genaue Gegenteil.
Diese Reihe war gespickt mit großartigen, lustigen Slapstick-Ideen und geprägt von Dietmars besonderem Sprachwitz. Butsche Ronis Kampf gegen den 10-jährigen „Klaus aus Afrika", das Simultanboxen im Ring am „Tag der offenen Tür im Trainingscamp", bei dem Butsche Roni mehrere hilflos nebeneinander an kleinen Tischen sitzende Herrschaf-

ten k.o. schlägt – zuletzt ein dickes Mädchen –, Butsche Ronis Sponsorenwechsel von einer Tanzschule („durch das Tanzen sind meine Beine leicht wie ein Schwebebalken") hin zur „Baustoffhandlung Wilutzke", die ihm „prima Trainingsmaterial" in Form von Zementsäcken „zum Gegenhauen" stellte; dann der morgens um 6 Uhr beginnende „Ruhetag", an dem Butsche Roni Rührei, Spiegelei und ein gekochtes Ei in unterschiedlicher Reihenfolge zu unterschiedlichen Tageszeiten zu essen hatte, nur ergänzt von einer großen Kartoffel, um anschließend unter den strengen Augen seines Trainers Werner Walendowski („Gage immer D-Mark, nicht in Euro, das ist nur die Hälfte") in einer völlig idiotischen Reihenfolge zu trainieren, zu essen, Gewicht abzukochen, zu essen, zu trainieren, erneut Gewicht abzukochen, nochmals zu essen, wieder zu trainieren, bis spät am Abend die Waage stimmt – all diese Sequenzen waren ein Fest, der größtmögliche Spaß beim Drehen.

Und dann gab's natürlich noch Dr. Holz. Dieser unfassbar egozentrische, arrogante, jeden Patienten von null auf hundert zu Kleinholz verarbeitende Halbgott in Weiß, über den wir damals, auf Dietmars Balkon nachdachten. Einen Fernsehdoktor stellte ich mir vor, einen Fachmann wie in den handelsüblichen „Ratgeber-Sendungen". Einen, den man anrufen kann, wenn man Fragen zu seiner Erkrankung hat. Der aber nicht hilft, sondern unverschämt ist, völlig aberwitzige Diagnosen aus der Hüfte stellt, seine eigenen Präparate via TV verscherbelt und ansonsten die Anrufer nur abwimmelt. Da war Dietmar in seinem Element!

In 16 Folgen „Dr. Holz, ich glaub, ich bin krank!" konnte er alle Register des medizinischen Wahnsinns ziehen. Angesichts seiner eigenen Leidensgeschichte war das für Dietmar gewiss ein besonderer Spaß. Jede Episode beendete Dr. Holz gleich: „So, liebe Zuschauer, das war's schon wieder – ich muss jetzt operieren. Bitte bleiben Sie gesund, und denken Sie daran: Man beobachtet Sie."

Es vergeht kaum ein Tag, an dem ich nicht an Dietmar denke. An sein feines Wesen, seinen brillanten, inspirierten Geist, seine Kameradschaft. Und an die tolle Zeit, die wir miteinander hatten. Meine Arbeit hat er viele Jahre mit goldenen Ideen begleitet, und noch heute steht manches Mal in der „Dittsche"-Runde die Frage im Raum: „Was würde Dietmar dazu einfallen?"

Dittsche würde sagen: „Burdinski ist n reiner Titan. Wie Dieter Bohlen. Oder Schumi."

Und deshalb trinkt Dittsche auch seit Herbst 2011 kein „Dittschberger Pilsener" mehr – sondern „Burdinski Bräu". So ist Dietmar immer dabei.

Das perlt.

BURDINSKI: OLLI, TIERE, SENSATIONEN

Der Vertriebene: die Flucht

Szenenfoto aus „Herr Lippek erzählt" – v.l.n.r: Olli Dittrich, Dietmar Burdinski, Anke Engelke, Clemens Sienknecht

Herr Lippek: Na ... ich weiß noch: Winter 45 ... da mussten wir flüchten übers Kurische Haff mit Pferd und Wagen ... und mit sonst nuscht.
Na ja, die Tochter ich hab noch: Sieglindchen ... die Söhne: Heinrich ... Jerdchen ... na ja ... aber die Frau is wech ... bei der Flucht is sie raus aus dem Wagen, weil sie noch wollt pflücken Blaubeern ... und da is sie eijnjebrochen im Eis ... ertrunken ... na ja ... Kurisches Haff is ja nur drei Meter tief ... aber die Frau war kleiner wie drei Meter, vielleicht so ... (zeigt) ... da konnt sie nech auf Grund jehn und mit n Köpfchen über Wasser rufen: „Hilfe! Hilfe! ... Ich wer wohl ertrinken ... mecht mir denn keijner helfen?"
Na, ich hab noch jehalten meine Hände in ein Eisloch ... die Frau zu jreifen ... aber konnt ich nur retten ein'n alten Karpfen vorm Ertrinken ... aber die Frau is jeblieben im Haff ... sie hat noch jewunken von unten durch dem Eis, aber war nuscht zu machen. So, ich hab ihr auch jesagt: Frau, nu sei doch vernünftig! ... da is nuscht zu machen. Da wirst wohl missen ertrinken.
Na, sie hat noch was jeblubbert ... aber dann war vorbei.
Na ja, schade ...
Aber Jlas Jewürzgurken wir ham noch jerettet vorm Russen ... da hatten wir jenug und sind jeflüchtet nach dem Westen ... aber die Kaltblüter ich hab immer anjespannt ... wenn es jeht zurück nach der Heimat.
Ach Masuren ... da war kalt im Winter und heiß im Sommer.
Ich weiß noch ... Sommer '35 ... weißt noch, Sieglindchen?

Sieglindchen: Neij ... weiß nich, Vater.

Herr Lippek: Na ja '35 ... da war so heiß ... den Kühen auf der Weide is die Milch im Euter zu Käse jetrocknet ... und bei die Nutzvöjel hat die Hitze entzündet das Federkleid. Da ham lichterloh jebrannt auf der Wiese die Jänsebraten. Ja ... so scheen war Masuren.

Hajo Schröter-Naumann: Günter Grass

(Ort: Großer, leer wirkender Ausstellungsraum in einem Museum. An den Wänden moderne Kunst)

Hajo Schröter-Naumann: Guten Abend. Zunächst die Frage, die in diesen Zeiten gestellt werden muss: Wo steht das zeitgenössische Buch heute? Wo steht seine Innovität? Ist der deutsche Dichter ein Sucher, ein Finder, ein Erfinder gar? Dazu der aktuelle Ausstellungstipp: *(Foto einer heruntergekommenen Gaststätte. Über der Eingangstüre: Weißes Schild oder weiße Neonreklame, in Schreibschrift: „Literaturgaststätte zum Rembrandt")* Die Literaturgaststätte „Zum Rembrandt" in Quadrath-Ichendorf, täglich von 7 bis 8 Uhr, außer Dienstag bis Sonntag.

(Foto von Günter Grass)

Die Erfindungen des Günter Grass. Ich nenne hier nur die bedeutendsten:

Die abschließbare Keksdose.
(Foto von Keksdose aus Blech, die mit einem Vorhängeschloss gesichert ist)

Der grüne Ferrari.
(Foto von einem grünen Ferrari, vergrößertes Spielzeugauto)

Das Hundebordell.
(Foto einer Hundeausstellung)

Oder hier: Sicherlich einer der Höhepunkte Grass'schen Schaffens: *(Foto von Grass, ein Pfeil zeigt auf seinen Schnurrbart)* die unsichtbare Oberlippe.

Nun, ob solcher Erneuerungswut kann auch ein Schröter-Naumann nur mit den Ohren schlackern. Hier treffen sich provokative Nonchalance, ästhetische Dimension und Kindheitstrauma zu einem gewagten Diskurs geschärfter Sinnlichkeit, zu einem bizarren Miteinander von Prosa und Patentamt.

An dieser Stelle ein Blick in die Hauptstadt: Enttäuschend wie immer.

(Filmeinspielung: Klassisches Orchester, Dirigent nicht zu sehen)

Die Berliner Philharmoniker. Die Streicher: voll affektierter Schlichtheit, anämisch, beifallheischend, ohne Fortune. Die Bläser: kaum zu hören, pompös, erstarrt in metaphysisch aufgebauschtem Desinteresse. Die gesangliche Darbietung: ein Totalausfall. Einziger Lichtblick: *(Foto-Totale eines alten Mannes, Künstlertyp)* Dirigent Carlos Eschenbach.
In seinem konzertanten Wirken zwar völlig überfordert, doch stets bemüht und mit kühn reduzierter Attitüde: Nur die vibrierenden Zeigefinger ließen seine Erregung sichtbar werden.

Nun zu unserem kulturellen Gewinnspiel.
Thema heute: Architektur.
Frage: Wer hat das *(Foto mit Baumhaus und Tarzan)* Baumhaus gegründet?

War es A: Walter Gropius?
Oder war es B: Günter Grass der Ältere? *(Foto eines uralten Mannes mit Schnauzbart)*

Postkarte mit der richtigen Lösung an folgende Adresse: www.zdf.de/baumhaus *(Postkarte mit Adresse einblenden)*

Bitte 1,10 DM Rückporto beilegen. Was gibt es zu gewinnen?
Erster Preis: Ein Wochenende mit der wunderbaren Schauspielerin *(Foto von ca. 1910, Frau, wenn möglich auf Stuhl sitzend)* Trixi Dörfel.
Zweiter bis fünfzehnter Preis: zwei Wochenenden mit Trixi Dörfel.

Doch zurück zu Günter Grass. Vergessen wir nicht die Erfindungen des späten Dichters. Ich denke hier insbesondere an:

den Kinderwhiskey,
(Foto: Kind mit Saftfläschchen)

die Asylantenschokolade
(Foto von Sarotti-Schokolade oder von Sarotti-Mohr als Figur)

und schließlich der Lebensretter für blinde Habichte: *(Foto von Stoffmaus mit Halsglöckchen)* das Halsglöckchen für Wanderratten.

Das ist große Kunst, in der gleichen Art wie Sie morgen Abend *(blinkende Schrift erscheint am Bildrand: „Nur morgen Abend!“)* in der Probierstube des Thalia-Theaters in Hamburg gegeben wird. Helmut Schmidt *(Foto, auf dem Helmut Schmidt in einem Buch liest)* liest aus Katja Riemanns Autobiografie „Erinnerungen“. Klavierbegleitung: Justus Frantz.

Zum Schluss noch ein Tipp: Schauen Sie mal wieder ins Feuilleton. Guten Abend.

Hajo Schröter-Naumann: Burgtheater

(Ort: Zuschauerraum eines Theaters. Auf der Bühne proben Schauspieler)

Hajo Schröter-Naumann: Guten Abend ...
Österreich kommt nicht zur Ruhe. Kaum haben die Salzburger Filmfestspiele ihre Pforten geschlossen, da wird die Alpenrepublik von einem neuen Skandal heimgesucht: Das Wiener Burgtheater *(Foto vom Wiener Burgtheater außen)*
steht ohne Schauspieler da:
- Irene Gromottka: Bänderriss.
- Hänschen Heiermann: Fischvergiftung.
- Margot Hoppe: Fortbildungsseminar.
- Hilde Wimmer: Canasta.

(Vier Schauspielerporträts, schwarz-weiße Passbilder nach jeweiliger Namensnennung einzeln insertieren)

Allein Attila Hinz kann in diesen Tagen überzeugen, gibt Schillers „Räuber“ in verschiedenen Doppel- und Dreifachrollen *(Figurenschärfe, Foto des Schauspielers Bernhard Minetti als schlafender König Lear)*, wirkt aber oft sehr erschöpft und zudem noch stark gezeichnet von seinem Gefängnisaufenthalt im letzten Sommer. Doch wer sich – wie Hinz – in Zeiten eines überreichen Angebotes an frischem Obst von der Polizei beim rechtswidrigen Verspeisen von Dosenpfirsichen erwischen lässt – noch dazu im absoluten Halteverbot –, der muss sich nicht wundern, wenn er verhaftet wird.

(Foto eines Mannes, der gerade von der Polizei abgeführt wird, schwarzer Balken über den Augen)

Aber das nur nebenbei.
Was gibt es Neues aus Russland? Nun, die Bernsteinküche – noch immer verschollen; Dostojewski in aller Munde, und die Donkosaken haben mal wieder ihre Stiefel durchgetanzt. Sachspenden bitte an das Russische Kreuz. Nähere Angaben unter Videotexttafel 150 für Hörgeschädigte.
Vorzüglich auch dieses Jahr: Die betenden Dürer von Händel.

(Insertierung eines Gemäldes mit betenden Menschen)

Suggestive Pinselführung als organisch verspielter Lichtkontrast. Elitärer Farbenduktus statt pittoresker Hilflosigkeit. Die Botschaft ist eindeutig. Und zu Recht: Denn mit dieser zweidimensional angelegten Skulpturen-Persiflage tritt Händel endgültig aus dem Schatten Caspar David Friedrichs. Der „Kreidefelsen auf Rügen“ hat ausgedient. Aber das nur nebenbei.

Blicken wir Richtung Niederrhein; das Stadtmuseum Krefeld zeigt drei wichtige Zeugnisse naiver Oblatenmalerei:

Mein zwölfter Schultag
Wie ich auf dem Ponyhof reite

Wie ich Gänseblümchen in mein Haar geflochten habe

(Drei krakelige Kinderbilder werden insertiert, die Werke malt der Autor selbst)

Parallel dazu im Carl-Orff-Haus: Wundergeiger Fabian Reichhold erzählt von

seinem grandiosen Konzert in der Wallfahrtskirche zu Compostela.
Zurück nach Wien: Erfreulich unverbraucht die Zweitbesetzung des Burgtheaters: überragend Brigitte Ibsen als Nora.

(Nach Brigitte Ibsen Porträtfoto einer dicken dunkelhaarigen Frau insertieren, nach Nora Porträt einer dünnen blonden Frau)

Göttlich Helene Paulus als Gretchen.

(Hier genau umgekehrt: nach Paulus schmal und blond, nach Gretchen dick und dunkelhaarig)

Fabelhaft Ha Punkt Schütte als Ha Punkt Schütte.

(Jeweils nach Schütte dasselbe Porträtfoto eines älteren Mannes)

Ein fulminanter Abend. Zwei Bravos, sieben Buhs. Gelungener Applaus.

Zum Schluss noch ein Tipp: Gehen Sie mal wieder ins Kino. Guten Abend.

Was macht eigentlich... André Heller?

1. Archiv

(Fernsehbilder von André Heller als Sänger, Aufnahmen von seinen Projekten „Zirkus Roncalli“, „Feuertheater“ und „Begnadete Körper“ sowie Filmmaterial aus Bergwerken und Salzstöcken, das dem im folgenden Abschnitt beschriebenen Schienenbus-Bild einigermaßen nahekommt)

Off-Sprecherin: André Heller, 1947 als Sohn einer Zuckerbäckerin und eines böhmischen Geflügelhändlers in Wien geboren, machte sich zunächst als Chansonsänger einen Namen. Später erfüllte sich der manische Bilderstürmer seine Träume von opulenter Schönheit und erschuf sinnenberauschende Großprojekte in aller Welt: Zirkus Roncalli, Feuertheater, Begnadete Körper und die legendären unterirdischen Wunderkammern, stillgelegte Kohlebergwerke, in denen vergoldete Schienenbusse mit bunt gekleideten Senioren im Kreis herumfuhren.
Doch um den nach eigenen Angaben

„überquellenden Vagabunden der verwunschenen Pracht und seelischen Südmenschen“ scheint es in den letzten Wochen ruhig geworden zu sein. Aber das täuscht.

(Außenaufnahme eines gläsernen Treibhauses)

Denn in seinem tropisch eingerichteten Gewächshaus am Gardasee ...

2. Gewächshaus. Innen. Tag

(Der schwarz gekleidete André Heller sitzt auf einer weißen Couch. Tisch mit einer Videokassette und ein paar Blättern Papier. Ein Beistelltischchen mit Fernseher und Videorecorder. Viele Grünpflanzen)

Off-Sprecherin: ... treffen wir den Fantasten beim Denken an. Thema: Indien. Der Subkontinent ist für André Heller zum funkelnden Herzstück einer neuen Lebensaufgabe geworden. Kurzum: Der Künstler vertritt seit 1. Januar als Honorarkonsul die indischen Interessen im deutschsprachigen Raum. Was bedeutet Indien für André Heller persönlich?

André Heller: Indien, das ist für mich das rätselhafte Reich der Phantasie ... die verwunschne Zaubrigkeit der purpurkapriziösen Currymönche und eine zimtne Glücksluft, die mich betören will ... mit einer Transzendenz des frohen Herzens, die den Anspruch stellt, dass man eine Art von sinnlicher ... heiterer Hoffnung bekommt, eine Art von ... Koriander.

Off-Sprecherin: Und was will er als Konsul für Indien erreichen?

André Heller: Ich möchte mit roten Yoga-Orchideen meditiern ... in einem morbiden Kristallpalast ... ich möcht'staunen machen ... meine geheime Hybris ... spürn ... möcht gut zu mir sein und zu meiner paradiesischen Verletzlichkeit im lächerlichen Lichtkokon ... möcht inmitten des transparenten Territoriums die gelungene Bereicherung meiner reinlich duftenden Lavendelseele ... sein. Das alles möcht ich in Europa herzeigen: Hier ... schaut's euch des an, des is Indien, und des is Basmatireis.

(Auftritt Rajnesha Heller, indisch gekleidet, stellt zwei gefüllte Gläser mit Trinkjoghurt auf den Tisch, setzt sich neben André Heller, Hinweis: Bis Punkt 3 wird je nach Lust und Laune getrunken, jedoch werden die Gläser nur zur Hälfte geleert)

Off-Sprecherin: Unterstützt wird Konsul Heller dabei von Rajnesha Heller, geb. Brahnashami, die er sich von seiner letzten Südostasienreise mitbrachte und vor vier Monaten heiratete. Wie sieht die ehemalige Tempeltänzerin aus Bengalen ihre Aufgabe?

Rajnesha Heller: I'm wife ... Frau ... of André, Mrs. Konsul ... I shall represent. *(Übersetzer: Ich bin Andrés Frau, Frau Konsul ... Ich soll repräsentieren.)*

André Heller: Es soll deine Aura glühn ...

Rajnesha Heller: Yes ... I can that ... and I can help ... André ... I know all about India ... I come yes from India. *(Übersetzer: Ja ... ich kann das ... ich kann André helfen ... ich weiß alles über Indien ... ich komme ja aus Indien.)*

Off-Sprecherin: Zunächst möchte das Ehepaar mit einem Vorurteil aufräumen, das immer noch in den Köpfen vieler Europäer herumspukt.

André Heller: Du, Schatz, hol doch mal die zaubrig-schönen Elefantenfotos.

(Rajnesha H. nimmt zwei Fotos, die vor ihr auf dem Tisch liegen und gibt sie André H.)

Rajnesha Heller: Please, here are they already. *(Übersetzer: Bitte, hier sind sie schon.)*

(Ein Foto hat DIN-A2-Format, das andere misst 9 x 13 cm. Auf dem großen Foto ist ein indischer Elefant abgebildet, auf dem kleinen ein afrikanischer.)

André Heller: Ja ... hier ... hier ist es deutlich zu schaun ... hier ... seit unendlichen Zeiten wird immer wieder behauptet, der indische Elefant habe kleinere Ohren als der afrikanische ... Dies nenn ich eine unschöne Lüge! Hier ...

Rajnesha Heller: Yes, look ... here ... *(Übersetzer: Da, schaun Sie ... hier ...)*

André Heller: ... das ist der indische Elefant ... und sein afrikanischer ... Vetter ... da! Und wer hat hier die größeren Ohren zum Hören?! Wer?! Der afrikanische oder der indische!? Der indische!!!

Rajnesha Heller: Yes ... look look. India is bigger like Africa ... African elefant ears very small ... very ... *(Übersetzer: Ja ... schaun Sie nur. Indien ist größer als Afrika ... afrikanische Elefantenohren sehr klein ... sehr ...)*

Off-Sprecherin: Doch nicht nur für indische Elefantenohren machen sich die Hellers stark, auch für Lassi, das typisch indische Joghurtgetränk, die Nationalflüssigkeit der Hindus.

Rajnesha Heller: Oh yes ... Lassi from India ... mmh ... mango lassi ... mmh ... is my number ... äh ... one ... eins ... mmh ... mango. André likes ... äh ... likes ... *(Übersetzer: Oh ja ... Lassi aus Indien ... mmh ... Mango-Lassi ... mmh ... ist meine Nummer ... äh ... eins ... mmh ... Mango ... André mag ... äh ... mag ...)*

André Heller: Gurken-Lassi, Schatz ... Gurke.

Rajnesha Heller: Yes ... gürke ... but I not like Gürke ... I like mango lassi ... mmh. *(Übersetzer: Ja ... Gurke ... aber ich mag Gurke nicht ... Ich mag Mango-Lassi ... mmh.)*

Off-Sprecherin: Frau Konsul, Herr Konsul: Stimmt es eigentlich, dass Sie im Auftrag der indischen Regierung einen Werbespot über Lassi gedreht haben, der demnächst sogar ins Fernsehn kommt?

André Heller: Ja ... wir ham einen verwunschen-mystischen Film zum Staunen erschaffen, eine Art von Puzzle aus einem Stück ... des und einem Stück ... des und einem Stück ... des und einem ... Produkt.

Rajnesha Heller: Oh yes ... product ... Please André, can we see the video? ... Please! *(Übersetzer: Oh ja ... Produkt ... Bitte André, können wir das Video sehen? ... Bitte!)*

André Heller: Ja, wenn die Tugend des bewussten Hinschauens ... bewusst gewünscht wird ... schaun wir uns den Film einmal an.

Rajnesha Heller schiebt die vor ihr liegende Videokassette in den Videorecorder. Auf dem Monitor erscheint für zwei Sekunden ein Bild. Dann:

3. Schnitt. Einspielung des folgenden, vorproduzierten Films

4. Im Film dasselbe Ambiente wie bisher. Couch, Tisch etc.

Rajnesha und André Heller sitzen nebeneinander an einem Tisch, vor sich jeweils ein halb gefülltes Glas mit Trinkjoghurt. Sie leeren ihre Gläser in einem Zug.

Beide: Mmm ... Lassi!

Rajnesha Heller: I like mango lassi. But not gürke lassi. *(Übersetzer: Ich mag Mango-Lassi. Aber nicht Gurken-Lassi.)*

André Heller: Hochverehrtes Publikum! Benutzen auch Sie Lassi aus Indien. Inder: Die tun was. Guten Abend.

(Der Slogan „Inder, die tun was" wird insertiert)

5. Schnitt. Rajnesha und André Heller auf Couch

Die Hellers haben inzwischen – wie im eingespielten Film – leere Gläser vor sich stehen.

Off-Sprecherin: Wenn man sich so engagiert für indischen Trinkjoghurt einsetzt, für Elefantenohren ...

Rajnesha Heller: ... and chicken with tandoori, too. *(Übersetzer: Und Tandoori-Hühnchen auch.)*

André Heller: Chicken tandoori ... eine Art sinnliches Huhn mit einer leicht apart gewürzten Sauce aus Nelken, Pfeff ...

(Off-Sprecherin unterbricht André Heller)

Off-Sprecherin: ... ja, wenn man sich so intensiv mit diesem Land beschäftigt, bekommt man dann nicht Fernweh nach Indien? Gibt es so etwas wie einen Traum, und wenn ja, wie sieht er aus, der indische Traum der Rajnesha und des André Heller?

Rajnesha Heller: Yes ... we have a dream ... we bring sausage to India. *(Übersetzer: Ja ... wir haben einen Traum ... wir bringen Wurst nach Indien.)*

André Heller: Was Rajnesha sagen will ... ein noch ungeborgener Schatz meiner poetischen ... oft improvisierten Träume heißt ... mit einem Füllhorn voller Zeit nach Indien gehen ... auf dem Landweg ... und schaun, so wie Flaneure schaun ...

Rajnesha Heller: Oh yes ... we bring sausage to India ... *(Übersetzer: Au ja ... wir bringen Wurst nach Indien ...)*

André Heller: Ja, wir wollen mit dem Bollerwagen nach Kalkutta gehen, doch nicht mit leeren Händen dort erscheinen. Wir bringen Blutwurst für ein Tierheim mit.

Off-Sprecherin: Mit dem Bollerwagen nach Kalkutta. Blutwurst für Hunde. Ein anspruchsvolles Projekt. Nächste Woche soll es losgehen.

6. Weite Betonfläche. Oder Straße durch flache, baumlose Landschaft

(André Heller sitzt in einem Bollerwagen. Rajnesha Heller ist in ein Geschirr gespannt und zieht das Gefährt. An einer Seite des Wagens baumeln Würste)

Off-Sprecherin: Auf einem stillgelegten Flughafen trainieren Herr und Frau Konsul bereits jetzt, denn, so André Heller ...

(Aus dem Off: indische Musik. Ächzend und stöhnend zieht Rajnesha Heller den Bollerwagen. Beide Hellers im Bild, André Hellers Stimme beim folgenden Monolog aber aus dem Off. Beim Lied stimmen Bild und Ton wieder überein)

André Heller (off): ... diese Reise ... diese Erkenntnisreise ins Land des melancholisch-scharfen Schweinefleischs wird an Grenzen rütteln ... Seelentrance ... funkelnde Tagesträume ... meine körperliche ... äußere Hülle wird leiden ... Ach, ach ... ich spüre jetzt schon ... wie mir mysteriöse Energien verpuffen ... ja, entweichen wolln ... ach ... ach ... wie lange reichen meine Kräfte?

(André Heller fängt an zu singen, nach der Melodie eines seiner Chansons)

André Heller (singt):
Mir träumte ich sei versunken
Tief im Indischen Meer
Versunken nur, nicht ertrunken
Und der Lärm kam von Süden her ...
Mmmm, mmmm, mmmmm

Off-Sprecherin: Ja, liebes Ehepaar Heller: Ihr könnt es wirklich schaffen. Denn ihr seid ein wirklich gutes Gespann. Toi, toi, toi. Und kommt bitte bald wieder und erzählt uns von Indien.

BURDINSKI HYPOCHONDER RUNDSCHAU

LETZTE TAGE
IN DER HAVELHÖHE ...

Hypochonder Rundschau

HEILKRÄUTER VERHINDERN TROPENKRANKHEITEN

Doktor Schönheit

Schönes Bayern! Hier ist einer unserer Besten zugange

Vorteil Handicap

Ein lohnenswertes Ziel – der Schwerbehindertenausweis

Schlaftabletten

Der große Vergleichstest

DA! Ein hochwertiger Geist muss immer denken. Sonst geht Gehirnmasse verloren.

Schöne Übungen sind Sudoku und Kaufen ohne Einkaufszettel. Doch kluge Köpfe brauchen mehr. Sie brauchen das neue Computerspiel **DA!**

Wie geht DA!?

Immer wenn ein roter Punkt aufleuchtet, sagen Sie DA! Wenn Sie grüne Punkte erblicken, rufen Sie **DA! DA!** Sehen Sie Punkte, die weder rot noch grün sind, dann schreien Sie NEIN!!

Alles Weitere unter www.ichrufeDA!.com

Liebe Freundinnen & Freunde des gesunden Lebens

was will die Hypochonder-Rundschau? Nun, sie bricht eine Lanze für die Tablette. Für jeden dürfte etwas dabei sein: Für die lichtscheue Migränefrau, den rastlosen Hochdruckmann, das appetitlose Kind. Wie schön ist doch die Schluckmedizin! Ich selbst habe mir erst gestern ein paar rosarote Dulcolax forte reingepfiffen. Sonst hätt ich das alles gar nicht geschafft: Einkaufen, meine Frau Tabea sucht dauernd Streit, dann unsere vierjährige Tochter Ma-Jolie-Catherine zum Gewichtheben fahren, den schreienden Schornsteinfeger aus dem Kamin befreien, Trauerarbeit (siehe unten), und dauernd ruft die Pharmaindustrie an. Also noch mal: Liebe Leser, benutzen auch Sie Dulcolax forte. Aber auch um Wellness, Schwester Cindy und die Chirurgie geht es in der Hypochonder-Rundschau. Sowie um die kleinen, scheinbar unwichtigen Dinge des medizinischen Lebens, die mit einem liebevollen Blick gestreift werden.
Das Rascheln eines Weißkittels am Krankenbett, das erwartungsfrohe Lächeln einer pumperlgesunden Pflegeschülerin auf dem Weg zum Klinikdampfkostverzehr oder die gütigen Augen der weißhaarigen Großmutter, die summend Arztfernsehen schaut, in den Armen ein flauschiges Findellämmchen wiegend.
Noch ein Wort in eigener Sache. Chefredakteur Rudi Sanktjohannser ist vor fünf Minuten verstorben – das Herz! Die Nachfolge konnte ich noch mit ihm persönlich klären.
Vieles wird sich nun ändern, mehr Qualität, mehr Information, weniger Werbung. Rudi, ich seh Dich immer noch am Fenster stehen, mit auf dem Rücken verschränkten Armen.

„Da unten die Apotheke“, hast Du immer gesagt, „das is ne Goldgrube.“
Jetzt klafft ein riesiges Loch.

Viel Spaß beim Lesen wünscht Ihnen

Ihr Dietmar Burdinski
(Neuer Chefredakteur)

Inhalt

Grußwort

Liebe Leser der Hypochonder Rundschau,

Daniel Bahr

Foto: fdp.de

die Gesundheitsreform wirkt modern, schön und gut. Das ist mein Erfolg. Heute sage ich: Danke!

Wenn wir die sanft mäandernden Auen unseres Landes entlangschauen, sehen wir Abertausende Radwanderer.
Mit dicken Waden, roten Bäckchen und Satteltaschen voller Schmerzmittel. Niemand muss heute mehr leiden, wenn er stürzt.
Verliebte Pärchen spielen Boule, speisen lachend Weißweinscholle, werfen Stöckchen. Was aber, wenn das nicht mehr gilt? Wenn neue Menschen locken: mit Sex and Drugs and Rock and so.
Nun, gerade dieser Kernpunkt ist ein Wegweiser meiner Reform.
Neue Zukünfte werden kommen.
Die Gesundheitsreform will, und das war es, was ich auf dem Narkosetag zu Bamberg meinte, niemandem wehtun. Auch den Abiturienten nicht.
Kurzum: Betäubung als Pflichtfach.
Ja, die Reform geht meinen Weg.
Die Apotheken verkaufen nun auch Mandelschnitten, und die freiwillige Pflichtversicherung für domestizierte Nacktmulle steht unter dem Welpenschutz der AOK.
Doch ich warne! Jede Brustvergrößerung muss ins Amtsblatt.
Sogar meine eigene Hausärztin macht mit.
Nicht gestopfte Schlupflöcher hingegen nutzt mein Apparat, um mich zu stützen. Mit Erfolg: Ich brauche kein Gehwägelchen.
Liebe Leser der Hypochonder Rundschau, mein Apparat und ich wünschen Ihnen und Ihrer Familie ein immerzu gefülltes Arzneischränkchen sowie schmerzfreie Weihnachten.

Gute Nacht,

Ihr(e) ....

Daniel Bahr

AMERIKANISCHE FORSCHER HABEN HERAUSGEFUNDEN, DASS ...

... amerikanische Forscher am meisten herausfinden.

... Herausfinder meist amerikanische Forscher sind.

... afrikanische Forscher auch mal was herausfinden könnten.

Gesund und risikoarm – der Salat

Nie mehr als 80 Rizinus fortikum auf einmal schlucken!

Bewiesen! Sport ist gut für Bewegung.

100 % aller Apotheker beurteilen die Qualität der Apotheken mit sehr gut.

Praxiseröffnung

Peter Schelsky, Suchttherapeut

ALKOHOL UND SPIEL

Alle Kassen. Bahnhofstr. 17+4
(neben der Trinkhalle)

Öffnungszeiten: tägl. 20 – 24 Uhr

Bitte Alkohol und Geld vor Besuch in meinen Briefkasten werfen (Klappe neben der Praxistür)

ICH HABE MICH VERÄNDERT.

Bisher:
Dr. Gudrun Fink, westliche Medizin, alle Kassen.

Ab sofort:
GURUin Singh, indische Medizin, alle Kasten.

2009 standen in Deutschland zwölf Millionen Menschen zeitweise nutzlos rum.

Doktor Schönheit

Wir sind mit Dr. Carlo Bovensiepen verabredet, dem führenden Plastochirurgen der Erde. Auf sein Anwesen am Starnberger See hat uns „Doktor Schönheit" gebeten.
Ein schönes Anwesen, riesig. Genau zwischen See und Hang in einer Sohle. Pferde sonnen sich im lauen Abendwind, der nahe gelegene Golfplatz lässt einige verunglückte Bälle herüberfliegen.
Hohe Platanen stehen neben wuchtigen Eichen. Die bei uns seltene Zeder – hier gedeiht sie prächtig.
Sogar einen Stall mit Zwerghühnern gibt es. Verliebte schlendern am großzügigen Gelände vorbei. Sie schauen auf die sorgsam geparkten Ferraris: rote, gelbe, weiße.
„Da!" Der männliche Part eines turtelnden Paares zeigt auf die Sportwagen.
„Da! Da!"
Wir sitzen im Wintergarten. Ein livrierter Diener reicht einen Zettel auf silbernem Tablett.
„Komme gleich. Gruß, Doc."
Ein junges Mädchen wischt über die Glasplatte, stellt Kekse ab. Kekse aus Amsterdam. Nicht lecker, aber schön.
Das Mädchen heißt Praline.
„Ich mache hier meine Ausbildung."
Woher sie komme, wollen wir wissen.
„Ich komme aus Dänemark. Arhus."
Wird notiert.
„Möchten Sie etwas trinken?"
Madame Baginski stellt sich vor. Sie stamme aus Polen und sei hier im Hause für Getränke zuständig.
Es passiere immer mal wieder, dass Journalisten auf Herrn Doktor warten müssen.
Die Fotografin nimmt einen Ayran, ich einen Beaujolais.
Der Wintergarten ist geschmackvoll eingerichtet. Vor drei großflächigen Bodenfenstern hängen persische Wandteppiche,
davor goldene Übergardinen, zwischen diesen und den Wandteppichen spenden schottische Stehlampen neben mannshohen Vodoofiguren indirektes Licht.
„Kann ich meinen Ball aus dem Garten holen?"
Ein gesetzter grauhaariger Golfspieler – Typ Waffenunternehmer – möchte seinen Ball wiederhaben. Wir haben nichts dagegen.
Der Beaujolais schmeckt vorzüglich.
Die Tür schwingt auf.
„Verzeihen Sie meine Verspätung."
Ein Mann von Welt. Weißer Anzug, gepflegte Hände, volles dunkles Haar.
„Doktor Schönheit!"
„Warum kann ich mir denn das alles leisten?"
Mit einer weit ausholenden Geste, begleitet von stolz schweifenden Blicken, federt der Meister in den Raum.
„Einen Tapeziertisch hatte ich anfangs.

Schönes Bayern! Hier ist einer unserer Besten zugange.

Einen!", schildert der Chirurg den Beginn seiner Karriere. „Und nur eine Patientin."
Woher er komme, wollen wir wissen.
Er komme von überall, scherzt der Maestro.
Erneut geht die Türe auf.
„Chrissie, du siehst fabelhaft aus. Fa-bel-haft!"
„Carlo, my dear."
„Darf ich vorstellen: Christine van Meijsels aus Manchester. Stoffhändlerin. Stammkundin. Chrissie, die Fotografin und der Herr schreiben über mich."
„Noch etwas Beaujolais?", fragt die Getränkedame dezent dazwischen.
„Nein, lieber einen Kwas."
Madame Baginski ist sehr aufmerksam. Und sofort verschwindet sie wieder hinter der goldenen Übergardine.
„Nennen Sie mich Chrissie", spinnt Christine van Meijsels den Faden von eben weiter.

NEU!

Das neue „Magnesium always“ für Herz und Haar.

- 24 Jahre Bioverfügbarkeit
- Elektrolythaushalt sofort
- Immer in der Apotheke!

Reportage

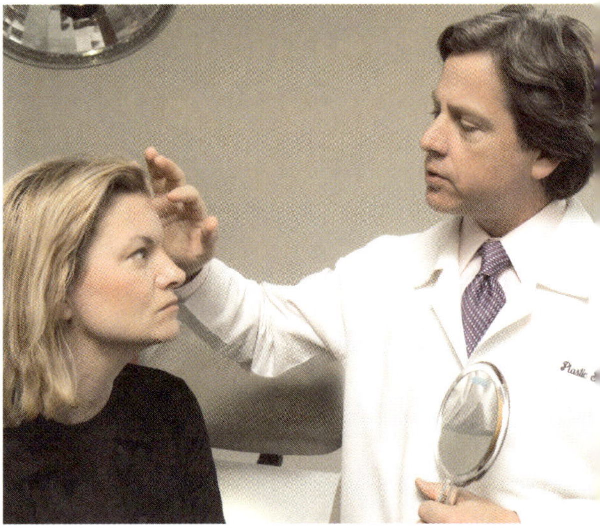

„Und?“

„Doktor Schönheit“ zeigt auf die weidenden Pferde, draußen vorm Fenster. „Alle mir.“ Sein Blick streift die Zwerghühner. „Auch mir.“
Die Fotografin schießt ein Bild. Sofort nestelt „Doktor Schönheit“ an ihrer Kamera. Er wirkt hyperaktiv.
„Ich bin nicht hyperaktiv“, scheint der Plastochirurg unsere Gedanken zu erraten, „nur neugierig. Und Neugierde – das ist der Mensch.“
Nun wird es philosophisch. Der Doktor zeigt auf die Ferraris.
„Was ist Schönheit? Was ist elegant ... Elegance? Will das nicht jeder, hat da nicht jeder ein Recht darauf? Jeder Mensch, jede Frau? Will nicht jede Frau schön sein? Ich gebe es ihr. Ich mache sie schön. Alle!“
Wir sind beeindruckt von der Nachdenklichkeit des Mediziners.
Wie bringt er das alles unter einen Hut,

plus Familie, wollen wir wissen.
„Ach, das geht. Mein Sohn ist 17, lebt in Somalia, meine Frau ist geschieden."
Christine van Meijsels schickt dem Plastochirurgen einen zärtlichen Blick.
„Lust auf eine Runde Golf?", fragt „Doktor Schönheit".
Wir lehnen dankend ab.
Der Diener bringt die Mäntel, das Mädchen Praline macht einen Knicks, reicht Gutenachtgebäck.
„Sie haben ja gar nicht ausgetrunken."

Dr. Carlo Bovensiepen – „Doktor Schönheit"

Als Karl Bovenszypsky 1940 geboren. Jesuitenschule, Internat, Cambridge, Schule rechts der Isar. Taxichauffeur, Finnlandreise, Selbstfindung. Schlachthofpraktikum summa cum. Messerwurf-Volontariat im Zirkus Remmidemmi. Bücherkauf, Fachlektüre, Beautyfarm. Ehrendoktor von Nauru.

Madame Baginski schaut traurig.
„Doktor Schönheit" nickt Chrissie kurz zu, dann begleitet er uns zur schmiedeeisernen Pforte. Der Kiesweg knirscht, am Tor warten zwei Dobermänner.
„Aus, Bonzo, aus! Kyra, aus!"
Die Hunde trollen sich wieder.
„Wie wurde ich denn das, was ich bin?"
Der Meister schaut auf seine schwarzweißen Budapester, wippt vor und zurück, die Hände in den Hosentaschen verstaut.
„Wie wurden Sie zum besten Schönheitschirurgen der Welt?", fragen wir beim Abschied.
Doktor Bovensiepen blickt hoch in den unendlichen Sternenhimmel. Lange. Dann fragt er: „Was ist Schönheit?"

Ein faszinierender Mensch.
Auf Wiedersehen, Doktor.

Die Apothekerin

Die Hypochonder-Rundschau startet heute auf vielfachen Wunsch eine neue Serie. Vorgestellt und bewertet werden Kinofilme, in deren Mittelpunkt Apotheker oder Apothekerinnen stehen. Wir beginnen mit Folge eins.

Apothekerinnen töten nicht! Sie suchen Medikamente für den König Kundschaft raus

Die Hauptrolle in diesem Kinofilm wird von einer Apothekerin gespielt.
Das ist sehr lobenswert. Sie heißt Katja Riemann.
Es fängt auch gut an, mit Rezepten und den typischen Apothekenschubladen, die geräuschlos in den Schrank zurückgleiten.
Was dann aber folgt, hat mit dem Leben einer Apothekerin nichts mehr gemein.
Warum tötet sie einen alten Mann? Und dann noch eine junge Frau?
Das ist vollkommen unrealistisch. Apothekerinnen morden nicht!
Sie informieren über Risiken und Nebenwirkungen: Juckreiz, Stiernacken, Vollmondgesicht. Alles Mögliche.
Nichts davon kam im Film vor.
Dass die Apotheken in Häusern durch die Internetkonkurrenz schwere Zeiten erleben, nun, das konnte der Film ja 1997 noch nicht ahnen.
Aber Themen wie Zäpfchen-

beratung, Telefonate mit dem Großhandel, das Überreichen von Apothekenzeitschriften an zufriedene Kunden – Fehlanzeige!
Und welche Apothekerin heiratet denn Jürgen Vogel? Das sind doch die wenigsten. Denn Ehen von Apothekerinnen und Schauspielern halten nicht lang. Jürgen Vogel verbrennt sogar. Ebenso der Schauspieler Richy Müller. Ich sage bewusst Vogel und Müller. Im Film tragen beide fremde Namen, na ja.
Auf jeden Fall erscheint das Leben von Apothekerinnen in diesem Film in einem schummerigen Licht. Schade!
Fazit:
Nur zwei Vorhänge. Ein paar Bravos, viele Buhs.

Der große Arztroman

Der Professor und das Mädchen

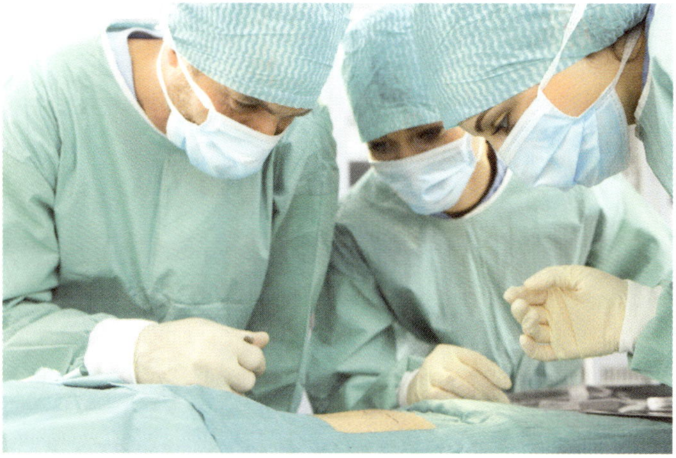

Immer in Cannstatts Nähe: Cindy (Mitte), Marceline (rechts)

Sonntagabend
Leitchirurg Professor Cannstatt feiert in seinen Fuffzichsten rein.
Der OP ist festlich geschmückt. Und alle sind da – Weißkittel, grüne Pfleger, blaue Schwestern, grüne Damen, die Verwaltung, Privatpatientin Ziffarelli, alle.
Holla holla, hoch die Tassen. „Allet Juute, Bruno." Klinikdirektor Kleinmachnig umarmt seinen Chefuntergebenen. Die schöne Oberärztin zeigt ihr reizendstes Lächeln. „Toujours? Demain?"
Cannstatt haucht ihr ins Ohr: Marceline!
Dann klopft er an sein Glas, hält eine kurze Rede: „Ich will nicht viele Worte machen. Ich will am OP-Tisch sterben. Danke."
Bravo! Bravo!
Schüchtern tritt nun Schwester Cindy vor.
„Lieber Professor. Ich bin klein, mein Herz ist rein, soll niemand drin wohnen als wie Professor Cannstatt allein."
Schwester Cindy, ein junges semmelblondes Ding aus Rügen. Und jetzt Berlin. Die große Stadt, der Moloch, immer schnell, schnell, nicht wie auf Rügen zwei Verbände wechseln und dann: He Leute, ich geh ma grad zum Strand,

Bernstein sammeln. Klar Cindy, geh nur, aber sag mal, ist denn überhaupt Bernsteinwetter, hat doch gar nicht gestürmt.
Da wirste nix finden, Cindy. Okay, Leute, dann bleib ich hier, aber was soll ich nur machen, ist ja richtig Flaute auf Station. Na dann setz ich mich in die Teeküche und lese Harry Potter.
Nee, nee, so läuft das nicht in Berlin, hier geht alles zackzack. Wunden säubern, Infusionsständer holen, Spritze holen, Doktor holen, amputierte Beine wegbringen, ditt is Balin, nich!?
Und klar, da wollte Cindy mal entspannen, hat sich eben ein bisschen angeschickert an der ambulanten OP-Bar, mit Alcopops und Caipi und so. Und hat sich getraut, dieses herrliche kleine Poem zu Ehren Cannstatts vorzutragen. Und Cannstatt ist hingerissen, stürmt auf Cindy zu, umfasst ihre Handgelenke, zieht sie an seine Brust und flüstert: „Cindy!"
„Hat es Ihnen gefallen, Professor?"
„Aber ja, aber ja ..." Und seine Gedanken schwirren: Soll niemand drin wohnen als wie ich? Die Wünsche perlen, Marceline, ja schon, und was ist mit Ursula, gerade überlegt er die Strategie, mit der er seiner Frau ... Da säuselt er auch schon ins Handy: „Liebling, ein Notfall, es wird später."
Kurz darauf wird tatsächlich eine Frau hereingeschoben. „Ein Durchbruch!", brüllt Notpfleger Mike. „Darm kaputt, zu viel Pepperoni."
Wutentbrannt ruft Cannstatt zu Hause an: „Ja, es ist so gekommen, wie ich gesagt habe. Schöne Scheiße!!"
Die Party ist aus. Getränke verstecken. Vollnarkose. Not-OP. Schwester Cindy grübelt und schaut auf die schöne Oberärztin.

Fortsetzung folgt

ENORM WICHTIGE ZAHLEN FÜR IHRE GESUNDHEIT IM ÜBERBLICK

018055/1
Hypochonder-Rundschau/Anzeigenannahme

110 Polizei
112 Feuerwehr
222 Polizei & Feuerwehr kommen zusammen

Blutzucker (nüchtern)
Ein Wert bis 300 ist wünschenswert.
Ein Wert von 301 bis 800 ist zwar erhöht, aber der sinkt oft auch wieder.
Ab 801 mg/dl sollte ein Arztbesuch angedacht werden.

Blutdruck
Die Menschheit bewegt sich zwischen 30/20 und 400/280. Bitte bleiben auch Sie in diesem Bereich.

Bauchfett
Normale Frauen haben eine Taille bis 88 Zentimeter, Männer bis 102.
Ein Paargesamtwert von 190 sollte nicht überschritten werden.

Beispiel: Besitzt also der Mann einen 188er-Bauch, muss die Frau eine Wespentaille haben.

Nachruf

Jacques Preud'homme – Erfinder des Dreibettzimmers

Liebte Dreibettzimmer und die Seefahrt – der große Jacques Preud'homme

Wer ihn erlebte – und der Autor zählt dazu –, der sieht ihn heute noch vor sich.
Infusionsständer, leicht gebeugte Haltung, grau-weiß gestreifter Bademantel, darunter ein Trikot von Bayern München, Werder Bremen, Stuttgart, Schalke, Wolfsburg, Leverkusen, Hoffenheim oder HSV – je nach Tabellenspitze.
In dieser Montur schlurfte er über die Klinikflure. „Hallo Jacques!" Welcher Klinikpatient kennt sie nicht, diese Begrüßung?
Jacques Preud'homme war gerne im Hospital. Hier fand er Menschen, die Zeit hatten, die seinen Geschichten lauschten.
Geschichten über Bandscheiben, über den Bauernhof, den er liebte, seinen Sennerhund Bravo, über Gott und dessen Welt.
Meist aber erzählte Jacques von der Seefahrt.
„Die schönsten Mädchen leben am Äquator", rief er begeistert, und seine Augen leuchteten dabei, als wäre er gestern noch dort gewesen.
„Rio ist die Hölle. Alles Räuber!"
„Warst du mal mit dem Schiff da, Jacques?"
„Ja, mit der Mayflower, '74, '75."
Die Zeit war reif für einen wie Jacques.
Er konnte nicht alleine kränkeln.
Er brauchte die Ansprache.
„Die Zeit der Einzelzimmer ist grauenhaft. So alleine", schrie er in seinen Alpträumen, und eine Horde kräftiger Pfleger schaffte es kaum, ihn wach zu rütteln.
„Und zu zweit auf dem Zimmer, Jacques, wie ging das?"
„Nein, nein. Hör auf, Mann! Musste der andere zum Kernspin oder Spazieren, war ich wieder allein."
Ja, die Zeit war reif für einen wie ihn.
Für einen, der die Vereinzelung bekämpfte. Die brüchige Zweisamkeit.
Jacques Preud'homme hatte eine Vision – das Dreibettzimmer.
Gestern verstarb er in seinem Lebenswerk. Am Fenster.
Besser geht es nicht.

Luft und Flut

Die Drei-Schluchten-Apotheke auf der Hallig Hooge

Die Fotografin und ich – wir sind diesmal auf der Hallig Hooge unterwegs. Die wenigen Bauernhöfe auf den Anhöhen sind geblieben – die Warften. Auch die Gaststätte „Beim Ollen“ kennen wir noch von einer früheren Reportage. Ansonsten scheint nichts, wie es war.

„Tschulljen Se mal, die Zitronenbäume, der Bananenhain, die Nelkenplantagen ... sind die neu?“, will ich vom dicken Wirt wissen.

„Nee, dat is wegen die BUGA.“

„Das knips ich“, ruft die Fotografin freudig.

Nach dem Besuch einer verfallenen Ritterburg stehen wir dann vor ihr, der Steinin des Anstoßes: Die Drei-Schluchten-Apotheke, vormals eine Perlentaucherei, schimmert perlmutten aus einer tiefgrünen Au. Wir fragen eine Tulpen gießende Asiatin.

„Ja, ich wohne hier.“

Frau Nao Ling ist zuvorkommend, bittet uns rein und serviert Kaffee mit Tee aus der Region. „Schmeckt er ihnen?“

„Das Aroma? Mm.“

Frau Nao Ling schaut zur Tür.

„Das ist meine Tochter Dulin und das mein Mann Dolin.“

„Sind Sie drei Chinesen?“, forsche ich nach.

„Ja, das sind wir.“

„Es hieß, Frau Nao Ling ...“

Die Fotografin guckt bestürzt: „Mein Apparat ist kaputt.“

Zum Glück hat sie noch eine Sofortbildkamera dabei.

„Frau Nao Ling, bitte hierher lächeln. Danke.“

Es duftet nach Tigerbalsam, zerstoßenem Nashorn, tausendjährigen Lotosblüten und nach frischen Lotosblüten.

„Da! Eine Wolke!“ Herr Dolin wirkt besorgt.

Das Wetter wechselt sehr schnell am Meer. Wenn es stürmt, fährt die Fähre früher zurück. Also Beeilung!

„Es hieß, Frau Nao Ling, die Hallig-Hoogener seien gegen den Bau der Drei-Schluchten-Apotheke gewesen. Es drohte ein Inselkrieg, stimmt's?“

„Nein, nein. Die Menschen, die umgesiedelt wurden, die waren sauer, ja. Aber die anderen ... Die Friedhofsapotheke wäre sowieso pleite gegangen.“

Ein dürres Männchen tritt ein.

„Chinesische Medizin liegt im Trend."
Die Drei-Schluchten-Apotheke auf der Hallig Hooge

„Kapaunen mein Name, Hallighistoriker."
Ich ermuntere die Fotografin, abzudrücken.
„Meine Sofortkamera ist zerbrochen", klagt sie.
„Jetzt muss ich mir wieder alles merken und in der Redaktion aus dem Gedächtnis abzeichnen."
Ringring!! Das Telefon klingelt ohne Unterbrechung.
„Chinesische Medizin liegt im Trend", erklärt der Historiker. „Aber darum geht es mir gar nicht. Schaun Sie", plaudert er munter weiter, mit evangelisch gefalteten Händen vor der schmächtigen Brust, „die Drei-Schluchten-Apotheke, nun ja. Der Großflughafen hingegen, der neue Hauptbahnhof, der Fernsehturm, das Bombodrom. Das war einfach zu viel für die Hallig-Hoogener. Und dann auch noch die ..."
„Ja?", flechte ich eine Frage ein.
„... die Bundesgartenschau."
„Die BUGA", rufen Vater Dolin und Tochter Dulin gleichzeitig.
Es duftet nach Zitronengras. Frau Nao Ling kocht. Das Wetter düstert sich ein.
Draußen rauschen die ICEs im Sekundentakt vorbei.
Herr Kapaunen fährt fort.
„Diese Großprojekte haben die Menschen belastet, zermürbt. Dann die Dombauschule, die vielen Parkhäuser, die neue Kaserne ..."
Das Fenster schlägt auf. Eine frische Brise weht durch die Gardine.
„Bald kommt Flut," ruft Frau Nao Ling aus der Apothekenküche.
„Herr Kapaunen, Sie meinen, die Insel, die Proteste ..."
„Es gab Tote!", bemerkt der Historiker.
„Mahlzeit!", ruft die Apothekerin, in den Händen ein Tablett voll dampfender Schüsseln.

Bilder links/rechts: Hallig Hooge im Wandel der Zeit

Die Fotografin schaut sehr konzentriert.
„Eine Frage noch, Herr Kapaunen. Drei-Schluchten-Apotheke – ist dieser Name Programm?“
Der Heimatforscher nickt.
Die Familie ruft im Chor: „Aber unsere Apotheke ist inzwischen fester Bestandteil der Halligkultur.“
Ein Pilot betritt die Wohnapotheke. „Haben Sie Mittel gegen Flugangst?“
Der Flieger bekommt seine Tropfen, dann wird gegessen.
Der Kunde isst mit.
„Zitronengras, Rinderrouladen und Kokoshuhn unter Rotkohl. Bon Appetit!“ Frau Nao Ling strahlt. Alles ist gut. Wir essen schnell auf, denn die Flut schwappt schon übers Fensterbrett.
„Darf ich Sie mitnehmen?“
„Gerne.“
Der Pilot wirft seinen Heli an und fliegt uns zur Fähre.
Ich notiere in mein Büchlein:
Die Drei-Schluchten-Apotheke ist gut.

Ich habe einen starken Röntgenwillen!

Die Radiologin Helene Fey

Im Wartebereich der Röntgenpraxis „Fey und Geräte“ sitzt uns eine elegante Erscheinung im apricotfarbenen Hausanzug gegenüber: Die Radiologin Helene Fey.
Sie serviert Heißes.
„Das gute Porzellan! Sie mögen doch Bohnenkaffee?“
„Gern.“
„Oder möchten Sie lieber Rooibostee?“
„Nein, nein.“
Die Fotografin macht ein paar Bilder dieser duftenden Idylle.
Wir lauschen dem Ruf der Kuckucksuhr, zwei dickliche blonde Mädchen tollen vorbei, ein schwarzer Kater schleicht umher.
„Sind sie nicht reizend, die beiden?“
„Ja.“
„Geneviève und Carla.“
„Aha ...“
„Kerngesund. Beide.“
„Welch ein Glück.“
„Und Caligula, wie finden Sie ihn? Sieht er nicht fabelhaft aus?“
„Die Katze? Ja, ja, schönes Tier.“
Die Radiologin nippt zufrieden an ihrer Tasse, ich zücke mein Notizbuch mit den vielen Fragen.
Plötzlich hustet die Fotografin. Unser Zeichen für Panne.
Sie verstaut den defekten Apparat und holt Zeichenblock sowie Filzstifte aus ihrem Köfferchen.
Das Interview kann endlich beginnen.

Die Fey'sche Wohnröntgenpraxis

„Guten Tag, Frau Fey, wie geht es Ihnen?“
„Gut. Haben Sie eine Wartenummer?“
Wir haben nicht, müssen zum Eingang zurück und uns am Automaten eine Nummer ziehen.
Wieder im Wartebereich reicht uns Frau Doktor Fey ein Klemmbrett.
„Bitte alles durchlesen und dann beim Kreuzchen unterschreiben.“
Die Radiologin geht in den Röntgenraum.
„Bitte nicht mehr atmen. Und weiteratmen.“

Pause. Dann wieder.
„Bitte nicht mehr atmen. Und weiteratmen.“
Zwei Minuten später sitzt uns Frau Fey entspannt gegenüber.
„Fragen Sie mir Löcher in den Bauch.“
„Frau Fey, es geht sehr familiär zu in der ‚Praxis Fey und Geräte‘.“
sich ein Buchfink nieder und singt sein typisches Lied: „Waaaaa…lodja. Waaaaa… lodja.“
Die Medizinerin springt auf und verscheucht den Vogel.
„Was hat das zu bedeuten, Frau Fey?“
„Ich hasse diese Tiere! Sie erinnern mich an einen Mann, den ich sehr geliebt habe.

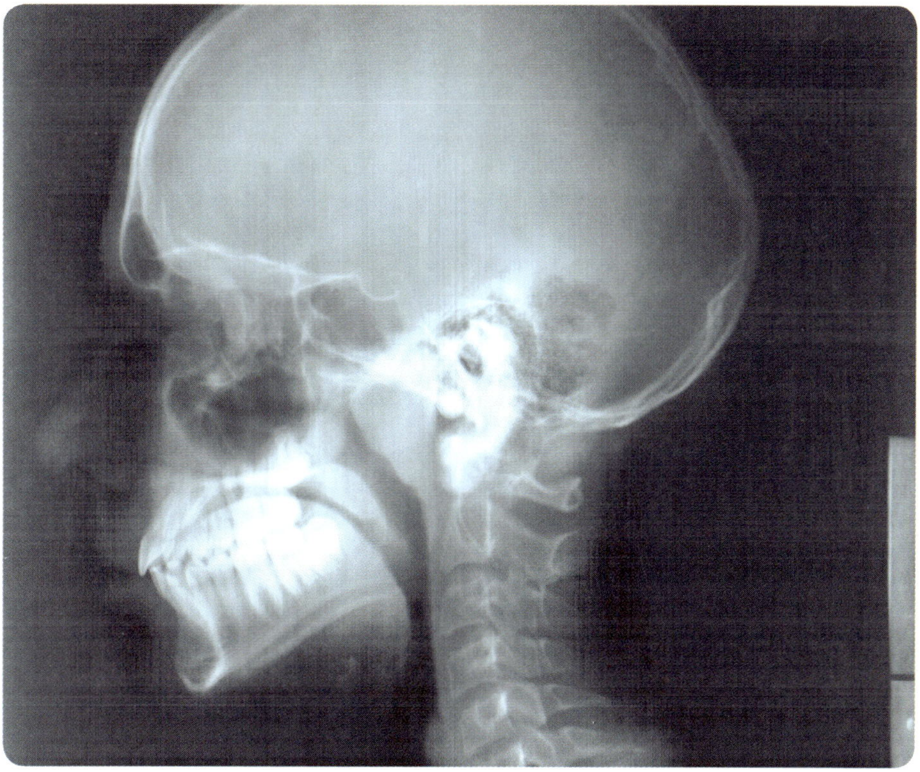

Leidenschaftliche Röntgenerin – Helene Fey

„Ja wissen Sie, ich wohne hier ja auch. Praxis und Heimstatt sind eins. Ideal.“
„Ach, dann ist der Wartebereich hier …“
„… gleichzeitig die Küchensitzreihe. Exakt.“
Draußen auf dem Fensterbrett lässt
Sehr!“
„Ein Osteuropäer?“
„Ja, ein Blaurusse. Geht zum Wodkaautomaten und … und …“
„Und?“

"Ja, nichts und! Weg!"
Mit hochroten Köpfen rennen die Mädchen vorbei.
„Geneviève, Carla ... hört auf! Luftanhalten ist kein Spiel!"
Nun geht es ans Eingemachte.
„Frau Fey, man wirft Ihnen vor, dass Sie mangels Patienten täglich Ihre eigenen Kinder röntgen und unter falschem Namen bei der Kasse abrechnen."
Die Radiologin springt auf. „Alles nur aufgebauscht, alles! Die Medien!"
„Stimmt es oder nicht?"
„Unsinn! Schauen Sie sich die beiden Wonneproppen doch an. Wirken diese Kinder verstrahlt?"
„Also alles in Butter?"
„Natürlich! Der einzige, na ja, Vorwurf ... ich durchleuchte mich manchmal selber."
„Weil Sie keine Patienten haben?"
„Darf ich Kaffee nachschenken?"
„Man sieht ja auch niemanden hier."
„Na gut, dann schenk ich eben keinen Kaffee nach."
„Stichwort Eigendurchleuchtung, Frau Fey: Fürchten Sie nicht um den Entzug Ihrer Röntgenlizenz? Den Doktortitel sind Sie ja schon los."
„Ich werde immer röntgen. Mein Wille ist stark! Und was den Doktortitel angeht, mein Lieber ... den hab ich freiwillig zurückgegeben. Röntgen braucht keine Titel. Röntgen ist Begabung!"
„Frau Fey, vielen Dank für dieses Gespräch."
Die Radiologin räumt die Kaffeetassen weg, dann tischt sie einen Atommeiler aus Marzipan auf.
„Lübecker Kernkraftwerk. Köstlich!"
Beim Naschen plaudern wir noch ein wenig über das menschliche Skelett, dann zeigen die Pummelchen, was sie im Ballettunterricht gelernt haben.
„Geneviève, Carla: Attitude!"
Der Mutter entgeht nichts.
„Carla, en croix. En croix! Et ... hüpf! Et Révérence."
Die Fotografin zeichnet alles auf.
„Geneviève, Carla, wie gesund ihr seid! Und nun zeigt der Dame und dem Herrn eure Schulhefte. Vite, vite!"
„Frau Fey, ganz toll die beiden. Und Sie? Sie haben gar keine Patienten, nicht wahr?"
„Doch! Fünfzehnhundert. Aber komisch, gerade heute kommt keiner."
Die Mädchen können ihre Schulhefte nicht finden.
Zum Glück überbrückt das Fernsehen die peinliche Stille.
Schachtjor Donezk spielt gegen Sigma Olmütz.
Nach 90 Minuten steht es 0:0.
Ein langer Abend geht in die Verlängerung.

DIESE DIÄT HILFT WIRKLICH.
Radikon-1000-Gesundheitspillen von Dokter Lenz
Vorher
(Bild unten)
215 KG
Nachher
(großes Bild)
59 KG
Frau F. (Name ist der Redaktion bekannt) benutzte Radikon-1000-Gesundheitspillen von Dokter Lenz mit der neuen Fettverbrennungsformel nach Dokter L.
Das Ergebnis:
156 KILOS IN 3 TAGEN!!!
Das schaffen Sie auch!
KEINE DIÄT!
KEIN JO-JO-EFFEKT!!
Radikon-1000-Gesundheitspillen
Danke, Dokter Lenz!

Hilft gegen Spinnenangst

Die Schwarzwälder Kirschtorte

**Forscher der Yale-Universi
desstaat Conne
weise die Mechanism
angst entschl
Versuchspers
Spinnen und setzten
ken Stromstößen
schlimmsten Bez
Kontrollgruppe w
der Spinnenpho
torte und Ka
Nacken gekrault
Zeigen der Spinnen
umstände hatte sich
der Gewaltgruppe
tengruppe war**

Spinnenangst?
Die Schwarzwälder Ki

100 %
aller Apotheker beurteilen die Qualität der Apotheken mit
sehr gut.

Menschen, die stündlich einen Kopfsalat verzehren, verringern ihr Risiko.

Tropenkrankheiten lassen sich mit Heilkräutern verhindern, selbst wenn sie schon ausgebrochen sind

Darauf wiesen jetzt amerikanische Forscher in Hamburg hin. So helfen Schafgarbe, Bärentraubenblätter, Gelbwurz, Traubennessel, Mönchspfeffer, Mariendistel, Thuja, Oleander, Eisenhut und Frauenmantel gegen Gelbfieber und Malaria.
Gegen Cholera, Typhus, Meningokokken, Denguefieber, Bilharziose und Diphtherie hilft allerdings nur Beten.
Wobei der Cholerakranke fünfmal das Vaterunser gen Medina aufsagen, der Typhusinfizierte hingegen die Weisheit der Hyäne lobpreisen soll, mittels einer bei Neumond gepflückten Kapuzinerkresse.
Gegen Denguefieber, Meningokokken, Diphtherie und Bilharziose hilft doch kein Beten.
Darauf wiesen Forscher des Tropeninstitutes in Hamburg hin. Die Pest lässt sich jedoch leicht verhindern: mit der guten alten Kamille.

1

Seit 1967 wurden 39 neue Viren patentiert.

2

Forscher des Institutes für Mineralwassertrinkverhaltensforschung des Deutschen Mineralwasserverbandes empfehlen den Verzehr von täglich 2 Kilogramm Durst auslösendem Salz.

3

Der Sonntag ist der meistgenutzte Tag für einen Arztbesuch, knapp gefolgt vom Samstag. Viele Patienten treibt der Wunsch, ihren Arzt auch mal privat zu erleben und bei Kaffee und Kuchen dessen Familie kennenzulernen.

Karpfen bringen Pech

Von 14 Millionen Probanden, die nach dem Verzehr von jeweils einem Karpfen gebeten wurden, einen Lottoschein auszufüllen, hatte nur eine Person sechs Richtige.

Der Fang ist der Gewinn! Dieser Lottospieler hat es begriffen

Neues aus der ESO-Ecke

Aura, Schlacken, Energieblockaden

ESOTERIK im ursprünglichen Sinne bedeutet: „Die, wo da wissen wie." Schon die alten Griechen fügten dem Wissen das Licht hinzu.

Heute hingegen wirkt Esoterik unübersichtlich, beliebig. Unsere Redaktion beschränkt sich deshalb auf die wirklich wichtigen Aspekte dieser Wissenschaft. Was ist neu, was müssen Sie wissen, wohin geht der Trend?

„Krieg ich ein Kristallkind?", fragt Shandila Leitson in ihrem Hexenflyer.

In Gesprächen mit Sirius orakelt sie achtsam, energetisch, aufgeladen, verliert ihre Scheu vor Dämonen und bekennt:

„Ja! Ich gebäre einen Lapislazuliengel im vierten Haus von Saturn."

Bedenkenswert, dieses Faltblatt, gleichwohl nicht so opulent wie das „Mondbuch der schamanischen Heiltrommler" von Derek Wonderful.

„Indigo oder schwul?" lauten gleich die ersten Zeichen des Bandes.

Wonderfuls Fazit: Kamasutra-Feng = Erogener wohnen.

Unverständlich? Nein, okkulte Erkenntnisse eines hochbegabten Lichtessers, eines Tiefseelentauchers und sphärischen Mystikers, der uns sagt: Du bist eine von Marias Magdalenen. Erscheine, Göttin!

Nach der anstrengenden, gleichwohl lohnenden Beleuchtung des wonderfulschen Werkes kommt die heilende Loseblattsammlung aus dem Ringbuchverlag gerade recht: fein kolorierte Energielockaden, mit Grafitstift hingeworfene Schlacken, astralverstaubte Aurazettel entspannen Nacken und Gemüt. Heilig schön auch das gelochte Tütchen wortloser Schnipsel, nur noch übertroffen von der Fingerfarbenzeichnung „Fliegende Mondsichel auf Rechenpapier" des kleinen Buben Luzifer aus der Attendorner Attahöhle.

WAS MACHT EIGENTLICH …

… JANE FONDA?

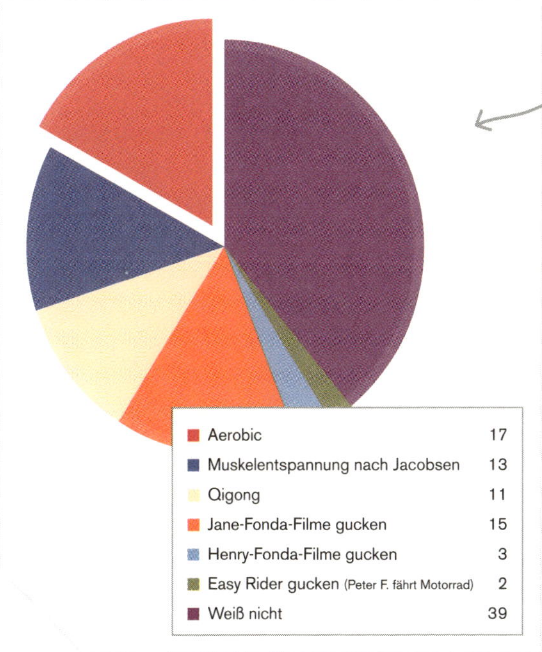

… KONRAD RÖNTGEN?

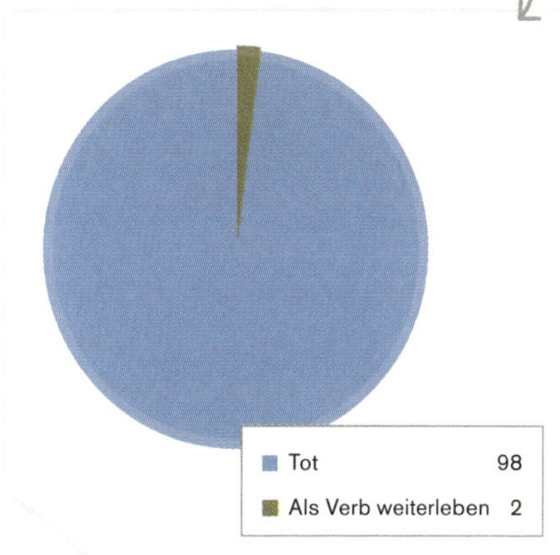

… EIN PNEUMOLOGE?

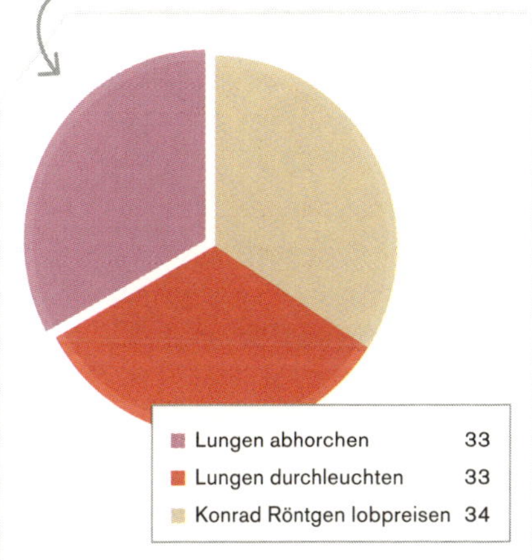

… EIN PROKTOLOGE?

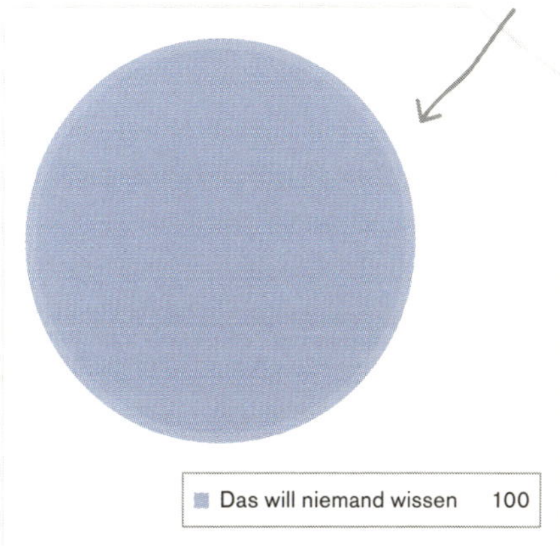

Vorteil Handicap

Ein lohnenswertes Ziel – der Schwerbehindertenausweis

Oh nein!

Sie kreisen seit Stunden mit Ihrem Auto um den Block, die frisch gekaufte Tiefkühlpizza schmilzt dahin, das Eis auch, doch es scheint aussichtslos: Kein Parkplatz frei. Plötzlich, schwupps, biegt ein Golf um die Ecke und parkt frech ein.
Mit schiefem Grinsen humpelt der Fahrer davon, wedelt triumphierend mit einem grünen Papier. Tja, schwerbehindert müsste man sein: Eigener Parkplatz. Fünf Urlaubstage mehr! Ermäßigter Eintritt im Zoo. Klar, dass Sie neidisch sind.
Aber ärgern Sie sich nicht – holen Sie sich auch einen Schwerbehindertenausweis. Und wie? Ganz einfach: Werden Sie behindert. Kaufen Sie sich ein lichtstarkes Fernglas, schauen Sie damit bei Kaiserwetter drei Stunden in die Sonne. Setzen Sie das Glas ab.
Wenn Sie alles gut organisiert haben, müssen Sie nur noch Nero, Rex oder Bosko rufen, und ein schöner treuer Schäferhund geleitet Sie sicher nach Hause. Diese Tiere können sogar Briefkästen öffnen. Und was flattert da heraus? Richtig! Ein Schwerbehindertenausweis. In Blindenschrift!
Zugegeben, ein Schäferhund ist kein eigener Parkplatz. Doch der Einstieg in das Thema Schwerbehinderung ist geschafft. Jetzt heißt es: Dranbleiben!
Ob Sie sich nun hinter einen Zug werfen oder vor ein Pferderennen legen, ins Löwengehege springen oder zu den Tigern – der Ausweis ist Ihnen sicher. Sogar mit dem richtigen Stempel G wie Gehbehinderung.

Yes!

Wenn es so weit ist: Viel Spaß mit Ihrem Parkplatz. Und mit Ihrem Blindenhund. Diese Tiere können sogar Auto fahren!

Abenteuer Reiseapotheke

Das muss rein!

Von einem Schweizer erfunden: „Die Reiseapotheke“

- ☐ Steriles Beil
- ☐ Narkose
- ☐ Skalpell
- ☐ Sonnenschutz
- ☐ Impfbesteck
- ☐ Nähgarn
- ☐ Brechmittel
- ☐ Würfelzucker
- ☐ Regenschirm
- ☐ Nackenkissen
- ☐ Nachttopf
- ☐ Kochbuch
- ☐ Schlangenserum
- ☐ Kondome
- ☐ Waschbenzin
- ☐ Gegenskorpion
- ☐ Heiße Zitrone
- ☐ Haivergrämer
- ☐ Reserveblut
- ☐ Klogeld
- ☐ Löwenaxt
- ☐ Wurfmesser
- ☐ Heringe
- ☐ Mulltüte
- ☐ Franzbranntwein
- ☐ Warnpullover
- ☐ Mülltute
- ☐ Andrealin
- ☐ Radkreuz
- ☐ Akia
- ☐ Mondamin
- ☐ Knoblauch
- ☐ Kaktuspresse
- ☐ Feuerstein
- ☐ Bärensirene
- ☐ Trillerpfeife
- ☐ Schuhputzzeug
- ☐ Fusselbürste
- ☐ Megafon
- ☐ Imprägnantenspray
- ☐ Schockvideo
- ☐ Handschmeichler
- ☐ Jodtabletten
- ☐ Isomatte
- ☐ Dr. Rescue-Tropfen
- ☐ Wurmdraht
- ☐ Handywecker
- ☐ Klappspaten
- ☐ Ösen
- ☐ Kompass
- ☐ Schwimmflügel
- ☐ Machete
- ☐ Druckverband
- ☐ Frostschutz
- ☐ Glasperlen
- ☐ Pflaster
- ☐ Brillenputztuch
- ☐ Gnadenschussapparat
- ☐ Blechnapf
- ☐ Hyänenzange
- ☐ Ekelvernichtungspulver
- ☐ Erste-Hilfe-Set
- ☐ Wörterbuch Deutsch-Notfall

Kann Leben retten – der Gegenskorpion

Was die Großmutter noch wusste

Hausmittel im Trend

Die moderne Apparatemedizin hat unser Leben erleichtert.
Wir können heutzutage bis ins hohe Alter schmerzlos erkranken.
Doch der Preis für dieses Paradies ist hoch. Die vielen hervorragenden Arzneien, die Maschinen, das alles kostet Geld. Geld, das niemand hat.
Viele Menschen besinnnen sich deshalb und fragen:

Was hat eigentlich meiner Großmutter früher geholfen?

Und siehe da – die alten Mittel wirken auch heute noch, sind billig, wachsen manchmal sogar in der freien Natur und wenn nicht, dann in jedem Tante-Emma-Laden auf der Grünen Wiese.
Ja, es war früher schöner, krank zu sein. Großmutter, was hast du für Rezepte?

Ärger und Wut

Wir haben uns früher immer Quark geholt. Direkt von der Kuh.
In einem wollenen Handtuch trocken pressen. Zwiebel, Ei und Semmelbrösel unterschlagen. Auf die Stirn schmieren. Und dann tanzen gehen.
Nein, was haben wir getanzt früher!

Schock

Dem Schockierten ein mit frisch gepflücktem Kampfer gefülltes Riechfläschchen geben. Ferner Pfeffer, Minze und Pfefferminze.

Plattfuß

Was soll ich sagen? Wir sind früher immer barfuß gelaufen.
Plattfüße, so was kannten wir gar nicht.

Windpocken

Also, das Windpockenkind will immer die Bläschen aufkratzen.

Der Juckreiz
Das beste Mittel ist Ablenkung. Zum Beispiel mit Fernsehen. Wisst ihr, was ich geschaut habe, damals, als ich selber an Windpocken litt? „Caracciola geht spazieren" und „Die Sendung mit der Hindenburgmaus". Und Faustball-Länderkämpfe.

Nackenbluten
Als einmal die Hunnen in unser Dorf einfielen, sattelte mein Vater sein Pferd und ritt ihnen mit seiner Kampflanze entgegen. Er war ja Ulan! Zurück kam er mit Nackenbluten. Die Mutter hat geschaut: Wo ist die Küchenrolle, doch die gab es damals noch nicht. Eierkarton schon. Kinder, diese Saugkraft!

Tropenkrankheiten

lassen sich mit Heilkräutern verhindern, selbst wenn sie schon ausgebrochen sind.
Darauf wiesen jetzt amerikanische Forscher in Hamburg hin.

Helfen

So helfen Schafgarbe, Bärentraubenblätter, Gelbwurz, Traubennessel, Mönchspfeffer, Mariendistel, Thuja, Oleander, Eisenhut und Frauenmantel gegen Gelbfieber und Malaria.
Gegen Cholera, Typhus, Meningokokken, Denguefieber, Bilharziose und Diphtherie hilft allerdings nur Beten. Wobei der Cholerakranke fünfmal das Vaterunser gen Medina aufsagen, der Typhusinfizierte hingegen die Weisheit der Hyäne lobpreisen soll, mittels einer bei Neumond gepflückten Kapuzinerkresse.

Übrigens

Gegen Denguefieber, Meningokokken, Diphtherie und Bilharziose hilft doch kein Beten.
Darauf wiesen Forscher des Hamburger Tropeninstitutes hin.
Die Pest lässt sich jedoch leicht verhindern: mit der guten alten Kamille.

Noch gute Tabletten für Afrika

Ein Arzt erzählt

Solche Opulenz ist selten in Afrika

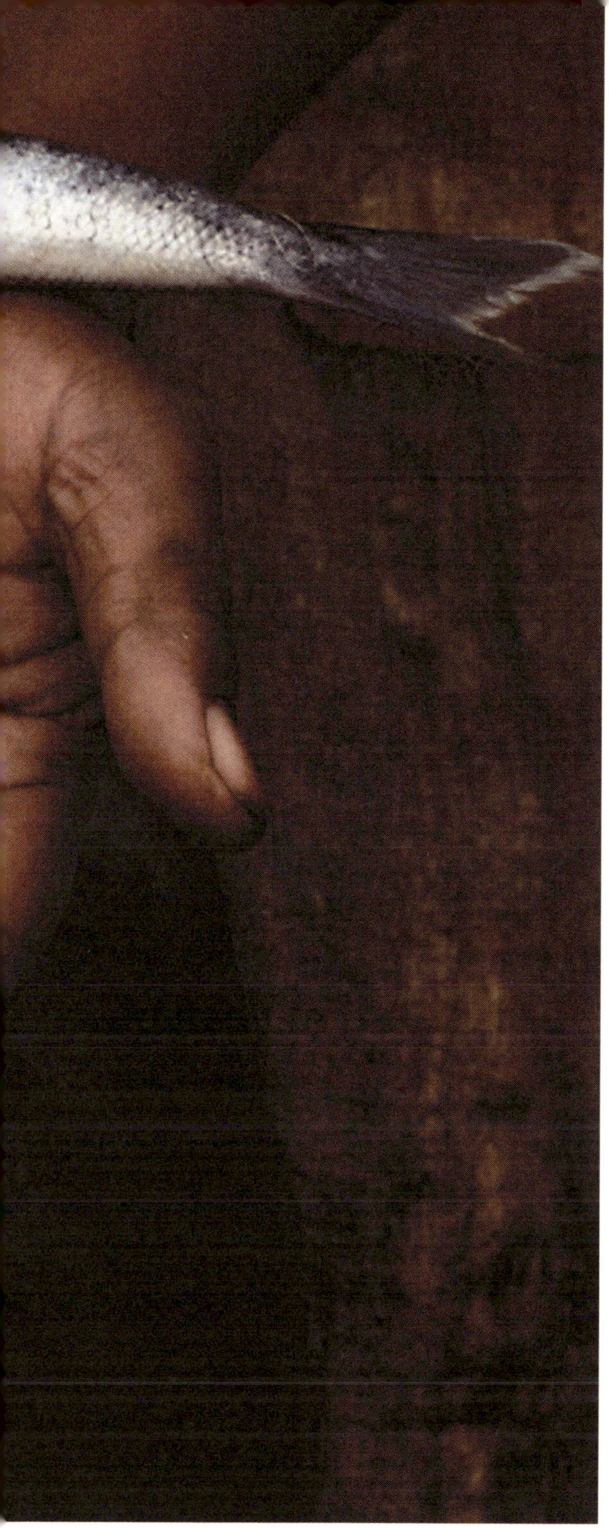

Von allen medizinischen Erfahrungen war die im chirurgischen OP wohl meine intensivste. Mir gelang nicht nur die komplizierteste Rückenoperation Europas (invasive Straffung der Scholz'schen Gewebelasche), sondern ich konnte dabei auch das Herz von Schwester Allegra erobern. Unsere steril orangierten Jodhandschuhhände hatten sich bei der Tupferübergabe berührt. Lange hielten wir einander fest, schauten uns an, waren verliebt. Erst als das Anästhesie-Team drängte, ließen wir los. Zwei Stunden nach der OP war alles vorbei. Wir hatten uns auseinandergelebt.

Ich ging nach Afrika. Denn Afrika lenkt ab, macht den Kopf frei. Doch nicht nur Entspannung ist hier möglich, Urlaub, sondern auch Engagement, Zupackung, Entwicklungshilfe. Das kann ein Brunnen sein, ein Pumpwerk, alte Brillen, Dosenfleisch, Schulbücher oder einfach nur Zuspruch, wenn die Kaffernbüffel nicht fressen wollen, weil keine Futtermittel da sind. Warum sind keine Futtermittel da? Entweder wurden sie nicht geliefert oder vom Regime aufgegessen. Ja, Afrika ist auch ein Erdteil der Nöte. Afrika braucht uns.

„Guten Tach, Mister."

Fröhlich sprach ich den Fischer am Victoriasee an. Dieses Gewässer liegt in Schwarzafrika, und der Fischer, den ich grüßte, war somit ein Farbiger.

Das sagte ich aber nicht. Ich dachte es nur. Sicher ist sicher.

„Can I help you?"

Dem Manne kam ich wie gerufen. Traurig zeigte er mir seinen x-mal geflickten

Bastkorb, in dem sich ein kleiner Victoriabarsch tummelte.
„Ist das Ihre heutige Fischbeute, Mister?"
„Ja. Ich bin arm. Wie soll ich nur meine Familie ernähren?"
Afrika hat nichts zu essen, das ist bekannt. Nun wollte ich von dem Fischer wissen, ob er auch krank sei.
„Ja, ich habe Lepra."
Das sah ich. Seine Arme waren entstellt, zudem die linke Hälfte seines Gesichtes. Es schaute recht schrecklich aus. Beulen. Beulen. Beulen.
Doch ich war zufrieden. Denn nun konnte ich endlich meine ärztliche Kunst vorführen.
Gut, ich hätte mich auch gerne in der Sonne geaalt. Aber nichts da. Helfen ist wichtiger als relaxen. Ran an die Beulen!
Sorgfältig öffnete ich meinen 200-Liter-Rucksack.
Die ganze Zeit hatte ich ihn wie einen Koffer getragen, weil die Rückengurte fehlten. Ein Produktionsfehler, dem ich erst jetzt auf die Schliche kam. 0181103/99 99781264390765431235478093545 stand auf der linken Außentasche – die Notrufnummer der Outdoor-Firma. Ich wählte die Nummer, aber auf dem Display meines Handys stand: Only Europe. Dann eben nicht!
Nach dem Bürokram kam die Hilfe.
„Oooh!"
Der Fischer staunte über die vielen, vielen Medikamentenschachteln, die ich vor ihm aufgeschüttet hatte.
„Ist Ihr Rucksack jetzt leer?", wollte der ungläubige Mann wissen.
„Ja, total."
Entschlossen griff ich in den Haufen und erwischte eine 10er-Packung Arcoxium 4000 speed, Mindesthaltbarkeitsdatum 1979, aber noch in Ordnung.
Ein extrem schnell wirkendes Rheumamittel, das auch gegen Lepra helfen soll. Der Fischer nahm eine Pille ein und wartete.
Nach drei Minuten kniff mich der Fischersmann frohgemut in die Seite: „Come to my house."
Wie wir beide zwischen den Sprachen hin und her switchten, Deutsch und Englisch: beeindruckend!
Das lehmene Heim des Fischers war kärglich. Vier kleine Burschen saßen um einen schlichten Holztisch herum, der aber gar kein richtiger Tisch war, sondern ein Kreidekreis auf dem Fußboden.
Die Frau des Hauses nickte nur kurz, dann verschwand sie mit dem Victoriabarsch in ihrer Ecke. Kurz darauf trat sie wieder heraus und verkündete: „Essen ist fertig."
Es gab rohen Fisch, jedoch nicht für die Familie, sondern nur für mich.
„Be our Gastfreund." Nun denn. Ich aß schmatzend, wohl wissend, dass man gegen heimische Bräuche nicht opponieren soll. Das bringt nur böses Blut.
Während meines Abendmahls schilderte ich einige meiner schönsten Operationen daheim – doch das interessierte niemanden. Die Familie war in verstaubte Fotoalben vertieft, verglich die alten Aufnahmen, die den Fischer in vollster lepröser Hässlichkeit zeigten, mit seinem neuen Antlitz. Und wahrhaftig: Seine Haut glänzte nun rein und ebenmäßig,

von Lepra keine Spur mehr. Ein schöner Mann saß da vor seinen Lieben, die allesamt sein Gesicht ungläubig befühlten. Der Fischer selbst schaute in einen Handspiegel.
„Wir bekommen ein neues Fotoalbum“, rief er.
Ich stellte den geleerten Teller zur Seite, über den Jägerzaun, der einen mächtigen Affenbrotbaum einfriedete.
Abends im Baststuhl, auf irgendeiner Hotelveranda, in der Dämmerung des tropisch-raschen Sonnenuntergangs dem Gesang der Hyänen lauschend, Antilopen im Überlebenskampf betrachtend, auf der Flucht vor einer Meute hungriger Löwen,

Drei Monate später: Das neue Fotoalbum ist da. Von den vier Söhnen des Fischers sind drei nach Europa gegangen. Dafür ist die älteste Tochter heimgekehrt

schaute in dankbare Augen und ging wortlos zur Tür.
Dort schrieb ich zum Abschied ins Goldene Gästebuch: „Der Fisch war lecker, aber die Portion zu groß. Summa summarum: danke.“
Draußen steckte ich eine weitere Tablettenschachtel nebst ein paar Zeilen in die Geranien auf der Fensterbank: „Damit die Beulen auch an den Armen weggehen.“
Zudem legte ich meinen gelben Pullunder mit den angenähten Ärmeln gut sichtbar ein Pfeifchen gegen Mücken rauchend, mit meinen Fingern am feinmaschigen Tsetsegitter haschelnd, dachte ich nach: Afrika, du bleibst mir ein Rätsel. Einerseits Armut und Krankheit und Hunger und Krieg. Andererseits: Ich auf der Veranda.
Gähnend hob ich das leere Glas hinter meinen Kopf, der Boy brachte mir einen neuen Martini bianco.
Monoton knackten die Knochen der Antilopen.

Medizin historisch

HEUTE VOR …

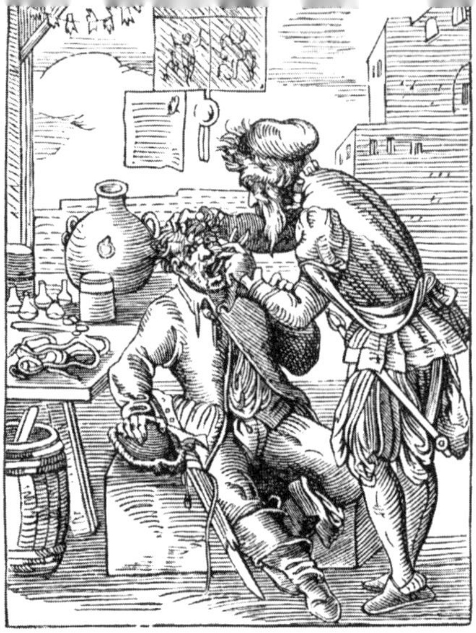

Hart, aber ärztlich – Wunderdoktor Mucks

… 50 JAHREN – die Geburt von Sonja Vierkötter, Erfinderin der Gesundheitsschrippe. Empfang: Klinikbäckerei Uelzen, in der Schrotaufnahme.
Wann: Ab 4 Uhr früh.
Dresscode: Vollkornbemehlt.
Typ 405 unerwünscht!

… 100 JAHREN – Die Krankenstätten „Zu unserer armen Frau" legen fest: Jeden Sonntag ein Ei. Jedoch nur für männliche Patienten.

… 100 TAGEN – Die Krankenstätten „Zu unserer armen Frau" werden umbenannt in „Vital-Resort Beauty-Hallenbad am See".
Der Verzehr von Eiern ist generell verboten. Zu viel Cholesterin.

… LANGER ZEIT – Es gibt sie nicht nur im Manufactum-Katalog, die guten alten Dinge. Das muss gefeiert werden. Die Wundarzt-Praxis Dr. Agricola & Oheim in der Brunnenstraße lädt ein zu: 1.000 Jahre Aderlass.

… ZIEMLICH LANGER ZEIT – Dr. Otto Mucks, der älteste noch praktizierende Wunderdoktor in Deutschland begeht morgen seinen 200. Geburtstag. Glückwunsch! Dr. Mucks begann als Kräutersammler und Wurzelgräber, wechselte aber noch vor der Revolution im Jahre 1848 von der Pharmazie zur Medizin. Seine bahnbrechenden Forschungsergebnisse über Blattern, Schlagfluss und das brandige Antoniusfeuer sind auch heute noch Standard. Die meisten seiner aktuellen Patienten leiden jedoch an Schwarzer Galle. Die therapiert der Wunderdoktor meist mit Pech und Wagenschmiere, in hartnäckigen Fällen empfiehlt Dr. Muck gesottene Küchlein aus getrocknetem Maulwurfsblut.

Doping für alle

Spazierengehen mit EPO im Trend

Spazierengehen oder Spazierenstehen: EPO macht den Unterschied

Bei Radfahrern hat das Stärkungsmittel Epoetin, kurz: Epo, einen hervorragenden Ruf. Es spart Kraft und Atem und wirkt selbst dann noch, wenn der Traubenzucker schon längst das weiße Fähnlein schwenkt.
Wissenschaftler der Uni Madrid haben nun eine sensationelle Entdeckung gemacht: Epo wirkt auch beim Spazierengehen.
In einer Studie wurde den Teilnehmern der ersten Gruppe Epo gespritzt, denen der zweiten nicht.
Während die Epo-Gruppe freudig einen Wald aufsuchte, dort Nüsse und Tannenzapfen suchte und auch zentnerweise fand, mit den Vöglein um die Wette sang, lachend einen Kuckuck imitierte – KU-HU! KU-HU! –, dann unermüdlich über Feld und Äcker streunte, Tausende Kornblumen pflückte und nach zwölf Stunden, kurz vor Sonnenuntergang, mit zentnerschweren Riesensträußen winkend und jauchzend im Forschungslabor einfiel, sich dort auch noch bereitwillig die Laktatwerte aus den Ohrläppchen drücken ließ, war die ungespritzte Gruppe selbst durch kostenlose Schokoriegel nicht zu motivieren, überhaupt loszumarschieren, sondern stand lustlos in der Gegend rum. Die aktive, epogestützte Form des Spazierengehens wird von den Wissenschaftlern Powergoing genannt.

Der Quezzliquatl (vorne) und Dr. Heckelmoser (verdeckt)

Der große Arztroman

Fortsetzung

Montagmorgen
Auf der OhrenHalsNieren-Station (OHN) ist der Satan los. Dabei war eben noch alles ruhig. Wie schrieb Nachtpfleger Medard so schön in seine blauschwarz marmorierte Stationskladde: „Die Nacht war sehr still jewesen. Ditt hat ma jeholfen."
Okay – die Peperoni-OP um Mitternacht, Kunstfehler, Patientin tot, die hatte kurz für Aufregung gesorgt, wurde jedoch erfolgreich vertuscht.
Danach Stunden der Ruhe.
Doch nun, um halb sieben: Katastrophe! Der Schrank mit den Betäubungsmitteln steht offen! Also BTM. Der Giftschrank. Sofort wird der diensthabende Dr. Heckelmoser angepiept. Er gähnt, streift seine verpappte braune Bereitschaftsfilzdecke zur Seite, richtet sich auf und schaut aus dem Fenster: Es rieselt graue Wetterflocken.
Ist der Quezzliquatl wieder ausgebrochen?, denkt der Arzt, der in seiner knappen Freizeit weltweit Vulkane untersucht. Was wird nun aus all den Anwohnern, den obdachlosen Mexikosis? Der Bereitschaftshabende vergräbt sein Gesicht in die Decke. Grübelt. Was sind wir denn mit unseren kleinen verpfropften Luxusohren gegen solch ein Leid?! Hä!? Was?? Die Welt ist so ungerecht!

Der Giftschrank muss immer zu sein!

Hilflos schaltet Heckelmoser das Frühstücksfernsehen ein: Nichts. Kein Vulkan. Nur eine Kleinmeldung: Jaques Preud'homme ist gestorben, der Erfinder des Dreibettzimmers. Auch schlimm, aber kein Vulkan.
Es piept wieder. Diesmal ruft Heckelmoser zurück. Das Ministerium!
„Moselhecker, Sind Sie's?"
„Heckelmoser, ja. Was ist mit diesem Vulkan? Den Leuten. Wissen Sie ..."
„Mir scheißegal!", schreit Gesundheitsstaatssekretär Tennigkeit in den Hörer. „Mich interessiert nur eins: Welcher Trottel hat den Giftschrank offen gelassen? Weit offen! Hä?! Klären Sie das!"
Dr. Heckelmoser öffnet die Fensterläden des Bereitschaftszimmers.
Aus den Augenwinkeln sieht er noch Nachtpfleger Medard nach Hause radeln. Hat der vielleicht vergessen ...
Meee-dacht!
Zu spät. Außer Hörweite.
Aus dem Not-OP eilt Professor Cannstatt herbei.
„Wo is'n Schwester Cindy?"
„Nicht bei dir?"
Süffisant lächelnd lässt die schöne Oberärztin einen Rosenkranz durch ihre schlanken Finger gleiten. Sie betet für die Liebe.
„Marceline!!", entgegnet Cannstatt.
Aus dem Not-OP hastet nun auch Dr. You Dong auf Station.
Blutbesprenkelt steht er da. Alle rufen durcheinander: „Dr. Dong. Dr. Dong ... Wir sind in Trouble."
Der Chirurg brüllt zurück: „Lasst den Doktortitel weg, Leute. Ich bin Euer Freund. What is going on here?"
Dr. Dong hat in den USA Medizin gelernt. Das hat Spuren hinterlassen. Wahrscheinlich stammt auch sein Duzverhalten noch aus seiner Zeit am „Institute for Ears" in West Virginia.
Dort wurde der Forscher überall nur You genannt.
Jetzt forscht er wieder.
„What? What? What? Dieter: say! Dieter, what is? Say! Say! Say!"
„Die Tür vom BTM-Schrank war auf. Gerade isse wieder zugefallen", antwortet Pfleger Dieter. „Aba der Schlüssel is wech."
Ring! Ring! Ring! Privatpatientin Ziffarelli aus Einzelzimmer 4 klingelt.
Akuter Wolfsrachen! Sieht böse aus. Ganz böse.

Arztroman

Die schöne Oberärztin (Gipsabdruck)

Alle rufen durcheinander: Wir verlieren sie. Wir verlieren sie. Hilf-fäää!!!
Oberarzt Springstein berät sich mit Dr. Dong.
Fuchtelnd trinken sie Kaffee auf dem Flur.
„You. Hör mal, You ..."
„Yes, Chief. Yes. Was do you mean?"
„Zwei Sachen, You: Wir verlieren sie. Das sagen nur die Kollegen aus dem Arztfilm. Wir sagen das nicht. Jedenfalls nicht bei den Privatpatienten!"
„Is okay, Chief. Is okay."
„Punkt zwei: der offene BTM-Schrank."
„Wieder zu. Wieder zu. But: Schlussel is weg, Dieter said."
Schwester Edelfrauke schaltet sich ein: „Platz da!"
Sie hat schon einige Stürme durchsegelt. Nun eilt sie ins Zimmer 8. Herr Küstrinchen hat sich gegen die Wand erbrochen. Wahnsinn, OHN-Station! Immer Action.
„Du belgische Schlampe!"
„Tu Tu tu ... Flittchän! Rügän? Pah!! La provence!"
„Chirurgenhure!"
„Ton poème! Je doit rire. Lächerliche!"

Die schöne Oberärztin und Schwester Cindy zanken sich. Um ihn.
Derweil suchen alle weiter den Schlüssel des Giftschranks.
Nur Oberarzt Springstein und Dr. Dong gehen im Park spazieren. Angeregt plaudern sie über ihr zweites Steckenpferd – die Allergologie.
Der Flieder blüht, Birkenpollen schweben umher, hie und da biegen sich Gräser im frischen Sonnenwind – es herrscht Jahreszeit.
Dong tränt in den OP zurück.

Station OHN – die Hölle auf Erden

Dann eine weitere Katastrophe – im Medikamenteneinteilungszimmer zerplatzt eine Klinikpackung Rolliphax. Massen von grünen Kügelchen suchen sich ihren Weg.
Auf der anschließenden Pressekonferenz reißt Klinikssprecherin Dölln der Geduldsfaden. „Fakt eins: Die Pharmaindustrie lässt in China produzieren. Darüber sollten Sie mal schreiben."
Die Paparazzi brüllen ihre Handys an: „Jaa! CHI-NA!!!"
Dann wird geknipst.
Im OP ist Leitchirurg Cannstatt außer sich. „Kollege! Wo waren Sie? Und wo ist Schwester Cindy?"
Zum Glück für Dr. Dong heult eine schaurige Sirene auf. Großalarm. Flugzeugabsturz!
„Die halbe Welt kommt zu uns", ruft jemand aufgeregt. „Polyglonz!"
Schnitt. Zurück auf Station. Von einem Absturz ist hier nichts bekannt.
Da! Die Tür geht auf. Man schiebt einen verletzten Piloten durch den Gang.
Also doch: Flugzeugunglück!
Die grünen Kügelchen liegen inzwischen auf dem gesamten Fußboden rum.
Die schöne Oberärztin mailt wie wild: Keiner hilft uns. Niemand weiß was. Wir brauchen alles. Toutes!!
Friedel Wennwieser, ein im Ehrendienst ergrauter Rotkreuzler, schlurft mit Decken und heißem Tee über den Flur. Heißer Tee ... noch jemand heißen Tee ...
19achtundneunzig, der Große Schneefall auf der A4 bei Jena: Das war sein Tag. Das hier ist zu viel für ihn.
Mit wehenden Rockschößen eilt Waginger herbei. Ruhig steht er da. Erprobt.

Arztroman

Eine prima Journalistin:
Tina von RTL 2

Hält hier eine Hand, streicht dort eine Wange, spricht Mut zu.
Aber zaubern kann auch er nicht.
Die Rolliphax-Kügelchen hat noch niemand aufgehoben.
Jetzt rutscht Pfleger Cornelius mit dem braunen Schonkost-Tablett darauf aus.
Sofort schleicht Wennwieser herbei und will eine wärmende Decke verteilen.
Waginger verhindert dies.
„Cindy. E-Mail für dich."
„Der Professor? Gib her."
Es ist Nachtpfleger Medard.
„Die Tür von ditt BTM war zu jewesen, wo ick jejangen bin."
Die Polizei hört online mit.
„Interessant, interessant."
Kommissar Reifeisen lehnt sich Pfeife paffend zurück.
„Ein Verdächtiger weniger."
Dann noch Zimmer 12, RTL II dreht einen Film.
Ein Mann schenkt einer Frau seine Nieren.
Aber die Frau ist herzkrank.
Und liegt auf der falschen Station.
„Egal, das wolln die Leute sehn", drängt Redakteurin Tina.
„Und los, Herr Schluppke, hier ist die Kamera."
Der Spender legt los: „Die Nieren, wofür die jetz jut sind, weeß ick jar nich. Na, ick brauch se nich, wa."
„Bravo, Herr Schluppke! Bravo!", ruft Tina.
Die Off-Stimme produziert sie direkt am Bett.
„Tränen stehen in den Augen der beiden Hartz-IV-Empfänger.
Schnitt."
Die Leute auf Station können nicht mehr.
Der stete Kampf fordert seinen Tribut.
Klinikdirektor Kleinmachnig streicht sich übers Gesicht.
Der Schlüssel, die Kügelchen, dann der Anruf vom Minister: „Kleinmachnig!
Ich will Ihren Kopf!"
Ekelhaft!
In der Teeküche: Niemand.
Nur Cindy. Sie schaut.
Da geht die Türe auf.

WAS ÄNDERT SICH AM 1. JANUAR?

Neue Bestimmungen

1. Für die Lektüre der Wartezimmermedien (Lesezirkel) wird eine Gebühr in Höhe von einem Euro pro Seite berechnet. Der Betrag ist vom Patienten vor dem Verlassen der Praxis unaufgefordert auf den Tresen zu legen.
2. Es ist in zügigem Tempo zu lesen. Richtwert: Eine Seite pro Minute. Um Zeitschindereien zu unterbinden, sind die Patienten angehalten, laut zu lesen. Bei Verdacht von Zuwiderhandlungen können ärztlicherseits schriftliche oder mündliche Inhaltskontrollen angeordnet werden. Diese werden vom ärztlichen Hilfspersonal durchgeführt. Die Prüfungsgebühr beträgt 50 Euro.
3. Im Wartezimmer ist es verboten, mitgebrachte Druckerzeugnisse zu lesen. Im Falle eines Verstoßes wird ein Bußgeld in Höhe von 100 Euro erhoben.
4. Patienten sind angehalten, ihre niedergelassenen Ärzte mit spontanen Zuwendungen finanzieller, mindestens zweistelliger Natur vor dem Ruin zu bewahren.
In begründeten Ausnahmefällen (Armut) können auch hochwertige Naturalien aus dem Feinkostladen hinterlegt werden. Geeignet sind Trüffel, Kobe-Rind und Jacobsmuscheln, ungeeignet Graupen, Grieß und Margarine.
5. Werden Patienten in das Sprechzimmer gerufen, so gilt ab 1. Januar die extreme Kurzhaltungspflicht. Insbesondere Höflichkeitsfloskeln wie „Guten Morgen" und „Guten Tag" sind zu unterlassen. Nach zwei Minuten Arzt-Patienten-Gespräch ertönt ein Gong, nach zwei Minuten dreißig ist die Behandlung beendet. Nachfragen des Patienten sind nicht gestattet.
6. Die Bestimmungen 1 bis 5 gelten für Kassenpatienten.
7. Die Würde des Privatpatienten ist unantastbar.

Wenn die Zeit um ist, schweigt der Arzt. Das ist ein neues Gesetz

Probefahrt

Der Treppenlift Lazybone 2000

Es kann jeden treffen. Senioren oder Verletzte, Gelähmte oder Normale – das Treppensteigen. Schön, wenn dann ein Treppenlift für Entlastung sorgt. Wir haben den Lazybone 2000 getestet.

Der erste Eindruck ist positiv. Weiches rotes Sitzpolster, praktische Armlehnen. Die Fahrt kann beginnen.
Aber wo ist der Schlüssel? Kupplung, Gas, Bremse?
Sie fehlen. Dieser Technologieverzicht ist gewöhnungsbedürftig.
Dann finden wir den übersichtlichen und gut ablesbaren Startknopf.
Vom Souterrain geht es ins Parterre – acht Stufen, die es in sich haben. Jedoch

Am transportablen Treppenlift wird noch geforscht

nicht, wenn man auf dem Lazybone 2000 thront. Die traktionsgesteuerte Federung meistert auch holprigstes Geländer souverän. Beklagenswert – der leise schnurrende Elektromotor frisst enorm viel Strom, eine Steckdose pro Stufe ist Pflicht.
Unterwegs werfen uns keuchend überholende Fußgänger neidische Blicke zurück.
Ärgerlich nur der fehlende Kofferraum.
Das optional lieferbare Regendach des Grundmodells Cabrio hingegen begeistert uns.
Zudem bieten Heckleuchten und Fernlicht höchsten Sichtkomfort bei nächtlichen Treppenhaustouren.
Noch zwei Stufen. Eine leichte Linkskurve stellt das serienmäßige Navigationsgerät vor große Probleme: „Bitte in 700 m den rechten Spuren folgen!“ Wir entscheiden selber: In 70 cm leicht nach links.
Unten zeigt die Handbremse viel Gefühl.
Doch das Drehmoment des Sitzes ruckelt, beim Crashtest versagt der Airbag.
Schade.
Als Edition ist der Lazybone schon ab 18.000 Euro lieferbar. Aber warum nicht als Zweisitzer? Wir fühlten uns recht eingeengt.
Mit viel Wohlwollen eine glatte Eins.

Rita Günzler, Fabiano Krawczyk

Der Lachs gehört zur Gruppe der Tiere, Abteilung Wasser

Reiseversicherungen

Welche passt zu mir?

Neben der Hochzeit in einer Kutsche, gezogen von acht weißen Schimmeln, ist die Urlaubszeit wohl der schönste Tag unseres Lebens.
Welches blondzöpfige Mädchen träumte nicht davon, seine fleißig gesparten Pfennje einmal für Brautschuhe oder Flitterwochen in Venedig auszugeben? Sicher, die Beschäftigung mit dem Thema Aussteuer ist auch schön: Muss die Frau Bettwäsche in die Ehe einbringen oder in die Ferien mitnehmen oder auf den Erbhof zum Jungbauern? Aber das soll hier gar nicht Thema sein.
Sondern etwas sehr, sehr Bedeutsames, etwas, was uns jederzeit passieren kann. Was ist, wenn uns im Urlaub etwas zustößt? Wer schützt uns, wer holt uns heim? Wer zahlt Medikamente oder Krankenhaus?
Mit anderen Worten: eine Reiseversicherung. Ohne geht es nicht.

Wir haben neun bekannte Policen getestet.

Siehe nächste Seite (S. 272)

Reisen

Test zum Artikel S. 271

Reiseversicherungen – Welche passt zu mir?

Zu einem perfekten Urlaub gehört schöner Sonnenschein ...

	Vertragsform	Vertragsfarbe	Leistungen	Ausschluss-kriterien
World plus	Papier	Hellblau	Rücktransport weltweit	Krankheit
Die Gardenia	Haustür	Verschieden	Anfahrt Hausarzt	Urlaubsreisen
Columbus24	Wellpappe	Dampfig	Fast alle	Infektionskrank-heiten, Schlangenbisse
Flug und Pferd	Online, Papyrus	Braun, Schwarz, Metallic	Krankenhaus, Arzt, Medikamente, Rücktransport	Zug, Auto, Rad, Fuß, Schiff
Allgäuische Welt	Käsepapier	Milchig	Wie zu Hause	Außerallgäuische Reisen
Aeroportia	Papier, DVD, Online	Betonal	Sehr, sehr viele (Sofern der Schaden auf einem Flughafen passiert)	Bahnhof, in der Luft
Die Afghanisch-Irakische	Handschlag	Gelblich-rosa	Rücktransport, Krankenhaus und Medikamente im Krisenfall	Soldaten
Marinus Travel	Folie	Transparent	Behandlungskosten bei Segelmast gegen Kopf, Haiangriff, Seekrankheit	Kontinente, Inseln
TransAtlant	Atlas	Bunt	Neue Brille	Reisen (Fingerreisen erlaubt)

... und eine sehr, sehr gute, eine zuverlässige Reiseversicherung

Geltungsbereich	Prämie ab ... Treueherzen	Prämien	Besonderheiten	Jahresbeitrag in Euro	Gesamtnote
Erde	200	Fieberthermometer	Schriftliche Entschuldigung bei Schadensfall	800	**Sehr gut**
Balkonien, Garten, Wohnung	2	Fußmatte	Kontrollanrufe der Versicherung	2.000	**Sehr gut**
Tropen	50	Mückenspray	Aufpreis bei Tropenreisen	500 Dukaten	**Drei**
Weltweit	20	Haferflocken	Rücktransport im Notfall auch mit Pferden	Nicht bekannt	**Sehr gut**
Allgäu	150	Ludwig-II.-Puzzle	Vertreter sprechen Süddeutsch	30 Mark	**Mangelhaft +**
Flughafen	30	Parkgutschein/ Flughafen	Telefonberatung	1.000	**Sehr, sehr gut**
Mittlerer Osten	1.000	Warnweste	Waffen erlaubt	6.000	**Nötig**
Meere, Seen, Flüsse	400	Schwimmflügel	Prozente für Taucher	Schwankend	**Schwankend**
Atlas, Globus	100	Landkarte	Ideal für Stubentrotter	5	**Sehr gut +**

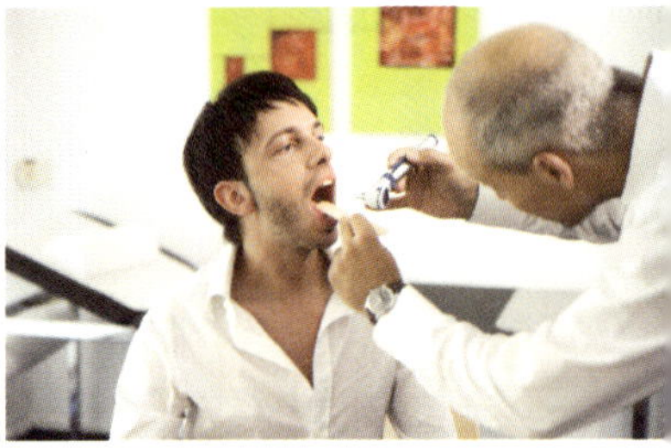

Schlaftabletten als Zungenschmuck? Ihr Piercer berät Sie gern

Next Generation

Neue Schlaftabletten

Großer Vergleichstest

Das kennen wir alle. Morgen droht ein hektischer Tag. Egal ob wir Staubsauger an der Tür kaufen oder im Bergwerk nach Diamanten graben. Da hat der Schlaf schön schnell zu kommen, damit er uns erquickt. Nur – welche Tablette sollen wir nehmen? Empfehlenswert war bisher keine, denn alle künstlichen Einschlafhilfen funktionierten einfach nicht.
Doch nun wird vieles besser. Die Pharmaindustrie hat eine ganz neue Generation von Schlaferika auf den Markt geworfen, und die Hypochonder-Rundschau hat sie gleich getestet.
Das Ergebnis: gemischt. Manche Pillen wirken immer noch nicht richtig, andere knallen voll rein.
Die große Neuerung einiger dieser Newcomer: die Möglichkeit der Selbsttötung (Suizidibilität) schon ab einer

	Farbe	Form	Geschmack	Liegen-bleibbarkeit	Kinder-sicherung	Zusatz-stoffe	Handling
Dormal	Sahara	Ei	++	– –	Nein	Brom, Magnesium	++
Sleeper	Arztweiß	Würfel	+	++	Nein	Citronat, Bananonat	++
Nightdream	Hellschwarz	Kugel	++	– –	Ja	Zink, Zinn, Zimt	+ –
16/24	Kkönigsgrün	Stäbchen	– +	+	Ja	Backpulver, Ammoniak	+
JA!	Altrosa	Wurst	+	+	Nein	Sorbit, Zucker, Bauchspeck	+
Turbo Relax	Gouda	Würfel	+	++	Ja	Saccharin	+
Schlummol 500	Schlamm	Polygon	– –	– +	Ja	Eierschalen	++
Natodon	Dunkelig	Pyramide	+	+	Ja	Xyladecor, Salz	++
Hammer!	Gräulich	Quader	– –	++	Ja	Eisen	– –
EX 3000	Orange	Gürkchen	++	+ –	Ja	E900, E903	+

halben Tablette. Das ist höchst erfreulich. Hier wird endlich einmal Rücksicht auf Verbraucher genommen, die diese brutale und ungerechte Welt verlassen möchten, ohne gleich das halbe Schlummersortiment ihrer Apotheke aufkaufen zu müssen.
Erfreulich auch die Schmuckoption einiger Mittel, die an Hals, Ohren, Finger, Fuß, Intim und Zunge getragen werden können. Wie schön!
Ein weiteres wichtiges Bewertungskriterium ist die Liegenbleibbarkeit. Was nützt die beste Tablette, wenn sie runterfällt und auf Nimmerwiedersehen unter den Kühlschrank rollt?

Fazit: Manche Mittel sorgen für perfekten Schlaf und mehr.

Liegenbleibbarkeit: Perfekt! Stimmt auch der Rest?

Nachtleucht-funktion	Verpackung	Schmuck-option	Exitus ab ... Tabletten	Suizidibilität	Neben-wirkungen	Preis pro Tablette	Gesamtnote
Nein	Lose	Ring, Halskette	20	Schwach	Einschlaf-störungen	10 Cent	**Mangelhaft +**
Ja	Blister	Ohrring	35	Sehr schwach	Starke Einschlaf-störungen	5 Cent	**Mangelhaft**
Ja	Lose	Intim	10	Mäßig	Nächtliches Aufwachen	50 Cent	**Befriedigend**
Ja	Schachtel	Ohrring	3	Recht gut	Lethargie	2 Euro	**Gut**
Nein	Lose	Ohrring	10.000	Nicht messbar	Schlaflosigkeit	0,99 Cent	**Mangelhaft**
Ja	Döschen	Halskette	2	Gut	Müdigkeit	5 Euro	**Gut**
Ja	Fläschchen	Fußkettchen	8	Mäßig	Nächtliches Aufwachen	65 Cent	**Befriedigend**
Ja	Lose	Ring, Ohring	2	Gut	Müdigkeit	6 Euro	**Gut**
Nein	Hartbox	Halskette	1	Sehr gut	Keine	11 Euro	**Gut +**
Ja	Köfferchen	Ring	0,5	Brillant	Keine	25,99 Euro	**Sehr gut**

relaxing sugarfree

Besuch in einer Wellnessoase

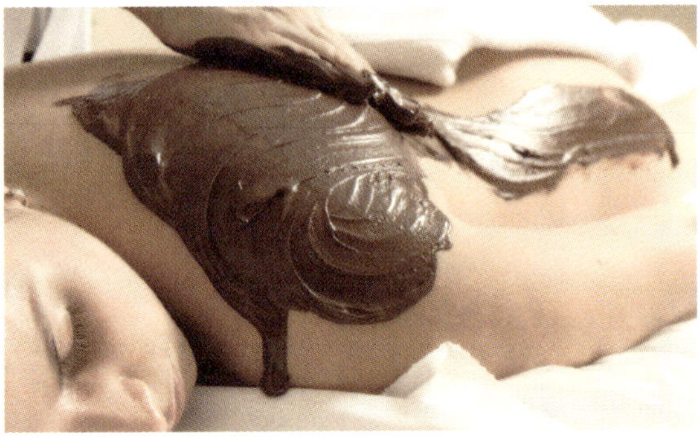

Manchmal lässt sich die ausgeschwemmte Schlacke nur unter Vollnarkose entfernen

Lockend schwärmt der Prospekt: „Überall graue Wolken – komm nach Bayern." Wird gemacht.

Und da liegt sie, die „Wellnessoase Schluchting an der Schrott". Ein Empfangsdirndl hockt hinterm Tresen.

„Grüß Gott, der Herr, Sie werden upgegradet."

„Darf ich?" Ein Diener schleppt meine Koffer aufs Zimmer, genauer: auf die Bundestagspräsidentensuite. Am Spiegel klebt ein Zettel.

„Kommen Sie zum Bodybading."

Ich tauche in heiße Schokolade, eine Wohlfühlmamsell schüttet erst Sahne hinzu, dann zwei Stück zuckerlosen Süßstoff aus der Region.

„Schön so?"

„Ja, lecker."

Zurück in der Suite klingelt das Telefon.

„Kommen Sie in die Geistesgrotte."

„Was ist Wohlbefinden?", fragt Manuel, der Energycoach und schaut auf das weiße Flipchart.

„Hier ist der Point of Feeling good."

Der schwarze Edding quietscht. „Und hier stehn Sie!"

Manuel macht ein Kreuz.

Alexa tritt hinzu. Auch sie mag Filzstifte.

„Hier ist Asklepios. der Heiler, der uns heilt. Und da ist die Äskulapnatter. Sie zeigt uns Kohärenz, die Handbarkeit des Seins, gefühlte Lebenskompetenz. Mit anderen Worten: The Sense of Conference."

Direkt nach der Schulung soll ich in die Therme der Zufriedenheit kommen. Die diensthabende Schamanin sagt: „Sie sind ja total verspannt."

„Ja."

Anschließend werden meine Schlacken mit einer Öldrainage ausgeschwemmt.

„Und?", fragt die Schamanin. „Wie fühlen Sie sich?"

„Schlecht."

„Gut so. Der Körper muss sich erst umstellen."

In der Wellnessoase liegen überall Menschen rum. Am Schwarzen Brett steht: „Heute Ausflug zum Brauchtum. Fragen bitte an Vroni."

Vroni strahlt: „Mia foan um drei middn Schattl."

Es geht nach Schluchting zu den Höhe-

punkten der Volksfestsaison: Erst Seniorenabtrieb vom Berg Isl, gleich anschließend Lämmerweihe am Ufer der Schrott. Bevor es zurückgeht, gibt's noch eine Brotzeit of Fun sugarless.
Vroni lacht: „Mir ham an Kas, a Brettl, a Jausen. Mir ham ollwei a Gaudi."

Wieder in der Oase, soll ich direkt ins Restaurant kommen.
„Wir warten schon auf Sie", lässt der Kellner wissen und geleitet mich ans Salatbufett. „Unser Rucola ist handmade.", steht da.
Wie wichtig ist doch das Wohlbefinden.

Weg mit den Kilos?

Heute: Auf welche Organe können wir verzichten?

Stolz präsentieren diese beiden ihre Milzen. Weiter so!

Wie das gesamte Weltall, so bestehen auch Lebewesen, Teller und Amphoren aus Atomen. Das hat schon Demokrit gesagt. Atomverklumpungen wie Sie und ich heißen Menschen, die wiederum riesige atomare Cluster enthalten – unsere Organe.
Einige davon sind wichtig, andere purer Luxus, nutzlos, Ballast.

Frage: Auf welche Organe können wir verzichten?

Die Milz
Viele Menschen haben eine, keiner braucht sie: die Milz.
Mit der Erklärung ihrer Aufgaben sind selbst pfiffige Mediziner überfordert. Nutzen? Nicht bekannt. Raus damit!

Die Gallenblase
Unsere Vorfahren erbeuteten Mammuts im Stück und verschlangen sie sogleich mit Haut und Haaren, weil Vorräte nicht gekühlt werden konnten. Damals ging es nicht ohne den Fettverarbeiter Galle. Heute gibt es in jedem gut sortierten

Supermarkt kleinteilig portioniertes, fettreduziertes Tiefkühlmammut. Sogar für Singles. Gallenblase?
Nutzlos. Raus damit!

Der Kehlkopf
Ob im Restaurant, beim Bäcker oder bei der Chorprobe – sie stehen überall im Mittelpunkt, sobald sie nur „A“ sagen: die Kehlkopflosen. Neidisch? Dann ab zum Chirurgen! Nach der OP kaufen Sie sich einen modernen Sprechapparat und mit ein wenig Training sagen Sie schon bald: „Kehlkopf? Brauch ich nicht!“

Die Nieren
Zugegeben: Zuerst ist es etwas gewöhnungsbedürftig, das Leben ohne Nieren. Doch bald schon jubilieren Sie: „Hey, Dialyse ist super. Endlich hab ich Zeit zum Lesen.“
Gleichwohl glaubt so mancher Leidende, es ginge nicht ohne Naturfilter. Diesen Einfältigen sollten Nierenbesitzer ihre beiden Schätzchen für gutes Geld verkaufen. Merke auf: Reich werden durch Verzicht!

Der Magen
Maradona ließ ihn sich verkleinern, um zu erschlanken.
Seien Sie nicht so halbherzig. Wenn ein Organ überflüssig ist, dann Körpers Dickmacher Nummer 1: Der Magen.
Also raus damit. Und zwar ganz!

Die Greiforgane
Seien wir nicht zu streng. Dem bayerischen Bauern, dem die im Maishäxler abgehäxelten Arme durch fremde Transplantate ersetzt wurden, seien seine neuen Extremitäten herzlich gegönnt.
Lebensnotwendig sind sie jedoch nicht.
Und die Chance, armlos, aber umsorgt und verhätschelt zu leben, hat der gute Mann leichtfertig – nun ja, gönnen wir uns das kleine Wortspiel – aus der Hand gegeben.

Gesundes aus Wald und Flur

Jägern ins Rezept geschaut

Grundrezept

- 1 gutes Wildtier im Bräter schön knusprig braten.
- 2 Pfifferlinge zugeben und alles schön durchrühren.
- Mit Salz und Pfeffer salzen und pfeffern.
- Das Wildtier rausnehmen, vierteilen und
- heiß servieren.

Erweitertes Rezept

Erschossener Waldhase

- Den Waffenschrank öffnen, 1 doppelläufige Schrotflinte entnehmen, dann …
- 1 Munitionsschachtel aufklappen …
- 2 trockene Schrotpatronen auswählen und damit die Flinte laden. Dann in …
- 1 Wald gehen. Dort auf …
- 1 guten Hochsitz warten bis …
- 1 frischer Waldhase vorbeikommt. Sorgfältig zielen, den Hasen erschießen, einsammeln
- und sofort schälen. Nach Hause gehen.

Weiter siehe Grundrezept.

Gesunde Bücher

NEUE ERSCHEINUNGEN

Unser Bestseller

Ihre Redaktion

DIE PHARMALÜGE

Von Shagyalakshmi Prakhappadam

Glaubt man den Pharmakonzernen, dann sieht alles rosig aus. Die Industrie forscht wie wild, testet neue Arzneien zunächst am Computer, dann an unbedeutenden Käfern und erst ganz zum Schluss an kranken Rhesusäffchen. Anschließend kommen die Medikamente in die Menschenapotheke.
Das vorliegende Buch zeigt auf, wie es wirklich ist. Unsere alten Tabletten werden von Waffenschmugglern nach Afghanistan verschifft, dort von chinesischen Triaden heimlich umetikettiert und durch Opiumkuriere der Taliban als Reimport über Kolumbien in die EU gebracht, von wo aus sie hochsubventioniert über undurchsichtige Kanäle an dubiose Mafiosi im Internet geliefert werden. Deren Strohmänner zwingen deutsche Apotheken unter massiven Drohungen, Tonnen dieser Arzneien zu überhöhten Mondpreisen zu bestellen.
Wer sich weigert, der wird in Beton gegossen und erschossen. So sieht es doch aus!
Die bekannte Enthüllungsjournalistin Bianca Michels hat nach einer gefährlichen weltweiten Rechercherreise mit dem Cabrio einen wahren Krimi geschrieben – vorsichtshalber unter ihrem indischen Tarnnamen Shagyalakshmi Prakhappadam. Auch für sie gilt die oberste Regel der Enthüllungsjournalisten: Pseudonym schützt vor Erschießenheit! Lesen!

HATSCHI!

Das Große Erkältungsbuch

Von Bazillenpäpstin
Petra Ocht

Rausgehen oder nerven? – Husten in der Oper.
Serviette oder Tischdecke? – Schnupfen im Restaurant.
Kann ich Uhrmacher werden? – Der Hustenanfall im Beruf.

Das ideale Geschenk für den selbstbewussten Erkältungsfan.

DAS ARZT-ATOLL

Roman von Benedetto Grumpfig-Goerdeler

Roman kommt von Rom. Die Ewige Stadt ist Ausgangspunkt dieser fulminanten Medizinergeschichte.
Der renommierte Tropenmediziner Dr. Giacomo verlässt Rom, um auf einem Atoll im Pazifik zu praktizieren. Als er im Atoll aus dem Taxi steigt, kommt ihm eine resolute schwarze Frau entgegen. Sie heißt Ahadi und lacht immer. In den folgenden Wochen kämpft der neue Doktor mit Ahadis Hilfe gegen Rebellen und Bürgerkriege an. Der Arzt hilft, wo er kann, und nimmt an den Tänzen der Atollbewohner teil. Die Menschen freuen sich und helfen Dr. Giacomo, wo sie können.
Der neue Grumpfig-Goerdeler riecht nach Sonne, Sand und Strand. Die ideale Bürolektüre bei Regen.

DIE X-TE AKTE

Von Serge Sabbelmann

Der preisgekrönte Krankenkassenjournalist Serge Sabbelmann hat die Sachbearbeiterin Iduna Maier drei lange Tage auf ihrem beruflichen Weg begleitet. Und stellt spannende Fragen: Wann geht Frau Maier morgens aus dem Haus, wie beginnt ihr Arbeitstag, wie viele Akten schafft sie an einem Tag, gibt es innerbetriebliche Fortbildungsmaßnahmen, und wie funktionieren eigentlich sexuelle Abenteuer zwischen Sachbearbeitern und Sachbearbeiterinnen unterschiedlicher Buchstabenbereiche?

Ein Buch, das vielleicht fehlen wird, wenn der Buchhandel es nicht mehr bestellt.

DIETMAR
BURDINSKI

DIETMARS EICHE NR. 227
FRIEDWALD FÜRSTENWALDE
BEI BERLIN

Nachweise

Abbildungen

S. 05 © Hilde und Kurt Burdinski
S. 42 © Hilde und Kurt Burdinski
S. 43 oben © Hilde und Kurt Burdinski
S. 52 oben © Renate Berger, unten © Robert Richter
S. 115 oben © Kathrin Stöhrer, unten © Renate Berger
S. 135 oben © Nik Konietzny,
unten © Christian von Treskow
S. 146/147 Fotos © Nik Konietzny
Plakatdesign © Angelika Scholz
S. 160 © Nik Konietzny
S. 162 © Stephan Minx – fotoheimat.de
S. 164 © Stefan Haas
S. 165 © Horst Fyrguth
S. 166 © Eddi Augustin
S. 168 © rainerhersch.com
S. 170 © Susanne Schleyer
S. 173–178 alle Fotos © Jess Jochimsen außer: S.173 („Bienen", „Zeitung") © Renate Berger | Sammlung Jess Jochimsen, S. 178 („Live-Musik") © Dominik Bloedner | Sammlung Jess Jochimsen
S. 179 © Nik Konietzny
S. 180–183 © Käthe Lachmann
S. 184 © susannebuhr.de
S. 186 © Manfred Baumann
S. 190/191 © Gregor Mönter
S. 192 © Sonja Gutschera
S. 194/195 © Rattelschneck
S. 196 © Hannes Ringlstetter
S. 198 © von-rosenberg-lipinsky.de
S. 200 © olaf-schubert.de
S. 202 © Serious Fun / Gesa Simons
S. 204 © Robert Woitas
S. 209 oben © Robert Woitas, unten © Dietmar Burdinski
S. 210 © Beba Lindhorst
S. 212/213 Flaschenetikett Burdinski-Bräu.
Entwurf und Gestaltung: Jon Flemming Olsen
S. 216 © Markus Hertrich
S. 226 © Renate Berger
S. 227 © Mikhail Dudarev – 123RF.com
S. 228 © iofoto – Fotolia.com
S. 232 oben © iStockphoto.com/Stockphoto4u
rechts © kzenon – 123RF.com
S. 235 © Luiz – Fotolia.com
S. 236 © Robert Kneschke – Fotolia.com
S. 238 © iStockphoto.com /sjlocke
S. 239 © Yuri Arcurs – Fotolia.com
S. 241 © iStockphoto.com/Dinamiracle
S. 242/243 © iStockphoto.com/zennie
S. 244 © keller – Fotolia.com
S. 245 oben © rolf_52 – Fotolia.com,
unten © Ellen Valentin – Fotolia.com
S. 246 © Pixelwolf – Fotolia.com
S. 247 © iStockphoto.com/TON!C
S. 249 groß © KeeT – Fotolia.com, klein © Mikhail Kokhanchikov – 123RF.com
S. 250 links © George Tsartsianidis – 123RF.com
rechts © NatalieJean – Fotolia.com
S. 251 © walter71 – 123RF.com
S. 252 © iStockphoto.com/Gordo25
S. 254 links © kaschwei – Fotolia.com
rechts © Torsten Rauhut – Fotolia.com
S. 256 © iStockphoto.com/EricGerrard
S. 257 © iStockphoto.com/sjlocke
S. 261 © iStockphoto.com/digitalskillet
S. 262 © iStockphoto.com/wynnter
S. 263 © Cathy Yeulet – 123RF.com
S. 264 © Silke Wolff – Fotolia.com
S. 265 © Peter Baxter – Fotolia.com
S. 266 © Jens Ottoson – Fotolia.com
S. 266/267 © Can Stock Photo Inc. / Spectral
S. 268 © Udo Kroener – 123RF.com
S. 270 © Grischa Georgiew – 123RF.com
S. 271 © margo555 – Fotolia.com
S. 272 © digitalstock – Fotolia.com
S. 273 © Stefan Redel – Fotolia.com
S. 274 © ISO K° – photography – Fotolia.com
S. 275 © Eric Simard – Fotolia.com
S. 276 © Yanik Chauvin – Fotolia.com
S. 277 © falkjohann.com – Fotolia.com
S. 279 unten © Oliver Haja / pixelio.de
S. 280 oben © Ryan Pike – 123RF.com
unten © Wolfgang Herget – Fotolia.com
S. 281 links © Pitopia, Susanne Guettler
rechts © stylephotographs – 123RF.com
S. 283 © Nik Konietzny
S. 285 © Heike Kalis

Trotz sorgfältiger Recherche ist es uns nicht gelungen, die Urheber aller Abbildungen ausfindig zu machen. Bitte wenden Sie sich an den Verlag.

Texte

Der Abdruck der Texte aus „Olli, Tiere, Sensationen" erfolgt mit freundlicher Genehmigung von ZDF/Produktion.

CD

Die Veröffentlichung der Aufnahmen auf der CD erfolgt mit freundlicher Unterstützung der Serious Fun Gmbh (Titel 2–8), des Westdeutschen Rundfunks Köln, 2012 (Titel 10–13), durch Christian von Treskow (Titel 1, Video) sowie Rainald Grebe und Jess Jochimsen (Titel 9). Das Video „Dietmars Zugabe" ist eine avi-Datei und kann auf dem Computer ausgewählt und angeschaut werden.